僕を振った教え子が、
1週間ごとに
デレてくるラブコメ
田口一
illust ゆがー

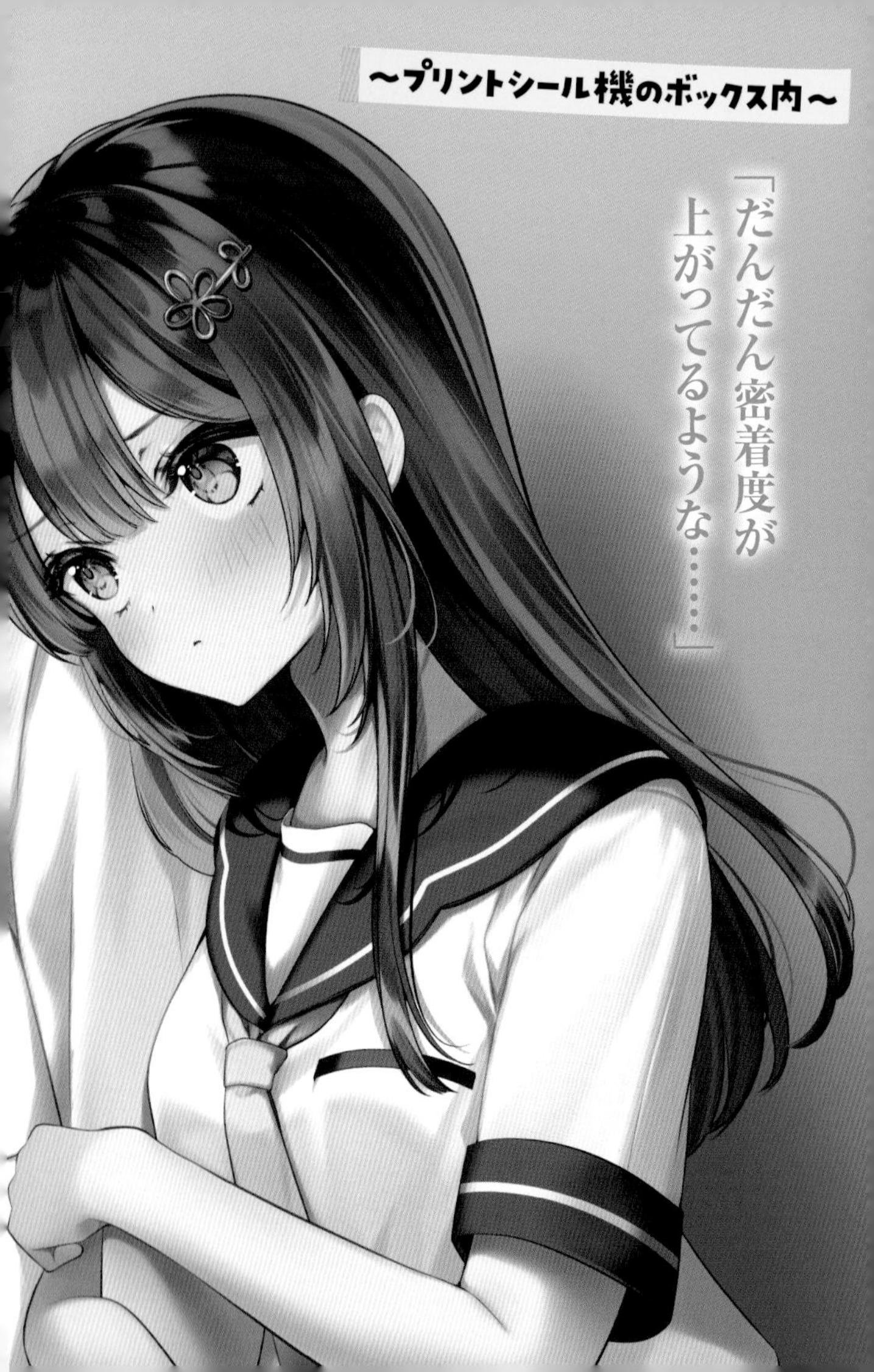
〜プリントシール機のボックス内〜
「だんだん密着度が上がってるような……」

「……カップルって、
こういうのがいいんですか？」

彼女は体を起こして
ベッドの上で姿勢を直すと、
空いた部分の布団を
ポフポフとたたいた。

～台風の日の授業……？～
「じゃあ先生、
隣で一緒に寝てくれますよね。
わたし、一人でいると
不安ですから」
「え……ええっ？」
「わたしには、
先生にそう要求できる
権利がありますから」

「ところで瑛登くん、
ひなちゃんとは
どこまで経験済みなの？」
ひなたのお姉さん

!?

「げふっ!」

「お姉ちゃんっ!! わたしと先生は、そういう関係じゃないから!」

若葉野《わかばの》瑛登《えいと》
芽吹《めぶき》ひなた

CONTENTS

僕を振った教え子が、1週間ごとにデレてくるラブコメ

田口一　illust ゆがー

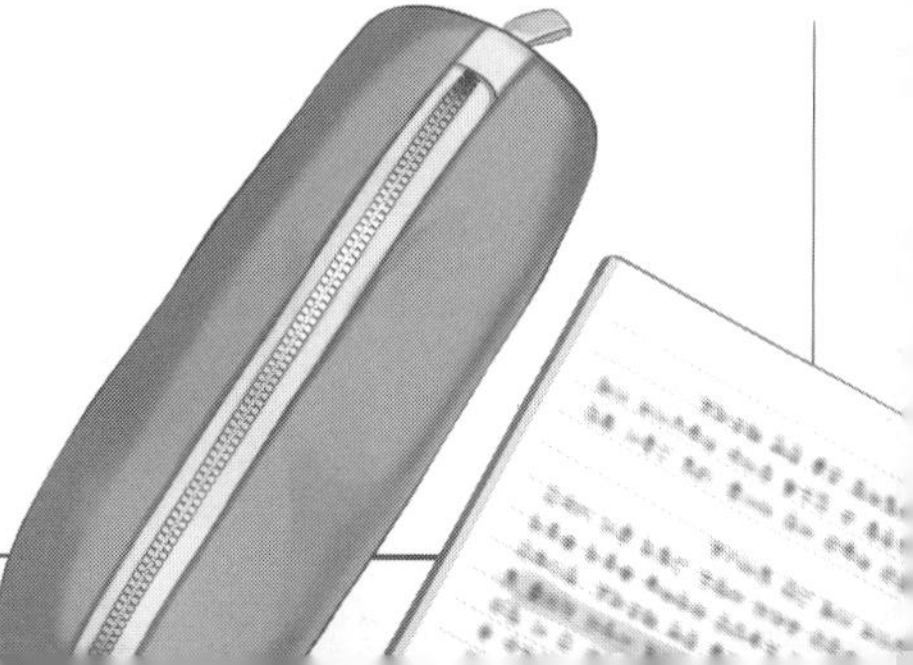

8月・1　中学時代の苦い思い出

『未知の可能性をその手につかめ！　絶対合格の一番合格ゼミナール』

――というキャッチコピーとともに、ガッツポーズをする男女の高校生が写ったポスターの下で、セーラー服の少女が絶望の表情を浮《う》かべていた。

その異質さに気づいて、僕は講義室に向かっていた足を止めた。

ここは学習塾《じゅく》の三階にある、白い壁《かべ》に囲まれた小さなロビー。

授業直前の時間で、生徒たちが講義室に向かって足早に歩いている。彼らの流れに取り残されたように、少女は壁《かべ》に背をもたせかけ、半開きの鞄《かばん》を抱《かか》えながら、うつむいている。

きれいな子だ、と思った。

清楚《せいそ》で整った顔立ちの、凛《りん》とした美しさ。優《やさ》しく可愛《かわい》らしい、ゆるやかなほっぺの丸み。そんな魅力《みりょく》は、口元を覆《おお》う白いマスクでも隠《かく》しきれていない。

柔《やわ》らかそうな髪《かみ》が肩《かた》より少し長く伸《の》びて、空調の風に揺《ゆ》れている。

誰《だれ》だろう？

ここは高校受験コースのフロアだから、彼女も僕と同じく中学生だ。

けれど夏休み前から塾《じゅく》に通えるようになったばかり。まだなじみのない生徒も多く、彼女もその一人だろう。

少なくとも、同じ講義室で授業を受けた記憶《きおく》はない。ということは僕より下の学年だ。着ている制服も別の学校のもの。名前すらわからない。

何をしているのだろう？

みんな講義室に入ってしまい、周囲には誰《だれ》もいなくなった。

それでも彼女はただ一人、立《た》ち尽《つ》くしている。

いや、見ている場合じゃない。僕も早く講義室に向かわないと。コンビニで筆記具を買っていて、遅《おそ》くなってしまったんだ。

足早に通り過ぎようとした瞬間《しゅんかん》、彼女がここにいる理由を直感した。

僕は向きを変えて彼女の前に歩み寄ると、鞄《かばん》からノートを一冊、差し出した。

「これ、よかったら使ってよ」

「…………？」

彼女は顔を上げて、僕をまっすぐに見返す。

大きな黒い瞳《ひとみ》は天球儀《てんきゅうぎ》のようで、見つめられただけで吸い込まれそうだ。

「ノート、忘れたんじゃない？　これ、僕が自習用に使っているノートだから、代わりに使ってくれていいよ」

「あの……」

と、彼女は声を出した。柔《やわ》らかで心地《ここち》いい、優《やさ》しい声だ。

「わたしがノートを忘れたこと、どうして知ってるんですか？」

「推測だけどね。筆記具を忘れたのなら誰《だれ》かに借りればいい。参考書なら隣《となり》の人に見せてもらえる。けど、ノートではそんなことできない」

彼女が抱《かか》えている開きっぱなしの鞄《かばん》の中に、参考書を乱雑にかき回した跡《あと》が見える。

「ノートを忘れたことに気づいて、あわてて探したんじゃないかな」

図星というように、彼女は恥《は》ずかしそうにうつむいて、キュッと鞄《かばん》を抱《だ》きしめた。

「それともう一つ。さっき隣《となり》のコンビニに寄ったらノートが売り切れていた。――遠くの店まで買いに行ったら授業に遅刻《ちこく》する。かといって、ノート無しで授業に出たら不真面目な態度だと思われる。どうしたらいいのかわからず、ここで立《た》ち尽《つ》くしていたんだ」

こくん、と彼女は小さくうなずく。

「だから僕のノートを使ってよ。授業後にノートを取った部分だけ切《き》り離《はな》して、返してくれればいいから」

「あ……ありがとうございます」

突然《とつぜん》のことに戸惑《とまど》いつつも、ホッと安堵《あんど》したような声が漏《も》れる。

「あとでお返ししますので、お名前を――」

彼女が言いかけたとき、スピーカーから授業開始のチャイムが鳴《な》り響《ひび》いた。

「早く行かないと怒《おこ》られるよ！」

あわてて講義室に向かって歩き出すと、彼女も早足でついてきた。僕は中学三年生の講義室に入り、彼女は二年生の講義室へと向かった。

部屋に入るときに振《ふ》り向《む》くと、彼女はちょこんと頭を下げてほほ笑《え》んだ。

可愛《かわい》いまなざしに、一瞬《いっしゅん》のうちに見とれそうになる。殺風景な塾《じゅく》の中で見る笑顔《えがお》が、雪景色に差し込む日差しに感じられた。

「ほら若葉野《わかばの》！　若葉野瑛登《わかばのえいと》！　遅刻《ちこく》だぞ！」

講師の声に現実へ引《ひ》き戻《もど》され、たちまち僕の頭は勉強のことでいっぱいになった。


「もしもし。もしもーし。聞こえてますか？」

耳元を吹《ふ》き抜《ぬ》けるそよ風のような声に、僕はノートの数式から意識を引《ひ》き戻《もど》された。

「そろそろ帰らないと、自習室が閉まりますよ」

隣《となり》に立っていたのは、彼女だ。授業前にノートを貸した少女。

夜の室内で、白いセーラー服が照明を照り返している。

僕たちがいるのは、塾《じゅく》のビル内にある自習室。授業の前後に、自由に席を使って勉強できる部屋だ。みんな帰ったのか、室内には他に誰《だれ》も残っていない。

壁《かべ》の時計を見ると、午後九時を過ぎている。

「もうこんな時間なんだ。気づかせてくれてありがとう。君も、今まで勉強？」

「勉強というか……待っていたんです。はい、これ」

彼女は一冊のノートを僕の前に差し出した。

「ノートを貸してもらって、助かりました。今日の授業は結構重要なところで、あのままノートが無かったら、どうなっていたか……」

「それならよかった。もしかして、ノートを返すために待っていたの？」

「あまりにも熱心に勉強していたから、じゃまするのも悪いかなって」

「遠慮《えんりよ》せず声をかけてくれていいのに」

「一応、声はかけたんですよ……」

どうやら僕は、勉強に没頭《ぼっとう》していて気づかなかったらしい。

「ごめん。集中するとまわりが見えなくなるの、悪い癖《くせ》なんだ」

「謝らなくていいですよ。ここは塾《じゅく》なんですから、勉強するのは当たり前です。それに時間ができたから、これを文具店まで買いに行けましたし。今日のお礼です」

彼女はもう一冊のノートを差し出した。買ったばかりの新品のノートだ。

「わざわざお礼だなんて、どうして？」

「わたしがノートを取ったページを切り取らせてもらったでしょう？　そのぶん、新しいノートでお返ししたいんです」

「使ったのは数ページだけだよね？　ノートを一冊もらったんじゃ釣《つ》り合《あ》わないよ」

「それじゃ、一つお願いをしてもいいですか？」

「いいけど、どんな？」

「ノートの取り方をアドバイスしてほしいんです！」

「取り方？　どうして、また」

「実は……悪いとは思ったのですけど、お借りしたノートの中を見ちゃったんです。昼間、わたしがノートを忘れたこと、言い当てたでしょう？　あんな推測ができる人って、どんなふうに勉強してるのかなと思って……」

彼女はイタズラでもしたみたいな顔で、肩《かた》を縮こまらせた。

「そうしたら、まるでおもちゃ箱みたいにいろいろな内容が書いてあって、最初は雑なノートだと感じたんです。でもよく見ると、学習の流れがしっかりと記されていて、感心してしまって……。こんなノートの取り方があるのかと、驚《おどろ》きました」

「それは自習用に使ってるノートだね。ノートの取り方は状況《じょうきょう》によって変えていて、他にも授業用とか、予習用、復習用のノートもあるんだ」

「そんなふうに工夫《くふう》するのですね……。ずっとオンライン授業で、塾《じゅく》に出て来られなかったから、なかなか勉強の方法を相談できなかったんです」

「ノートの取り方くらいなら教えてあげるよ」

「本当ですか⁉　おじゃましませんから、今度の講義のあとにでも、少しの時間だけアドバイスをいただければ嬉《うれ》しいです！」

「僕を待ってたのって、本当はそれを頼《たの》みたかったんじゃないの？」

「こんなこと頼《たの》んでいいのか迷ってて。でも、思いきって頼《たの》んでよかった！」

彼女は姿勢を正し、僕に向き直る。

「わたし、芽吹《めぶき》ひなたといいます！　市立第二中の二年生です！　よろしくお願いします！」

「僕は若葉野瑛登《わかばのえいと》。こちらこそよろしく」

自習室が閉まる時間になったので、僕たちは部屋を出てエレベーターで一階まで降りた。

塾舎《じゅくしゃ》の外に出ると、ムッとした熱気が体中を包み込む。夏休みも終わりごろの季節だけど、気温はまだ高い。目の前では夜の道路を自動車が行き交《いか》っている。

「今日はありがとうございました。わたしは帰り道がこっちなので、ここで失礼します」

「そうだ、芽吹《めぶき》さん。一つ言い忘れてたんだけど——」

「なんでしょうか？」

「僕が今日、ノートを忘れたことを言い当てたよね。それには理由——というか、タネがあるんだよ」

「確かに、今でも不思議な気分ですけど」

「実は僕もちょっと前に、授業の直前でノートを忘れたことに気づいて、途方《とほう》にくれたことがあってさ。それで今日の芽吹《めぶき》さんの姿を見て、もしやと気づいたんだ」

芽吹《めぶき》さんはあっけにとられた顔で僕を見つめ、それから笑い出した。

「ふふふっ。若葉野《わかばの》さんも同じような失敗をするんですね。なんか、親近感がわきました」

「僕、そんなに堅苦《かたくる》しい性格じゃないと思うから。気楽に接してほしいな」

「そうですね。でも勉強のアドバイスをしていただくのですから、礼儀《れいぎ》正《ただ》しくしないと。――次回から、ぜひわたしにご指導ください、先生」

最後の『先生』という言葉が僕の胸をとらえた。

たぶん彼女は、気楽な冗談《じょうだん》のつもりで言ったのだろう。

けれど一学年下とはいえ近い年齢《ねんれい》の、これほど美しく可愛《かわい》い女の子から、そんなふうに呼ばれるなんて――甘ったるくて、くすぐったくて、とても嬉《うれ》しい感じがする。

「う、うん。遠慮《えんりょ》しないで、なんでも聞いていいからね」

芽吹《めぶき》さんはもう一度笑顔《えがお》で一礼すると、反対方向を向いて帰り道を歩いていく。

セーラー服の襟《えり》が、妖精《ようせい》の羽のように軽《かろ》やかに舞《ま》っている。

角を曲がって建物の陰《かげ》に見えなくなるまで、僕は彼女の後ろ姿を見つめた。

『先生』と呼ぶ彼女の声が、いつまでも心地《ここち》よく頭の中に響《ひび》き続けていた。

それが、一年前の夏の日の出来事。

忘れもしない、僕と芽吹《めぶき》ひなたが出会った日のことだ。

#

その日をきっかけに、僕は芽吹《めぶき》さんの勉強を見てあげることになった。

最初はノートの取り方などをアドバイスしていたけれど、やがて勉強内容について質問されることも多くなった。

彼女は学年が一つ下だから、後輩《こうはい》の世話をするような感覚で教えてあげられた。

秋になり季節の変わった、二学期のある日。僕が自習室にいると、芽吹《めぶき》さんが駆《か》け寄《よ》って、嬉《うれ》しそうに叫《さけ》んだ。

「先生！　中間試験の点数、今までの最高記録が出たんです！」

静かな自習室に響《ひび》く声だったので、僕は思わず「しーっ」と人差し指を口に当てる。芽吹《めぶき》さんは恥《は》ずかしそうに顔を赤くして縮こまった。

芽吹《めぶき》さんはちょっとした勉強のアドバイスで、驚《おどろ》くほど効果的に成績を上昇《じょうしょう》させていた。

僕の指導のおかげだなんて自慢《じまん》するつもりはない。彼女は元々勉強ができる人で、そこに僕のアドバイスがうまく当てはまっただけだ。

一方、当時の僕は中学三年生の二学期。高校の受験勉強の真っ最中だ。

けれどそんな僕にとっても、芽吹《めぶき》さんの勉強を見ることは役に立った。中学一年生と二年生の学習内容を見直す機会になり、約二年半の復習ができたんだ。

なんといっても彼女のような女の子と一緒《いっしょ》に勉強ができることは、受験勉強という砂漠《さばく》にあるオアシスのように、僕の心をうるおわせた。

そんなふうに二人の勉強はうまくまわった。お互《たが》いによい影響《えいきょう》を与《あた》え、成績を伸《の》ばすことに貢献《こうけん》していた。

気がつくと僕たちは、当たり前のように自習室の隣《となり》の席で勉強したり、塾《じゅく》の授業前にファミレスに入って、軽食やドリンクバーを頼《たの》みながら参考書を広げたりしていた。彼女が食事のためにマスクを外した瞬間《しゅんかん》は、神秘的に感じられたものだ。

一緒《いっしょ》に勉強するのは週に一回程度だけど、いつしか毎週の楽しみになっていた。


ちょっとした異変が起きたのは、秋も深まったある日のことだ。

塾《じゅく》の廊下《ろうか》の端《はし》で、一人の男子塾生《じゅくせい》が芽吹《めぶき》さんの前に立ち、必死に話しかけているのが見えた。何やら真剣《しんけん》そうな雰囲気《ふんいき》が感じられ、僕は思わず廊下《ろうか》の角に身を隠《かく》してしまった。

「あ、あのさ……俺、前から芽吹《めぶき》さんのこと……」

会話ははっきり聞き取れなかったけど、芽吹《めぶき》さんに愛の告白をしているようだ。

「申し訳ありません。わたし、今はそのような……」

しばらくして、男子塾生《じゅくせい》が肩《かた》を落としつつも吹《ふ》っ切《き》れた表情で歩き去るのが見えた。

告白を断られたのだろう。けれどどこか晴れた感じがするのは、芽吹《めぶき》さんの断り方がうまかったのかもしれない。

僕は何も気づかなかった顔をして再び歩き出した。

芽吹《めぶき》さんと顔を合わせると、彼女は何ごともなかったかのように、いつもの笑顔《えがお》を向けた。

「こんにちは、先生。実は今日の授業でわかりづらかった部分があるんですが、あとで質問させてもらってもいいですか？」

「もちろん構わないよ。疑問点を放置するのはよくない。遠慮《えんりょ》せずに聞いていいからね」

「それでは、たくさん質問しちゃいますね！」

その後も芽吹《めぶき》さんの様子に変化はなく、彼女はいつも勉強に集中していた。

けれど……これほど可愛《かわい》い女の子が、学校でも一人でいるのだろうか？

ある日、僕と芽吹《めぶき》さんがファミレスで勉強していると、近くの席に高校生のカップルが座っているのが見えた。彼らを横目で見ながら聞いてみた。

「芽吹《めぶき》さんって、学校で付き合ってる人とかいるの？」

彼女はきょとんとした顔で、首をかしげながら答えた。

「お付き合いですか？　どうしてです？」

「もし付き合ってる人がいるのなら、こんなふうに僕と勉強していたら誤解させるんじゃないかって、心配になってさ」

実際、そういう懸念《けねん》はあった。

近ごろ塾《じゅく》で、僕たちが付き合ってると噂《うわさ》されることがある。

「お付き合いしてる人はいません。まだ中学二年ですから、そういうのは早いと思いますし」

「でも芽吹《めぶき》さんって、男子から人気ありそうだけどなあ」

「そうですね……。交際を申し込まれたことは、何度かありますけど……」

中学二年生で何度か告白されたなんて相当なモテっぷりだと思うけど、芽吹《めぶき》さんはそれも納《なっ》得《とく》できる美少女だ。しかも、こうして一緒《いっしょ》にいるだけで性格の優《やさ》しさが伝わってくる。誰《だれ》とも付き合っていないのが不思議なくらいだ。

「何度か申し込まれて、それでも付き合わなかったの？」

「今のところ、全てお断りさせてもらっています。だって誰《だれ》かとデートをするよりも――」

芽吹《めぶき》さんは僕の目を見つめ返して、ほほ笑《え》みのまなざしを向けた。

「わたしは、こうして勉強しているほうが楽しいですから」


そんなふうに日々は過ぎていった。冬になると、受験勉強はますます忙《いそが》しくなった。

日本中がワールドカップで盛り上がっても、試合を見る時間もなく、僕は興奮の外にいた。

そのころは立て続けにアニメ映画がヒットして、クラスでもその話題がよく出ていた。少し興味が出て、芽吹《めぶき》さんを映画に誘《さそ》ってみようかと考えたこともある。けれど受験勉強をサボっていると思われたくなくて、結局誘《さそ》うことはなかった。

毎日受験勉強を続ける僕の隣《となり》で、芽吹《めぶき》さんは合格を祈《いの》ってくれていた。

「わたし、先生が志望校に合格できるよう、『幻《まぼろし》の塾長《じゅくちょう》さん』にお願いしてるんですよ」

それは僕たちの通う塾《じゅく》で噂《うわさ》される、都市伝説みたいなものだ。塾《じゅく》で『幻《まぼろし》の塾長《じゅくちょう》さん』というレアキャラに遭遇《そうぐう》すると、どんな難関校にでも合格できるのだとか。

みんな本気で信じてるわけじゃないけど、遊び半分で願かけのようにお祈《いの》りしてる。

その願いの効果はわからないけど、芽吹《めぶき》さんの応援《おうえん》は間違《まちが》いなく僕の活力になった。

受験勉強は順調だった。模擬《もぎ》試験の結果はA判定。このままいけば、問題なく志望する高校に進学できるだろう。

年が明けて新年になり、受験勉強も佳境《かきょう》に入っていく。

そんな日々の中で、別の小さな不安が少しずつ大きくなっていった。

高校に進学したら、僕は芽吹《めぶき》さんと会えなくなるのだろうか？

#

それまで僕は、勉強のことばかり考えていて、気づかなかったのかもしれない。あるいは、傷つくのを恐《おそ》れて無意識のうちに気持ちを封印《ふういん》していたのかもしれない。

けれど一度意識してしまうと、その感情を否定できなくなった。

僕は芽吹《めぶき》さんが——芽吹《めぶき》ひなたが好きだ。

高校に進学したら、彼女と一緒《いっしょ》にいられる時間は一気に減ってしまう。進学後に同じ塾《じゅく》に通ったとしても、大学受験コースの塾舎《じゅくしゃ》は今までとは別の場所だ。

塾《じゅく》が僕と芽吹《めぶき》さんの唯一《ゆいいつ》の接点だった。いまだに連絡《れんらく》先のアドレスもアカウントも知らない。

このまま僕が卒業すれば、彼女に会える機会も失われてしまう。

でも、僕の気持ちを伝えられたら。

芽吹《めぶき》さんと恋人《こいびと》になれたら。

いろんな話がしたい——勉強以外のことも。いろんなところへ行きたい——自習室やファミレス以外の場所も。もっと多くの時間を一緒《いっしょ》に過ごしたい！

しかし彼女に告白する勇気は持てなかった。相手は誰《だれ》もが認める美少女、何人もの男子から告白されても動じない高嶺《たかね》の花。

それに対して僕は、今まで誰《だれ》かと付き合ったこともないし、告白したことも、されたこともない。勉強ばかりして、恋愛《れんあい》なんて無縁《むえん》で生きてきた。

そんな僕が芽吹《めぶき》さんと付き合えるなんて、考えられない。

それでも彼女のことを諦《あきら》められない。

受験直前だというのに気持ちがぐるぐるまわって、勉強に集中できなかった。

そんな状態から救ってくれたのは、たまたま目についたテレビ番組だ。もうすぐ始まる海外のベースボール大会を前に、『侍《さむらい》ジャパン』と呼ばれる代表チームを特集した内容だった。

番組では、出演者がこんなふうに語っていた。

『大切なのは挑戦《ちょうせん》することです。挑戦《ちょうせん》しなければ夢がかなうこともなく、勝利をつかむこともできません』

普段《ふだん》はスポーツにあまり興味のない僕も、このときばかりは番組に見入ってしまった。

挑戦《ちょうせん》すること。そうしなければ、何も始まらない……。

そのとおりだ。受験だって試験に挑戦《ちょうせん》しなければ、合格なんてありえない。

僕は決意した。勇気を出して、芽吹《めぶき》さんに気持ちを伝えよう。

もちろん間近に迫《せま》った受験も大事だ。だからこのように決めた。

受験に合格したら、芽吹《めぶき》ひなたに告白する。

その瞬間《しゅんかん》に心の迷いは消え、再び勉強に集中できるようになった。いや、今まで以上にやる気がみなぎっていた。何もかもがうまくいく確信に満ちていた。

あのとき、芽吹《めぶき》さんは僕の目を見ながら言った。

『わたしは、こうして勉強しているほうが楽しいですから』

それって、僕との勉強が楽しいってこと？

芽吹《めぶき》さんが何人もの告白を断ったのって、僕の告白を待っているから？

芽吹《めぶき》さんはメッセージを発していた。なら僕は、しっかりと彼女に応えるべきなんだ！

いよいよ受験の日が到来《とうらい》し、僕は無事に志望校である私立時乃崎《ときのさき》学園高等学校に合格した。

合格発表の日はちょうど塾《じゅく》で授業のある日だったので、放課後は塾《じゅく》に向かった。

授業前に自習室に向かうと、窓際《まどぎわ》の席に芽吹《めぶき》さんの姿があった。僕に気づくと、彼女は待ちわびたように見返した。

「芽吹《めぶき》さん、今からちょっと話してもいいかな？」

彼女も今日が僕の合格発表だと知っている。その結果報告を待っていてくれたんだ。

二人で自習室を出てエレベーターを降り、塾舎《じゅくしゃ》の外に出た。

午後五時でも三月の空は薄暗《うすぐら》い。冷たい風が吹《ふ》き抜《ぬ》けて制服の裾《すそ》を揺《ゆ》らしていく。

「そこの公園を歩かない？」

「ええ、わたしはどこでも大丈夫《だいじょうぶ》ですよ」

芽吹《めぶき》さんはニコッと笑顔《えがお》を見せてうなずいた。

徒歩で五分ほどの場所にある小さな公園に入り、冬の枝がむき出しになった並木道を二人で並んで歩いた。

「芽吹《めぶき》さんと知り合ったのって夏だよね」

「もう半年になるんですね。なんだか、あっという間に過ぎた気がします」

広場に出たところで立ち止まり、僕は芽吹《めぶき》さんに向き直った。

「今日、合格発表を見てきたんだ。僕の番号、書かれていた。合格してたよ」

聞いた瞬間《しゅんかん》、ひまわりが咲《さ》くように芽吹《めぶき》さんの表情がぱあっと明るくなった。

「おめでとうございます、先生！　よかった〜。わたしまで嬉《うれ》しくなってきちゃった！」

満面の笑《え》みを浮《う》かべて、いても立ってもいられないようにピョンピョンと跳《は》ねている。

そうだ。僕は芽吹《めぶき》さんと感情を共有したい。いろんな喜びを一緒《いっしょ》に分かち合いたい！

「それと……もう一つ、大事な話があるんだ」

芽吹《めぶき》さんはさらにいい話があるのかと、期待を込《こ》めたような視線を向けた。

僕も彼女の澄《す》んだ瞳《ひとみ》を見返し、言った。

「僕は、芽吹《めぶき》さんが好きだ」

少し、間があった。彼女は笑顔《えがお》を崩《くず》さずに僕を見つめ続けた。

「えっと、わたしも先生と勉強するの、好きですよ！」

「いや、そうじゃない。僕は芽吹《めぶき》さんを、一人の女の子として好きなんだ」

彼女の表情に戸惑《とまど》いの色が浮《う》かんでくる。

「あの……それって、どういう……？」

「付き合って、ほしい」

再び彼女は無言になった。

その間が耐《た》えられず、僕はじりじりと視線をそらしていく。

頭の一部が急速に冷静さを取《と》り戻《もど》した。

取り返しのつかないことをしたのだと、気づき始めた。

でもう無かったことにはできない。続く言葉は、懇願《こんがん》するような口調になっていた。

「芽吹《めぶき》さんのこと……好きなんだ……」

「……ごめんなさい。わたし、先生と——若葉野《わかばの》さんとお付き合いすることは、できません。

お付き合いとか、そういうことは、よくわからなくて……」

申し訳なさそうな声が冬の冷たい空気に響《ひび》き渡《わた》る。

僕の頭は激しく考えをめぐらせていた。どうしたらこの場を取りつくろえるか、どうにか元の雰囲気《ふんいき》に戻《もど》せる方法はないか、そんな言葉を探し求めている。

「そ、そうなんだ。悪いね、急に変なこと言っちゃって」

「いえ……。わたしこそ、ご期待に沿《そ》えなくて……」

「気にしなくていいんだ。さ、そろそろ戻《もど》ろうか」

僕は彼女に背を向け、逃《に》げるような足取りで引き返す。
二、三歩進んだところで、芽吹《めぶき》さんの声が追いかけてきた。
「どうして……」

振《ふ》り返《かえ》ると、彼女はまっすぐ僕を見つめていた。大きな瞳《ひとみ》が悲しそうに揺《ゆ》れていた。

「どうして告白したんですか？　わたし、今年は受験生なんですよ。先生だってそのこと、知ってるじゃないですか。なのになんで、告白なんてするんですか？」

その瞬間《しゅんかん》、僕は全身が張《は》り詰《つ》めるのを感じた。

忘れてたわけじゃない。でも意識の外に追いやっていた。自分のことばかり考えるのに必死で、思いいたる余裕《よゆう》がなかった。

「すみません……。失礼します」

軽く一礼すると、芽吹《めぶき》さんは僕の横を通り過ぎて先に歩いていく。

僕は何も言えずに立《た》ち尽《つ》くしたまま、彼女の後ろ姿を見つめ続けていた。


その後、何度か塾《じゅく》で芽吹《めぶき》さんとすれ違《ちが》ったけど、どう話しかけていいか、わからなかった。

高校進学が決まった僕は塾《じゅく》のコースを終了《しゅうりょう》し、彼女と顔を合わせることもなくなった。

三月も半ばを過ぎ、三年間通った中学校を卒業した。

けれど中学生活の思い出も、高校生活への希望も、何もかもが色あせていた。

僕の中学生時代は、手痛い失恋《しつれん》とともに、最悪の気持ちのまま過ぎ去ってしまったんだ。

8月・2　僕が家庭教師になった日

僕には特別な才能もなければ人並み外れた能力もない。

小さなころから目立たず騒《さわ》がず、いつも教室の隅《すみ》にいるような子どもだった。

小学校の低学年のころ、そんな僕がクラスの注目を集めたことがある。テストで思わぬ高得点を取ったんだ。

たまたま予習していた範囲《はんい》がテストの出題とぴったり重なったのだけど、その日の僕は羨望《せんぼう》のまなざしで見られることになった。

その瞬間《しゅんかん》が忘れられず、よく勉強するようになった。続けていくうちに習慣となり、毎日自室で一定時間、机に向かうようになった。

日々の勉強を積み重ねたおかげで、無理なくよい成績を取れるようになり、学校でも優等生として認知《にんち》されるようになった。

しかしそれも、いっときのこと。学年が上がるとともに、僕は再び目立たない生徒に逆戻《ぎゃくもど》りしていった。成績は上位であるにもかかわらず、だ。

『優等生』を辞書で引くと、たいてい次の二つの意味が書いてある。

一　模範《もはん》的で成績優秀《ゆうしゅう》な生徒。
二　個性がなく面白《おもしろ》みに欠ける生徒。

僕に当てはまるのは、どちらの意味だろう？

あるいは……両方？


閉めきった窓の外では真夏の日差しが降りそそぎ、街路樹の葉を照らしている。

スマホでは、天気予報サービスが『本日も猛暑《もうしょ》日となるでしょう』と警告を発している。

部屋の冷房《れいぼう》はつけているものの、親に『最近は電気代もバカにならないから』と言われ省エネ設定。それなりに涼《すず》しくなるけど、なんとなく体中に熱いけだるさが残っている。

何もやる気がしない。

夏休みの宿題は、ほとんど手をつけていない。休みも半分ほど過ぎたからまずいのだけど、机に向かっても気が乗らない。

僕は今日も部屋のベッドに寝転《ねころ》がり、スマホでネットニュースを見たり動画投稿《とうこう》サイトを眺《なが》めたりしながら、時間を過ごしている。

ニュースアプリが高校野球の速報を伝えていた。勝利に導いた投手の汗《あせ》まみれの笑顔《えがお》と、敗北した高校の応援《おうえん》団に浮《う》かぶ涙《なみだ》。

甲子園《こうしえん》では、炎天下《えんてんか》にも負けない熱い勝負が続けられているようだ。

僕と同じ年ごろの高校生たちが、青春をかけた夏を過ごしている。

なのに僕は、熱い勝負など無縁《むえん》の怠惰《たいだ》な日々を過ごすばかり。

わかってる。やる気が出ないのは暑さのせいじゃない。

僕は負けたんだ。敗北者なんだ。

あの日、芽吹《めぶき》さんに——芽吹《めぶき》ひなたに告白し、そして振《ふ》られたとき、僕の人生は敗北者として決定づけられたんだ。

誰《だれ》からも応援《おうえん》されない、誰《だれ》にも夢を見させていない、好きだった彼女に嫌《いや》な思いをさせただけの、惨《みじ》めな敗北。

学校の勉強をして、課題をこなして、成績を上げて、なんになる？

一〇〇点満点が、学年トップの成績が、いったいなんになる？

そんなものを得たところで、好きな女の子一人にも振《ふ》り向《む》いてもらえないじゃないか。

通っていた塾《じゅく》は中学卒業後に辞《や》めてしまい、勉強量は一気に減った。

進学後の成績も急落した。中学時代に勉強し続けたおかげで、ある程度の成績は保っているけど、この先もっと落ちていくことは目に見えている。通っている学校は授業のレベルも高めだから、今のままではついていけなくなることが確実だ。

これじゃいけないと、自分でもわかってる。

けれどやっぱり今の僕には、勉強に向かう意義が見つけられない。

ニュースにも飽《あ》きてスマホを消そうとしたとき、画面上にアプリの通知が表示された。

『1件の依頼《いらい》があります』

……依頼《いらい》？

通知を送っているのは、中学生のころに通っていた大手学習塾《じゅく》『一番合格ゼミナール』が発行している家庭教師紹介《しょうかい》アプリだ。

アプリを開きながら、僕は思い出した。

この学習塾《じゅく》では、通常の塾《じゅく》の他に、家庭教師の紹介《しょうかい》サービスを運営している。家庭教師の仕事をしたい人が登録し、依頼《いらい》主が提示した条件と合えば契約《けいやく》を結べるシステムだ。

塾《じゅく》に在籍《ざいせき》していたOBであれば高校生でも参加できる。僕でも小学生の中学受験指導ならできるかと考え、小遣《こづか》い稼《かせ》ぎにでもなればと、春ごろに登録していたんだ。

しかし現実的には、高校生に家庭教師を頼《たの》む人はあまりいない。最初のころは二、三件の問い合わせがあったけど、現在の成績を伝えるとあっさり断られてしまった。

そのうち誰《だれ》からも連絡《れんらく》が来なくなり、一か月後には登録したことすら忘れていた。

そこに、久しぶりの問い合わせが来たらしい。

アプリを開くと『ひまわり』というユーザーからのメッセージが表示された。

『ひまわり：受験のため家庭教師をお願いしたいのです。お金がなくて高い謝礼を払《はら》えないのですが、引き受けていただけますか？』

あいにく僕の実績ランクはゼロだ。どのみち高額の謝礼を要求することはできない。

『若葉野《わかばの》：僕もまだ実績がありませんので、謝礼は安くてOKです。中学受験のご指導でよろしいでしょうか？』

すると、ほどなくして返事が来た。

『ひまわり：詳《くわ》しいことは面談のときにお話しします。空いてる日はありますか？』

今は詳細《しょうさい》を教えてくれないようだ。まさか、詐欺《さぎ》とかじゃないだろうな。

断ろうかと思いつつ、僕は考えた。

ここで依頼《いらい》を断ったところで、またいつもの怠惰《たいだ》な日々に戻《もど》るだけ。

すぐに契約《けいやく》するわけじゃないし、ひとまず詳細《しょうさい》を聞いてから検討してもいいはずだ。

『若葉野《わかばの》：わかりました。それでは「一番合格ゼミナール」本部校舎の面談ルームでお会いしましょう』

塾《じゅく》には面談用に使用できる部屋が用意されている。そこなら変な相手が現れることもないだろう。実際に会ってみて、問題がありそうなら契約《けいやく》しなければいい。

また少し待つと返信があり、相手は了解《りょうかい》してくれた。お互《たが》いの都合のいい時間を確認《かくにん》し、明後日《あさって》に面談をすることになった。

#

家庭教師契約《けいやく》の面談をする日は、朝から曇《くも》り空《ぞら》が広がっていた。

『一番合格ゼミナール』は、三〇年以上前にこの地域で設立された塾《じゅく》だ。

最初は小さな個人経営の学習塾《じゅく》だったが、少しずつ規模を拡大。テレビや出版物での広告展開により知名度を上げ、今では全国に展開する大手学習塾《じゅく》となっていた。

駅前大通りにある一〇階建てのビルが、その本部だ。

僕が通っていた、中学・高校受験コースの塾舎《じゅくしゃ》より大きく、事務所の他にも、複数のフロアにわたって大学受験コースの講義室が設置されている。

普段《ふだん》の塾《じゅく》の授業は夜からだけど、今は夏休み。玄関《げんかん》前のロビーでは昼間から、夏期講習を受講する大勢の高校生たちが行き来している。

ロビーの奥にある受付で来訪目的を伝え、エレベーターでビルの二階へ上がった。

廊下《ろうか》を進むと、ブースで区切られた小部屋が並んでいた。スマホのアプリを開いて、予約してある面談ルームの部屋番号を確認《かくにん》する。

部屋の前に着くと、扉《とびら》の曇《くも》りガラスの奥に人影《ひとかげ》が見えた。依頼《いらい》主が先に来ているようだ。

いくらやる気の出ない日々だからって、最初から暗い顔を見せちゃいけない。扉《とびら》を開けながら、精一杯《せいいっぱい》の笑顔《えがお》を相手に向ける。

「若葉野《わかばの》です。お待たせしました――」

その瞬間《しゅんかん》、僕の笑顔《えがお》は固まっていた。

丸テーブルの席に座っている面談相手――彼女は、まっすぐに僕を見返した。

大きな、天球儀《てんきゅうぎ》のような瞳《ひとみ》。柔《やわ》らかそうな髪《かみ》。

肩《かた》より先まで伸《の》ばした、さわやかなセーラー服。

夏にふさわしい、さわやかなセーラー服。

「芽吹《めぶき》、さん……？」

「お久しぶりです、若葉野《わかばの》さん」

凛《りん》としつつ可愛《かわい》らしいほほ笑《え》みを浮《う》かべて、芽吹《めぶき》ひなたは言った。

半年ぶりに会う芽吹《めぶき》さんは以前よりも大人っぽく、より美しく感じられる。

「久しぶり、だね。家庭教師の依頼《いらい》をしたのって、もしかして芽吹《めぶき》さん？」

「はい。アプリで若葉野《わかばの》さんの名前を見つけて、家庭教師のアルバイトをしていると知ったものですから。アプリでは名乗りづらくて、黙《だま》ってしまいました」

「塾《じゅく》に通っているのに、家庭教師もつけるってこと？」

「あ、いえ、その……塾《じゅく》は、もう通ってないんです」

芽吹《めぶき》さんが塾《じゅく》を辞《や》めた？

彼女は今、高校受験の一番大切な時期だ。どうしてこんなときに？

そういえば『お金がない』と言っていた。金銭的な事情で通えなくなったのだろうか。

理由を知りたいけど、家庭のプライベートな問題だと聞きにくい。

「塾《じゅく》の代わりに家庭教師を雇《やと》って勉強したい、ということかな。家庭教師も結構お金がかかると思うけど。マンツーマンの指導だから、下手したら塾代《じゅくだい》より高額じゃないかな？」

「そうなんです……。アプリで家庭教師の先生を検索《けんさく》してみたんですけど、優秀《ゆうしゅう》な大学に通ってる先生は皆《みな》さん、思った以上に授業料が高いんです。それに、そういった先生は、予約すら取るのが難しいですし……」

「二学期になると受験勉強も本格化するからね」

「希望条件をゆるめれば、授業料が安くて予約の空いてる先生もいますけど、教師としての腕《うで》を信頼《しんらい》できるのか判断できなくて」

いくら勉強しても、講師の腕《うで》が悪ければ逆に成績を落とすこともありえる。ましてや家庭教師となれば、一対一の個別指導。生徒に合わせた指導ができるか、相性《あいしょう》も重要になる。

「やっぱり無理かなと思って、諦《あきら》め半分の気持ちで、無条件で検索《けんさく》したんです。そうしたら若《わか》葉野《ばの》さんの名前を見つけて。提示されていた授業料なら払《はら》えそうだったんです」

「僕の授業料が低いのは、実績がないからだよ。安いぶん、家庭教師としての技能も保証できないんだ」

「でもわたし、昔のことを思い出したんです。去年、若葉野《わかばの》さんはわたしの成績を引き上げてくれました。だから今回ももしかしたら、と。他に頼《たの》めそうな人もいませんし……」

確かに僕は以前、芽吹《めぶき》さんの勉強を見ていた。その時期、彼女の成績は順調だった。

それでも僕は悩《なや》んだ。てっきり小学生相手の、中学受験指導のつもりでいたんだ。

「僕はまだ高校一年生だ。さすがに高校受験の指導は無理だよ」

「でも時乃崎《ときのさき》学園に合格したじゃないですか！」

「自分で合格するのと人を合格させるのとでは違《ちが》う。もちろん芽吹《めぶき》さんは優秀《ゆうしゅう》だから、合格できると思うよ。けど、それならなおさら、僕が役立てることはない」

「そういうのは、わたしの今の成績を見てから言ってください……」

「もしかして、成績が落ちてる？」

「………」

彼女は答えなかったが、そのとおりのようだ。

基本的に頭のいい人だから、中学三年生の授業についていけないとは考えにくいけど……確かに以前の彼女の勉強を見ていて、学習方法がやや不器用な印象はあった。

芽吹《めぶき》さんは頭の回転が速い。直感的に物事を理解できるタイプだけど、それがかえって物事を系統立てて学習することを難しくさせている。

だからその苦手な部分さえサポートしてあげれば、彼女の真価を発揮できるのだけど。

僕はしばらく考えて、首を横に振《ふ》った。

「やっぱり、僕には芽吹《めぶき》さんの家庭教師はできない」

「どうしてですか⁉」

「僕は卒業前に芽吹《めぶき》さんに告白して、断られたんだ。それは終わった話だし、もう気にしていない。でも過去にそんなことがあった以上、家庭教師にはふさわしくないと思うんだ」

終わった話、というのは少し嘘《うそ》かもしれない。僕は今もあのときの失恋《しつれん》を引きずっている。

「告白のことは覚えています。けれど、わたしの気持ちはお伝えしてありますし」

「芽吹《めぶき》さんの気持ちは理解してる。ただ、これからどんな態度で接すればいいか、迷ってしまいそうなんだ」

「わたしは……若葉野《わかばの》さんが勉強を見てくれたときのように接してもらえれば、それでいいんです。わたしだって別に、告白されたことを怒《おこ》っていませんから」

「あともう一つ。僕も今、結構成績が落ちていてさ。自分の勉強もうまくいってないのに、家庭教師をできる余裕《よゆう》などないんだ」

芽吹《めぶき》さんの力になれるのなら、助けてあげたいと思う。

でも今の僕には、そんな自信は持てそうにない。

「……わかりました。今日はお呼びしてすみません。せっかくの夏休みなのに」

「ううん。久しぶりに芽吹《めぶき》さんの顔が見られてよかったよ」

「わたしも若葉野《わかばの》さんに会えて嬉《うれ》しかったです。せっかく時乃崎《ときのさき》学園に入れたんですから、ちゃんと勉強しないともったいないですよ」

「そうだね。僕も気合いを入れ直すから、芽吹《めぶき》さんも受験がんばって」

面談が終わり、僕たちは席を立った。

ブースの外に出て、扉《とびら》の横にある電子ロックのパネルから使用終了《しゅうりょう》の手続きをする。

……のだけど、初めての利用なものだから少し手間取ってしまった。

「それでは失礼します。若葉野《わかばの》さん、お元気で」

芽吹《めぶき》さんは会釈《えしゃく》をして、一足先に歩いていく。

手続きを済ませてエレベーターの前についたとき、彼女の姿は見当たらなかった。

これでもう、芽吹《めぶき》さんと顔を合わせることもないのだろう。ホッと安堵《あんど》する気持ちと、どこか寂《さび》しい気持ちが入り交じりながら、僕はエレベーターが到着《とうちゃく》するのを待った。

エレベーターを降りてロビーに戻《もど》った僕は、これ以上用事もなく、出口に向かって歩いた。

「若葉野《わかばの》！」

唐突《とうとつ》に男性の声に呼ばれて振《ふ》り向《む》くと、ロビーの自販機《じはんき》の近くに三人の男子がいた。そのうちの一人に見覚えがあった。

中学校時代、同じ講義室で授業を受けていた塾生《じゆくせい》だ。塾生《じゆくせい》の中でも成績のいい一人で、進学後も大学受験コースに通い、難関大学を目指すのだと言っていた。

「おまえ、塾《じゅく》を辞《や》めたんじゃないの？　こんなとこで何やってんだ？」

「ちょっと用事があって来ただけだよ」

隣《となり》にいた別の男子が、彼に聞いた。

「誰《だれ》？　知り合い？」

「知り合いってほどでもねえよ。珍《めずら》しいやつがいると思ってな」

特に用件もなさそうなので、僕は軽く手を振《ふ》って歩き出す。

数歩進んだところで、背後から彼らの噂話《うわさばなし》が聞こえて足を止めた。

「知ってるか？　時乃崎《ときのさき》のやつから聞いたんだけどよ、あいつ成績が落ちてるらしいぞ。勉強についていけなくなって、塾《じゅく》から逃《に》げたんだな」

「あーあ」

哀《あわ》れみと嘲笑《ちょうしょう》の混じった声が聞こえる。

……なんと言われてもしかたない。僕には、聞こえないふりをして通り過ぎるしかない。

再び歩き出そうとしたとき、別方向からの視線に気づいた。

横目で見ると、柱の陰《かげ》に芽吹《めぶき》さんがいて、こっちに目を向けている。

とたんに恥《は》ずかしくなった。彼女の前に惨《みじ》めな姿をさらけ出しているように思えた。

こみ上げるくやしさに突《つ》き動《うご》かされ、僕は思わず三人組の男子へ詰め寄《よ》った。

「逃《に》げたんじゃない！　迷ってるだけだ！」

「あ、ああ？」

「塾《じゅく》に通って毎日必死に勉強して、それがなんの役に立つんだ⁉　いい高校？　いい大学？　そんなとこに合格して、何を得たいんだ？　手に入るものなんて何もない！　ただの自己満足じゃないか！　なんの意義もないのに勉強し続けることを、やめただけだ！」

つい大声になってしまったらしい。周囲の生徒たちが、何ごとかとこっちを見ている。

三人組は「なんだこいつは」という顔をあからさまに浮《う》かべ、僕から離《はな》れていく。

「あのなあ、『勉強する意義』とかそーいうガチの中二病はさ、中学生のうちに卒業しとけ」

クスクスと忍《しの》び笑《わら》いを漏《も》らしながら三人は遠くへ行ってしまう。

芽吹《めぶき》さんがいた場所に目を向けると、彼女の姿はもう見当たらない。

惨《みじ》めな気分で外へ出ると、冷たい心に追い打ちをかけるように雨が降り始めていた。

＃

小雨《こさめ》のうちにバス停まで行けるかと思ったけど、甘かった。

雨脚《あまあし》はまたたく間に強くなって、通りを激しく打ち鳴らし始めた。

やむを得ず、僕はシャッターが下りた店舗《てんぽ》のひさしの下で雨宿りをしている。

雨雲に覆《おお》われた空を見上げていると、すぐ近くで立ち止まる足音がした。

雨宿りに来たのだろう。場所を空けようと相手のほうを見ると、傘《かさ》をさして僕を見つめている彼女がいた。

「傘《かさ》、持って来なかったんですか？　天気予報で雨になるって言ってましたよ」

芽吹《めぶき》さんは濡《ぬ》れた僕のシャツを見ながら言う。

「天気予報は見てなかったな。こんなに早く降るとは思わなかったし」

「若葉野《わかばの》さん、ほんとに勉強以外のことは無関心ですよね」

「別に、そんなことないと思うけど……。勉強以外のことだって考えてるよ。例えば……」

言いかけて、言葉が続かない。

「例えば、なんですか？」

「…………」

「ほら、やっぱり勉強のことしか考えてないじゃないですか。全然変わらないなあ」

昔を思い出したのか、懐《なつ》かしそうに笑いながら芽吹《めぶき》さんは傘《かさ》を閉じ、僕の隣《となり》に立った。

「若葉野《わかばの》さんって、自習室で呼びかけても気づかないほど、いつも集中していて、感心していました。しかたなく勉強するんじゃなくて、勉強すること自体を楽しんでるというか。その姿に、大切なことを教えられた気がします。わたしにとって、若葉野《わかばの》さんこそが本当の先生だったんです。いえ、今でもそう思っています。だから、さっきみたいな言葉は聞きたくありませんでした。『勉強なんか、なんの意義もない自己満足』って」

芽吹《めぶき》さんは悲しそうに目を伏《ふ》せた。

「あのころの先生は、どこへ行ってしまったのですか？」

「その言葉は確かに言いすぎだね。もちろん立派な目的を持って勉強してる人もたくさんいる。でも僕には目的なんてない。いい成績を取ればみんなから優等生として認められる。僕は、そんな自己満足だけで勉強してるつまらない人間だ」

「そう、ですか……」

「こんな回答しかできなくて、ごめん。せっかく来てくれたのに」

「……わたしは若葉野《わかばの》さんの——先生の言葉で、受験に立ち向かえる勇気がほしかった。さっきの言葉を嘘《うそ》だと言ってもらって、本当は受験を乗り切った先に希望があるって、教えてほしかったんです」

芽吹《めぶき》さんは顔を上げ、空を見上げた。

激しく降っていた雨が弱まっている。雲の切れ間からうっすらと日の光が差し込んでいた。

「これなら歩けそうですね。失礼します」

「うん。道路が濡《ぬ》れてるから気をつけて」

「それと、先生。……先生は自分で思ってるより、面白《おもしろ》い人だと思いますよ」

「えっ？　どうして？」

「本当につまらない人だったら、勉強する意義に悩《なや》むことすらしないと思います。——それじゃ、今度こそお元気で！」

最後に優《やさ》しくほほ笑《え》むと、芽吹《めぶき》さんは背を向けて歩き出す。

僕が、面白《おもしろ》い人間？　つまらない人間じゃなくて？　そんなふうに言われたのは初めてだ。

「芽吹《めぶき》さん！」

思わず彼女を呼び止めた。

「芽吹《めぶき》さんはどうして、家庭教師を雇《やと》ってまで受験したいの？　もっと楽に入れる高校はたくさんあるはず！　何を求めて合格を目指すんだ⁉」

「わたしは……わたしは、証明したいんです。自分の力で前に進める力があるってことを」

「証明？」

「自分で志望校を決めて、自分の力で合格して、何かをやり遂《と》げる力があるんだってことを、自分自身で確かめたいんです！　自己満足かもしれません。なんの役にも立たないかもしれません。でもそれを証明して、自分の力を知りたいんです！」

振《ふ》り向《む》いた彼女の瞳《ひとみ》につらぬかれるようだった。

彼女の、こんな意志のこもった表情を見たのは初めてだった。

自分の力を知るために受験に挑《いど》む……。

そうかもしれない。世の中に対し、自分の力がどれだけ通用するのか、それを知るために試験に挑《いど》むのかもしれない。

失恋《しつれん》して自分の価値を信じられなくなった僕は、自分自身のことなど知りたいとも思わなくなっていた。勉強して自分の力を世に問うことに、意義なんて見いだせなくなっていた。

「でも……わたしには、力が足りない。一人で勉強して実力を証明できるだけの力が、わたしには足りないんです……」

くやしそうに唇《くちびる》を震《ふる》わせる姿を見た瞬間《しゅんかん》、僕は確信した。自分が何をするべきか悟《さと》った。

迷いながらも、一人で孤独《こどく》に受験を戦っている彼女を支えたい。

「さっき断ったこと、撤回《てっかい》してもいいかな。家庭教師の依頼《いらい》、引き受けさせてほしい」

「どうしたのですか？　急に」

「僕も確かめたくなったんだ。自分に何ができるのかを。芽吹《めぶき》さんの家庭教師として役立てば、勉強の意義を思い出せるかもしれない。そう考えたんだよ」

「それじゃあ、本当にわたしの家庭教師になってくれるのですか⁉」

「またあのときみたいに勉強しよう。僕は受験勉強が終わったから、前よりも集中して芽吹《めぶき》さんの勉強を見てあげられるはずだ」

雲の間からのぞく太陽のように、芽吹《めぶき》さんの表情が明るく輝《かがや》いた。

「嬉《うれ》しい！　どうかよろしくお願いします、先生！」

「新米の家庭教師だけど、芽吹《めぶき》さんが志望校に合格できるよう、力を尽《つ》くすよ」

雨はあがって、道路の水たまりがキラキラと西日を反射させている。

「そうと決まれば忙《いそが》しくなるな。まず学校に許可をもらわないと」

「先生にとっては、アルバイトになるんですよね。許可を得るの、大変ですか？」

「時乃崎《ときのさき》学園の校則だと、アルバイトをするときは、その仕事が学業の負担にならず、かつ自分自身の身に付くものであることを申請書《しんせい》に書いて、提出しなきゃいけないんだ」

「そうなんですね……。すみません、手間をかけさせてしまって」

「心配ないよ。僕自身のためになると思ったから引き受けたんだ。夏休み中でも受け付けてくれるはずだから、申請《しんせい》書を書くのにちょうどいい」

二人で並んで歩きながら、すっかり明るい表情になった芽吹《めぶき》さんの横顔をちらっと見る。

まさか、また彼女と勉強をする日が来るとは思わなかった。

しかし時が戻《もど》ったわけじゃない。

僕の告白は、そして失恋《しつれん》は、消えてはいない。あのときの痛い記憶《きおく》は、今も胸《むね》の奥に突《つ》き刺《さ》さっている。彼女ももちろん、僕を振《ふ》ったことを忘れてはいない。

でもこれからは、僕と芽吹《めぶき》さんは、家庭教師と教え子。

そんな新しい関係の第一歩を、踏《ふ》み出《だ》そうとしているんだ。

8月・3　初めての家庭訪問

これから僕は、受験生・芽吹《めぶき》ひなたの家庭教師として活動する。

その日の昼過ぎになると、鞄《かばん》に筆記具や講師用の書類を詰《つ》め込み、出かける準備をした。

服装をどうしようか考えて、学校の制服を着ることにした。なんだか生徒みたいだけど、これなら毎週の家庭教師のたびに服を考えなくて済みそうだ。

そうして夏休みも終盤《しゅうばん》の今日、僕は芽吹《めぶき》さんの家に向かった。

市内を走るバスに乗って約二〇分。少し距離《きょり》が離《はな》れているけど、バスの時刻に合わせて家を出れば移動時間はそれほど長く感じない。

バス停で降りて、住宅地の道を五分ほど歩くと、芽吹《めぶき》さんの家の前に到着《とうちゃく》した。

「こんなところに住んでいるんだ……」

彼女と接していて育ちのよさは感じていたけど、想像以上に優雅《ゆうが》な自宅だ。

落ち着いた雰囲気《ふんいき》の住宅地にある二階建ての一軒家《いっけんや》。大きな窓と平たい屋根のある建物で、品のいいデザインから見ても豊かな家庭なんだと思わせる。

門の前から建物を眺《なが》めながら、ふと疑問を抱《いだ》いた。

芽吹《めぶき》さんは金銭的な事情で塾《じゅく》を辞《や》め、授業料を安く済ませられる僕に家庭教師の依頼《いらい》をしたのだと言っていた。

けれど自宅の建物からして、お金に困っている家庭には見えない。

もちろん見た目に反して家計が火の車だという可能性はあるけど、塾代《じゆくだい》も出せないほどなんだろうか？　彼女が通っていた『一番合格ゼミナール』は、僕のような一般《いっぱん》家庭の生徒でも入塾《にゅうじゅく》できる程度の授業料なのに。

まあ、人の家庭の金銭事情を詮索《せんさく》してもしょうがない。

僕がするべきは、与《あた》えられた依頼《いらい》をこなすこと。

門柱のインターホンを鳴らすと、しばらくして芽吹《めぶき》さんの応答があった。

「こんにちは！　家庭教師の若葉野《わかばの》です」

「お待ちしてました、先生！　今出ますから、ちょっと待っててくださいね！」

やがて玄関《げんかん》の扉《とびら》が開き、芽吹《めぶき》さんが姿を現した。

清楚《せいそ》なブラウスの下で長めのスカートをはためかせ、門のところまで駆《か》けてくる。

今まで、塾《じゅく》で芽吹《めぶき》さんと会うときはいつも制服姿だった。初めて見る彼女の私服姿は、出会ったばかりのような新鮮《しんせん》さを僕の目に焼き付ける。

「ようこそ！　ふふっ、なんだか先生を家にお招きするなんて、不思議な気分です。一年前はこんなこと想像もしてなかったのに」

「僕だって、本格的に勉強を教えることになるとは思ってもいなかった」

話していると額に汗《あせ》がにじんでくる。バス停から数分とはいえ、夏の日差しの中を歩いたのだから無理もない。汗《あせ》をぬぐおうとポケットに手を突《つ》っ込んで、気がついた。

「あれ？　ハンカチを忘れてるな。まあいいや」

僕は腕《うで》を伸《の》ばし、半袖《はんそで》の制服で額を拭《ふ》こうとする。

「いいや、じゃないですよ！　制服が汚《よご》れちゃいます！」

芽吹《めぶき》さんはあわてて僕の手首をつかんで額から引《ひ》き離《はな》す。

自分のポケットからハンカチを取り出し、僕の額を拭《ふ》いてくれた。

ほんとに人がいいというか、親切な子だ。もっとも僕としては、そんな急に触《ふ》れられると、どうしても彼女の細い指先を意識してしまうのだけど。

「外は暑いですから、早く中に入りましょう」

案内されて屋内に入ると、外見と同様に、落ち着いた西洋風の空間が広がっている。

玄関《げんかん》の壁《かべ》に、どこか外国の風景を撮《と》った写真が飾《かざ》られていた。

澄《す》んだ青空の下、のどかな田園地帯の向こうに雄大《ゆうだい》な山脈が広がっている。人々の営みを優《やさ》しく包み込むかのように、自然の台座が荘厳《そうごん》に鎮座《ちんざ》していた。

「これ、お父さんが撮《と》った写真なんですよ」

いつの間にか見入っていた僕に、芽吹《めぶき》さんが説明してくれた。

「風景写真家なんです。世界中を飛び回っていて、いろんな土地で自然の風景を撮影《さつえい》してるんです。最も美しい瞬間《しゅんかん》を撮《と》るために、田舎《いなか》の宿とかキャンプ場とかに何日も寝泊《ねと》まりして」

「貴重な瞬間《しゅんかん》だから、つい目を奪《うば》われるんだな」

「今も仕事で外国に行っていて、来月まで帰って来ないんです。そのあと、すぐまたどこか行くみたいで。もっと家族と一緒《いっしょ》にいてほしいです、まったく」

口をとがらせてぷんぷん怒《おこ》った顔をしてみせるものの、心の中では父親への愛情にあふれている様子がよく伝わってくる。

それから僕は一階のリビングに通された。

部屋の中央にソファとガラステーブルがあり、壁際《かべぎわ》に大きなテレビが置かれている。カーテンの開け放たれたガラス戸の向こうは小さな庭で、強い日差しが草木をつややかに照らしていた。

「お母さんを呼んできますから、座って待っていてくださいね」

芽吹《めぶき》さんがリビングから出ると、僕はソファに腰掛《こしか》けた。

家庭教師の約束をしたといっても、まだ正式に契約《けいやく》を結んだわけじゃない。それまでに越《こ》えねばならないハードルがある。

芽吹《めぶき》さんの親の承認《しょうにん》だ。

家庭教師は、生徒の保護者に雇《やと》われるものだ。僕はこれから芽吹《めぶき》さんの親と面接し、承認《しょうにん》されて初めて家庭教師になれるというわけだ。

やがて足音が聞こえ、リビングの扉《とびら》が開いた。芽吹《めぶき》さんは三つのグラスが載《の》ったトレイを持っていて、氷の入った麦茶を一つずつテーブルに置いた。

そのあとからもう一人、大人の女性がやって来た。芽吹《めぶき》さんの母親のようだ。

#

きれいな人だなあ……。というのが、芽吹《めぶき》さんの母親を見たときの第一印象だった。

母親がリビングに入っただけで、部屋の上品さが一段階上がった気がする。

彼女は紺色《こんいろ》のブラウスを着て、髪《かみ》をボブカットに整えている。

整った鼻筋と意志の強そうな目。正確な年齢《ねんれい》はわからないけど、まだ三〇歳にも見える。中学生の親だから、実際はもっと上だろうけど。

そして確かに芽吹《めぶき》さんの面影《おもかげ》があった。でも優《やさ》しさのある芽吹《めぶき》さんに比べて、ずっと気が強そうにも感じられる。

母親は向かいのソファに座り、じっと僕を見つめた。突然《とつぜん》の来訪者を見定める目で。

僕は少しばかり緊張《きんちょう》しながら頭を下げた。

「わ、若葉野《わかばの》瑛登《えいと》です。よろしくお願いします」

「ずいぶんお若いのね。高校生？」

「時乃崎《ときのさき》学園高等学校の一年生です。昨年までは『一番合格ゼミナール』に通っていて、進学後は受験生の役に立ちたいと考え、家庭教師センターに登録しました」

「ひなたとは、どのようなご関係ですか？」

「ひなたさんとは、塾《じゅく》に通っていたころに同じ塾舎《じゅくしゃ》で知り合いました。僕が一学年上ということで、ひなたさんの勉強についてアドバイスしたことがあって、それで今回、家庭教師として指名していただけたのだと聞いています」

「それだけ？」

母親は疑うように少し目を細めた。

無理もない。娘《むすめ》と同年代の異性が自宅にやって来たら、親としては心がざわめくだろう。

「お母さん！」

横のソファに座っている芽吹《めぶき》さんが声をあげた。

「わたしと若葉野《わかばの》さんは、お母さんが考えてるような関係じゃないから！　去年の秋、急に成績が伸《の》びたの覚えてるでしょう？　あれが、若葉野《わかばの》さんが勉強を教えてくれた結果なの！」

聞きながら、少し胸《むね》の奥が痛んだ。

僕は芽吹《めぶき》さんに告白している。純粋《じゅんすい》に勉強していただけの関係じゃない。

しかし芽吹《めぶき》さんの言葉も嘘《うそ》ではない。

芽吹《めぶき》さんははっきりと告白を断ったし、僕もその返事を受け入れた。

告白を過去のものとした上で、家庭教師の契約《けいやく》をするのだから。

「ご心配はあるかと思います。そこで『一番合格ゼミナール』では、家庭教師に様々な規約を設けているのです。もちろん、恋愛《れんあい》に関する禁止規定もあります」

僕は鞄《かばん》から保護者向けのパンフレットを取り出し、母親の前に差し出した。

規約には、家庭教師と教え子の恋愛《れんあい》や、それに類する不健全な行為《こうい》は禁止であることが明記されている。そうした行為《こうい》が発覚した場合は契約《けいやく》を解消され、家庭教師としての登録を抹消《まっしょう》されるような重いペナルティーが科せられる。

それでも難しい顔をしている母親に向かって、芽吹《めぶき》さんが声をあげた。

「お母さん、言ったでしょ。自分で進路を決めたいのなら自分の力でやりなさい、って。だから自分で家庭教師の先生を見つけたの！　これからはわたしの自由に勉強するから！」

「ひなた、意地を張るのはおよしなさい。わたしが信頼《しんらい》できる進学先に推薦《すいせん》してあげると言っているでしょう？　何が不満なの？」

「お母さん、全然わたしの希望を聞いてくれない。わたしのこと勝手に決めて……」

「勝手ではないのよ。ひなたのために、一番よい進路を考えているの。進路は人生に関わることなのだから、いっときの憧《あこが》れや希望で簡単に決めるようなものではありません」

「簡単になんか、決めてない。ちゃんと考えてるから……」

「そう。なら好きにしなさい。間違《まちが》いに気づいたら、いつでも言うのよ」

彼女は再び僕のほうを見て、釘《くぎ》を刺《さ》すように言った。

「家庭教師は構いませんが、ひなたの将来のじゃまにならないように。いいですね」

「は、はい。決して受験のじゃまになんか……」

言い終わるより早く母親は席を立ち、背を向けてリビングの扉《とびら》から出て行く。

あとに残された芽吹《めぶき》さんは、どこか寂《さび》しそうな表情で目を伏《ふ》せている。

「芽吹《めぶき》さん、大丈夫《だいじょうぶ》？　お母さんと言い合ってたけど」

「すみません、心配をおかけして。でもこれでお母さんの了解《りょうかい》を得られましたよ。正式に家庭教師の契約《けいやく》ができますね！」


母親との面接を終えると、僕は二階にある芽吹《めぶき》さんの部屋に案内されることになった。

家庭教師になれば、毎週彼女の部屋に来て授業をすることになる。

「芽吹《めぶき》さんのお母さんって、若いんだね」

「そうですか？　親としては普通《ふつう》の年齢《ねんれい》だと思いますけど。もう四七歳ですし」

「ほんとに⁉　全然そう見えないな。僕の母さんと同じくらいなんて信じられない」

「お母さん、昔はタレントの仕事をしてたんです。あまり有名になれなくて、結婚《けっこん》を機に引退しましたけど。今でも身だしなみに気をつかっているから、若く見えるんだと思います」

「タレントだなんてすごいなあ。テレビに出てたとか？」

「そうみたいですね。わたしが生まれるよりずっと前の話なので、番組を見たことはないんです。お姉ちゃんはビデオを見せてもらったそうですけど、『あんなぶりっ子してて、同一人物とは思えない』なんて複雑そうな顔をしてました」

「芽吹《めぶき》さん、お姉さんもいるんだね」

「もう結婚《けっこん》して家を出てますけど、たまに帰ってきて、一緒《いっしょ》に遊んでもらってますよ」

さっきは険悪な雰囲気《ふんいき》だったけど、彼女の態度を見る限り、家族の仲は悪くなさそうだ。

それにしても、芽吹《めぶき》さんもまた、歳《とし》を重ねてもあんなに美しいままなんだろうか？

今は中学生相応の顔立ちだけど、整った目鼻立ちが大人びて感じられることもある。そんな魅力《みりょく》が、この先いっそう増していくのだとしたら……。

成長した彼女がどんな女性になるのか、想像しただけで胸が高鳴ってしまう。

しかもそんな芽吹《めぶき》さんと、彼女の部屋で授業。二人っきりで。

「先生、どうしました？　さっきから胸に手を当てて」

「その、階段を上がったら心臓がドキドキしちゃって」

気持ちを悟《さと》られたくなくて、つい適当な言い訳をしてしまった。

「ちょっと急な階段ですけど……このくらいで息切れなんて、運動不足ですよ」

「きっと、外が暑かったから体力が減ったんだ」

またも適当な言い訳をしながら、二階の廊下《ろうか》を進んで突《つ》き当《あ》たりの部屋の前に来る。

ここが芽吹《めぶき》さんの部屋だそうだ。

かつて彼女に恋《こい》していたころ、何度も夢想しながら届くことのなかった聖域。

その扉《とびら》が、今、目の前にある。

#

僕は少し緊張《きんちょう》しながら、これから通う仕事場——芽吹《めぶき》さんの部屋に足を踏《ふ》み入《い》れた。

広さは八畳《じょう》ほどあるだろうか。一軒家《いっけんや》だけあって、僕の部屋よりも一回り大きい。

建物の角部屋で、奥と横にある二つの窓から明るい外光が差し込んでいる。

しっかり掃除《そうじ》されているらしく、カーペット敷《じ》きの床《ゆか》にはゴミ一つ落ちていない。

棚《たな》には雑貨類の他に、可愛《かわい》い動物のぬいぐるみが何体か置かれている。

本棚《ほんだな》には参考書や教科書が並び、小説のハードカバーや、料理や手芸に関する実用本、そして有名な少女漫画《まんが》のタイトルなども見える。

窓側の壁《かべ》にベッドが設置され、夏物のブランケットが丁寧《ていねい》に折りたたまれていた。

その手前に小さなクローゼットが一つ。女の子の衣類を入れるには足りなそうだけど、季節外の服は別室に置いているのかもしれない。

日当たりのいい場所に勉強机があり、いくつもの文具や何冊ものノートが並んでいた。

「あまり部屋を見られると恥《は》ずかしいです。これでも必死で掃除《そうじ》したんですよ」

「ここまで整理整頓《せいとん》されていたら立派だよ。僕も見習わないとな」

部屋の中央に座卓《ざたく》が置かれ、両側に一つずつクッションが配置されていた。

「授業はあそこでいいでしょうか？　勉強机で見てもらうと、先生が立ちっぱなしになってしまいますし」

「そうだね。座りながら向かい合ったほうが、授業がしやすいと思う」

家族との面接はもう済んでいるから、今日は帰っていいのだけど……次のバスまで時間がある。今外に出たら、炎天下《えんてんか》で待たなければならない。

「今のうちに芽吹《めぶき》さんの成績を確認《かくにん》させてもらっていいかな」

芽吹《めぶき》さんは勉強机に立てかけられていたファイルと、何冊かのノートを持ってきた。

二人で座卓《ざたく》に向かい合って座り、まずはファイルを確認《かくにん》させてもらう。

ファイルには、一学期の中間試験と期末試験の答案が挟《はさ》まれている。

内容を見ていくうち、僕は小さくうなってしまった。

「うーん……」

「やっぱり悪くなってますよね。成績……」

「悪いとまでは言えないかな。ほとんどの教科で六〇点以上をキープしているからね。だけど芽吹《めぶき》さん、二年生の後半は七〇点台を確実に取っていたし、九〇点を超《こ》えることもあったから、それと比べると結構落ちてるかな」

「二年生のときは先生が勉強を見てくれてたからですよ！　それが無くなってから、成績が落ちてしまったんです」

けれど二年生のときに好成績を収めていたなら、三年生の勉強にもついていけるはず。理由も無しに、こんなに短期間で落ちるとは考えにくい。

続いてノートを見せてもらった。

彼女は一年前のアドバイスを忘れず、しっかり学習している。サボっている様子は見られないし、勉強の進め方にも問題はなさそうだ。

ただ一つ、気になる点があった。

ノートに書かれている文字が、僕が知っている彼女の文字よりもずいぶん弱々しく見える。

まるで、自信が持てないまま書きつづっているように。

芽吹《めぶき》さんが金銭的な理由で塾《じゅく》を辞《や》め、僕に家庭教師を頼《たの》んだ理由。

急落している彼女の成績と、弱々しいノートの文字。

そして先ほどの母親の態度……。

「芽吹《めぶき》さん、進路のことでお母さんと意見が対立してるよね？」

彼女はうつむいて、こくりとうなずいた。

「お母さん、自分が決めた学校に進ませようとしてるんです。わたしの志望校を伝えて何度も話し合ったんですが、聞いてくれなくて……。どうしても自分の志望校に進みたいのなら、一切《いっさい》協力しないと言われました。わたしは、そんなことで諦《あきら》めたくなかったから、協力なんてなくても自力で合格してみせるって、言い返しちゃって」

「お父さんは何か言ってない？」

「仕事が忙《いそが》しくて、わたしの教育方針はお母さんに一任してるんです」

「じゃあ、芽吹《めぶき》さんに味方してくれる人がいない……」

「家庭教師代も、わたしがお小遣《こづか》いで払《はら》うことにしたんです。今までの貯金も足せば、なんとか足りるはずですから」

「えっ⁉」

さすがに驚《おどろ》いた。僕の家庭教師代が安いといっても、中学生の芽吹《めぶき》さんにはかなりの負担になるはず。

彼女の成績が急落した理由は、進路をめぐっての対立に悩《なや》み、勉強に集中できないせいだ。いくら毎日何時間も勉強したところで、集中できなければ効果が落ちてしまう。

そして集中するには、安心して勉強できる環境《かんきょう》が必要だ。

「……わかったよ、芽吹《めぶき》さん。心配しなくていい。これからは僕がしっかりと指導する」

「先生の指導があれば、わたし、絶対に合格できると思うんです！」

「それと、授業料は不要だ。塾《じゅく》を通さず、個別に契約《けいやく》すれば無料で教えられる。お金なんかもらわなくても、芽吹《めぶき》さんの合格の支えになりたい」

「なんの対価もなく家庭教師を頼《たの》むわけにはいきません！　お母さんにも説明できませんよ」

言われて少し考え直した。

確かに塾《じゅく》の家庭教師センターを通じて契約《けいやく》したほうが、家族からも信頼《しんらい》を得やすい。運営からのカリキュラムや教材のサポートは、新米家庭教師の僕には大いに役立つ。

ただそれだと、システム上、どうしても一定以上の契約料《けいやく》が必要になる。

「授業料は設定できる最小限にしよう。それでも負担はかけてしまうけど、対価もないのに毎週部屋に来るなんて、お母さんに怪《あや》しまれそうだしね。それに少しでもお金を受け取ったほうが、僕も責任感が出るかもしれない」

「そうですよ！　若葉野《わかばの》さん、プロの家庭教師になってください！　プロフェッショナルな家庭教師の先生として、わたしに勉強を教えてください！」

プロフェッショナルな家庭教師……。そう言われ、一気に決意がわき上がった。

「僕はプロフェッショナルの家庭教師になるよ。日本一……いや、世界一の家庭教師だ！」

「世界一ですか!?」

「嘘《うそ》じゃない。大勢の生徒を相手にした指導なら、そりゃベテランの講師にかなわないさ。でも僕は芽吹《めぶき》さんの勉強を見てきた。芽吹《めぶき》さんの学習傾向《けいこう》は少なからず把握《はあく》している。芽吹《めぶき》さんの専門の家庭教師なら、誰《だれ》にも負けない自信がある！」

「わたし専門の家庭教師……。それって……ものすごく贅沢《ぜいたく》なことですよね……」

「これ以上ない贅沢《ぜいたく》だ。芽吹《めぶき》さんが僕を家庭教師に選んでくれたこと、絶対に後悔《こうかい》させない。これからは何も悩《なや》まず、安心して勉強に集中していいんだ」

僕を見つめる芽吹《めぶき》さんの大きな瞳《ひとみ》に、キラキラと室内の光が反射している。夜空に輝《かがや》く星々のように、銀河のように、暗闇《くらやみ》の中に希望の光が見えていた。

「わたし、なんだか急に勉強したくなってきました！　あ、あの、先生、今から勉強を見てもらってもいいですか？　夏休みの課題で自信のないところがあって。すぐに教科書を持ってきますか……らっ⁉」

立ち上がった瞬間《しゅんかん》、芽吹《めぶき》さんの足下《あしもと》がふらついた。

前のめりに倒《たお》れ込み、彼女はとっさにテーブルに両手をついて体を支える。

すぐ目の前に、芽吹《めぶき》さんの顔があった。

見開いた彼女の瞳《ひとみ》の天球儀《てんきゆうぎ》に、僕の顔が映り込んでいる。

「あ……足が、しびれ……ちゃって………」

口を開くたび、芽吹《めぶき》さんの温かな吐息《といき》が風となって僕の顔をかすめた。

「べ、勉強の続きは、正式に契約《けいやく》できてからにしよう。課題のわからないところは、スマホに撮《と》って送ってくれれば見てあげるから」

「そ、そうですね……」

芽吹《めぶき》さんが体勢を立て直すと、やっと彼女の顔が離《はな》れた。

あれ以上至近距離《きょり》で見つめられたら、理性が吹き飛《と》んでしまいかねない。

プロフェッショナルになると決意した以上、芽吹《めぶき》さんと二人きりで過ごすことにも慣れないといけなそうだ。


バスの時間も近づいていたので、今日はこれで芽吹《めぶき》さんの家を退出することになった。

玄関《げんかん》を出て、門のところまで彼女は見送りに来てくれた。

「来週までに契約《けいやく》書類を準備します。書類を塾《じゅく》に提出すれば、正式に契約《けいやく》ですよね」

「二学期には間に合いそうだ。家庭教師を始めるにはちょうどいいタイミングだね」

「書類がそろったら、一緒《いっしょ》に提出に行きましょう」

最後に軽く別れの挨拶《あいさつ》をして、僕は帰路を歩き出した。

曲がり角のところで振《ふ》り返《かえ》ると、芽吹《めぶき》さんはまだ見送ってくれていた。軽く手を振《ふ》ると、彼女も振《ふ》り返してくれる。

僕は、再びこの家を訪《おとず》れる。

芽吹《めぶき》ひなたの家庭教師として、彼女を志望校への合格に導くために。

8月・4　志望校を目指せ！

夏休みも終わりかけの今日、僕は商店街にあるファストフード店に向かった。

ウーロン茶だけ注文して二階の客席を見まわすと、窓際《まどぎわ》の席に座っていた少女が気づいて、こちらに向けて大きく手を振《ふ》った。

「先生、ここですよ～！」

芽吹《めぶき》さんは涼《すず》しげな若草色のワンピースを着ている。残暑が厳しい中でも春のようなさわやかさで、本当に何を着ても似合う子だ。

僕は彼女の向かいに座って報告した。

「芽吹《めぶき》さん、家庭教師の仕事をする許可、僕の学校に認められたよ」

「本当ですか⁉」

「申請《しんせい》書類で、その仕事をする意義について書く必要があったんだけど『人に教えることで自分の勉強も見直す』という内容で書いたら、認められたんだ」

「わたしも、今回の契約《けいやく》が先生のためにも役だったら嬉《うれ》しいです」

「これで必要な許可は全部そろった。あとは塾《じゅく》に書類を提出すれば、正式に契約《けいやく》だ」

今日僕たちが会ったのは、家庭教師契約《けいやく》の申請《しんせい》書類を『一番合格ゼミナール』の家庭教師センターに提出するためだ。教師側と生徒側でそれぞれ準備した書類があるから、一緒《いっしょ》に提出に向かうことにしたんだ。

「これからよろしくお願いします、先生！」

「う、うん。それはいいけど、人がいるところで『先生』はやめてくれよ」

僕は賑《にぎ》わう店内を見まわしながら言った。

「どうしてですか？　これから本当に先生になるんですから」

「だからって、人に聞こえるのは恥《は》ずかしいよ。他の人から見たら、教師と生徒には見えないだろうし」

「そうかなあ。わたしは中学生ですし、先生は高校生ですよ。教師と生徒に見えても変じゃないと思いますけど」

「学年は一つしか違《ちが》わないじゃないか」

「なら先生は、わたしたちがどういう関係に見えると思うんですか？」

「学校の先輩《せんぱい》と後輩《こうはい》と思うんじゃないかな。それか友だち同士とか、あるいは――」

うっかり『カップル』と言いそうになり、あわててウーロン茶を一気に飲み干した。

「そうだ、きょ、兄妹《きょうだい》に見えるかもしれないね」

「え〜。それだと先生を『お兄ちゃん』って呼ぶことになってしまいますよ」

「いや、いや、決してそんなつもりじゃなくてだね。というか『お兄ちゃん』はダメだよ！」

本当に彼女から『お兄ちゃん』なんて呼ばれたら、それこそもだえ死んでしまいそうだ。

「だったら『先生』でいいですよね。ねっ、先生！」

「わかったよ。そう呼んでくれて構わないから……」

「『若葉野《わかばの》さん』って呼んだら、ただの友だち同士みたいじゃないですか。先生と呼ばせてもらったほうが気も引《ひ》き締《し》まるんです」

「だったら僕も、芽吹《めぶき》さんを生徒っぽく呼んだほうがいいのかな？」

「遠慮《えんりょ》なく生徒として扱《あつか》ってください！　先生は生徒のわたしをどう呼んでくれますか⁉」

しかし、生徒の呼び方って何がいいんだろう？

学校や塾《じゅく》の先生を思い出しても、いろんな呼び方をする人がいる。

「やっぱり名字を呼び捨てにする人が多いから……」

僕は芽吹《めぶき》さんに向かって、先生気分で呼びかけた。

「芽吹《めぶき》」

「本当に先生に呼ばれてるみたい！」

「ちょっと、偉《えら》そうじゃないかな」

「先生だから偉《えら》そうでいいんですよ」

「呼び慣れないなあ。自宅にはお母さんもいるから、うっかり呼び捨てにしたら失礼だし」

家庭教師だと家族と顔を合わせることも多いはず。区別がつくほうがいいかもしれない。

他に考えて、別の呼び名を口にした。

「ひなた」

「………………！」

芽吹《めぶき》さんはぴくんと背筋を伸《の》ばし、身を固くする。

「って、名前の呼び捨てなんて馴《な》れ馴《な》れしいよね？」

「いえ！　身が引《ひ》き締《し》まる思いがしました！　先生も家庭教師になるんですから、威厳《いげん》を持ってください。ここで練習しましょう。指導のつもりで、わたしを呼び捨てにしてください」

なんか彼女のペースに乗せられてる気がするけど、しょうがない。指導中の場面を想像しながら話しかける。

「ひなた、夏休みの宿題はもう終わったか？」

「もちろんです、先生！　宿題を全部終わらせて、今は間違《まちが》いがないか見直してます！」

「さすが、ひなたは勉強熱心だ。優秀《ゆうしゅう》な生徒を持って先生は嬉《うれ》しいぞ」

「えへへ〜。褒《ほ》めるばかりじゃなくて、厳しい指導もしてくださいね」

「厳しい指導!?　そ、それじゃあ……。おっ、ひなた、この数式をミスってるぞ。ここは基礎《きそ》になる重要な部分だ。確実に覚えるようにな」

「は、はい！　つい油断しちゃいました！　二度と間違《まちが》えないようにしっかり復習します！」

「うむ。ひなたはやればできる子だ。くじけずにがんばれ！」

「ご指導ありがとうございます、先生！」

ふと視線に気がつくと、隣席《りんせき》の若いカップルが『何やってんだ？』って顔で見ている。

僕は思わずテーブルの上で頭を抱《かか》えた。

「は、恥《は》ずかしい～……」

「なんでですか⁉　先生、とっても家庭教師っぽかったですよ！」

「やっぱり、しばらくは『芽吹《めぶき》さん』って呼ばせてくれない？」

「む～、しょうがないなあ。だけど必要なときは厳しく威厳《いげん》を持って指導してくださいね」

「というか、さっきから僕のほうが指導されてる気がするんだけど」

僕も新米の家庭教師だ。指導者として勉強しなければならないことは、たくさんある。

時計を見ると午後二時過ぎだ。

「芽吹《めぶき》さん、そろそろ書類の提出に行かない？」

「その前に先生、一つお願いをしてもいいですか？　行ってみたい場所があるんです」

「今日は時間もあるし、案内してもいいけど、どこへ行きたいの？」

「それはですねえ～」

何やら芽吹《めぶき》さんは期待のこもる目で僕を見つめるのだった。

#

　商店街のファストフード店を出ると、僕と芽吹《めぶき》さんはバスに乗って、ある場所へとやって来た。芽吹《めぶき》さんがぜひ行きたいと言った場所。

　私立時乃崎《ときのさき》学園高等学校。現在の僕が通学している高校だ。

　設立しておよそ一〇年の新しい学校で、モダン建築の校舎がみずみずしく建っている。

　今は夏休み中だから、敷地《しきち》内には入らず正門の前で立ち止まった。

「わあ〜。写真で見るよりもずっと広く感じますね」

　芽吹《めぶき》さんは瞳《ひとみ》をキラキラと輝《かがや》かせながら校舎を見上げている。

「そういえば芽吹《めぶき》さんの志望校ってまだ聞いてなかったけど、もしかして……」

「はい！　わたし、時乃崎《ときのさき》学園に進学したいんです！」

　時乃崎《ときのさき》学園は、国内外の様々な教育機関で活動してきた教育者によって設立された学校だ。カリキュラムにも最新の勉強法が取り入れられ、生徒たちは無理なく効率的に学べる。

　それだけじゃない。この学校が最も重視しているのは、生徒個人の未来を見据《みす》えた学習。

　高校三年間を通して自分の将来を考える時期に、社会の様々なことを知り、興味を持った分野を学習できるよう、一人一人に合わせたサポートがされるのだ。

この地域の中学生から人気の進学先だけど、そのぶん、受験の難易度は高い。

「わたし、中学一年生のころにこの学校を知って、将来はここに進学したいと考えたんです。学校の資料などを見て、調べれば調べるほどその気持ちが強くなって。でも合格できるのか自信が持てなくて、あまり人には言わないでいたんです」

「僕も初めて知ったよ。一緒《いっしょ》に勉強してたときも話さなかったよね」

「先生が時乃崎《ときのさき》学園を受験して合格したって聞いたときは、すごいなあ～って、こっそり憧《あこが》れてたんですよ」

「時乃崎《ときのさき》への進学、お母さんは認めてくれないの？」

「お母さんは、わたしを龍式《りゅうしき》学院に入学させたいんです」

私立龍式《りゅうしき》学院高等学校は古くからある伝統的な高校で、セレブの子息が多数通学している名門だ。偏差《へんさ》値は標準的だが学費は高額で、面接試験では受験生の品格も重要視されるという。それだけに学校のブランド価値は高く、卒業生は政財界や有名企業《きぎょう》に人脈を作ったり、その家族となったりする人も多い。

一方で非常に厳しい校則があり、学校生活はもとより、スマホの利用や校外での交友関係など、私生活にまで及《およ》ぶ多くの規則があるのだとか。

「龍式《りゅうしき》学院も立派な学校だと思うけど、芽吹《めぶき》さんとしては不満なんだね？」

「不満といいますか、入学案内を見ても、今ひとつわたしが学びたい方向とは違《ちが》っているような気がして……。それを伝えても、お母さんは聞き入れてくれないんです」

「お母さんがその高校を推《お》してる理由はあるのかな」

「龍式学院《りゅうしきがくいん》は、お母さんの母校なんです」

「なるほど、ね……」

親としては、見知らぬ学校より、歴史とブランドのある自分の母校に娘《むすめ》を入学させたほうが、安心できるのだろう。

「お母さんが心配していることは、わかるんです。わたしが間違《まちが》った進路を選ばないように、考えてくれているんです。でも、もう少しわたしのことも信じてほしい……」

「芽吹《めぶき》さんは、時乃崎《ときのさき》学園への受験を諦《あきら》めないつもりなんだね」

「諦《あきら》めません！　一生懸命《いっしょうけんめい》勉強して成績を上げれば、お母さんにもわたしの本気が伝わるって思うんです！　そうなれば、わたしの進路の希望を認めてくれるはず！」

そう話す芽吹《めぶき》さんの瞳《ひとみ》は、決意と不安の間で揺《ゆ》れていた。

「先生、わたし……合格できますよね？」

「そうだね……。こないだ見せてもらった一学期の成績を見る限り、率直《そっちょく》に言えば、今のままではちょっと厳しいかもしれない。だけど僕は知ってる。去年勉強を見ていたとき、芽吹《めぶき》さんは少しのアドバイスで的確に理解し、どんどん成績を上げていた。芽吹《めぶき》さんは学習の方法さえ適切なら、もっと上を目指せる。時乃崎《ときのさき》学園の合格だって確実に狙《ねら》えるよ」

「わたし、がんばります！　お母さんを絶対に見返しますから！」

僕はグラウンドを見つめながら、この学校に登校する芽吹《めぶき》さんの姿を想像した。

そして、ようやく当たり前のことに気がついた。

彼女が合格したら、僕と同じ学校の生徒になる。

そうなったとき、僕と彼女の関係はどうなるんだろう？

先輩《せんぱい》と後輩《こうはい》？　中学時代からの知り合い？　それとも……。

遠く校舎の陰《かげ》に人影《ひとかげ》が見えた。部活動か何かで登校している生徒のようだ。男子生徒と女子生徒が二人で歩いている。

なんとなく見ていると、二人は腕《うで》を組み、いかにも幸せいっぱいな様子でイチャイチャし始めた。見えているのに気づかないのか、それとも気にしてないのか、お互《たが》いの髪《かみ》に触《ふ》れあったり、肩《かた》を抱《だ》きかかえたり、見てるこっちが恥《は》ずかしくなってくる。

もしかしたら、来年の今ごろは僕と芽吹《めぶき》さんもあんなふうに……。

つい、そんな想像を浮《う》かべながら隣《となり》にいる彼女を見て——。

芽吹《めぶき》さんとバッチリ目が合ってしまった。

「……っ!?」

彼女は困惑《こんわく》した表情で小さく息をのむ。

「いいですか、先生。わたしたち、これからは教師と教え子なのですから——」

芽吹《めぶき》さんは腰《こし》に手を当て、生活指導の教諭《きょうゆ》みたいな表情で僕をにらみつけた。

「わたしのこと、好きになっちゃダメですからね！」

「わ、わかってるよ。もちろんだって」

そうだ。僕がこんなモヤモヤした気持ちを抱《かか》えてはいけない。

頭の中から、甘酸《あまず》っぱい恋愛《れんあい》の想像を投げ捨てよう。

「僕が受験勉強をしていたころ、芽吹《めぶき》さんはずっと応援《おうえん》してくれていた。合格したときは一緒《いっしょ》に喜んでくれた。なのに僕は自分のことばかり考えていて、そのお礼も言わないでいた」

僕は芽吹《めぶき》さんにまっすぐ向き直る。

「今こそお礼を言わせてほしい。芽吹《めぶき》さんが応援《おうえん》してくれたから僕は合格できた。その恩返しをしたい。今度は僕が、芽吹《めぶき》ひなたを志望校に合格させてみせる」

「そう言ってもらえると、嬉《うれ》しいです。これから、頼《たよ》りになりますね、先生」

家庭教師となる以上、教え子を恋愛《れんあい》対象になど見てはいけない。

今の僕の望みは――合格に喜ぶ芽吹《めぶき》さんの笑顔《えがお》が見たい。ただそれだけだ。

「それじゃ芽吹《めぶき》さん、そろそろ書類の提出に行こうか」

僕たちは真夏の校舎に背を向けて歩き出した。

次の春、高校の制服を着た彼女がこの門をくぐる姿を想像しながら。

#

夏休み最終日の夜、僕は自分の部屋の机に向かって、ひたすら鉛筆《えんぴつ》を走らせ続けていた。

「お、終わった……」

ギリギリで終了《しゅうりょう》させた夏休みの宿題を前に、力を出し切った気分で机に突《つ》っ伏《ぷ》してしまう。

夏休みの前半、気力を失っていた僕は宿題も放置していた。このまま堕落《だらく》した夏を過ごすかと思っていた。

けれど芽吹《めぶき》さんとの再会が、状況《じょうきょう》を変えたんだ。

彼女の熱意は僕の心に火をつけ、勉強へ向かう気力を燃え上がらせた。

明日からはもっと大変になる。自分の勉強と芽吹《めぶき》さんの家庭教師の二つを、同時にこなさなければならない。

「また、こんなに勉強が忙《いそが》しくなるとはなあ……」

去年の受験勉強まっただ中の日々に逆戻《ぎゃくもど》りした気分だ。

けれど、僕の心には闘志《とうし》がみなぎっている。

目の前にある、時乃崎《ときのさき》学園高等学校の一年生の教科書。

来年は彼女がこの教科書を手にしているはずだ。

「芽吹《めぶき》さん……」

思わずその名前をつぶやいて、気がついた。

その呼び方が、恋《こい》する相手へのものから、教え子へのものに変化している気がする。

彼女に失恋《しつれん》したとき、僕は何もかもが終わったような気分だった。

二度と這《は》い上《あ》がることのできない絶望の底に、たたき落とされたように思えていた。

けれど、そうじゃなかった。あの失恋《しつれん》こそが始まりだったんだ。

これは受験という長い戦いのスタートだ。

負けるつもりはない。ゴールに向かってこの道のりを走《はし》り抜《ぬ》けてみせる。


——瑛登《えいと》が決意をしているそのころ、芽吹《めぶき》ひなたもまた、自室の机で勉強をしていた。

宿題は全部終わっているけど、受験生に休息はない。

一学期の復習、二学期の予習。そして市販《しはん》されている参考書を使った勉強。

とはいえ長時間勉強していると体が凝《こ》ってしまう。

「う、うう〜ん……」

ひなたは両腕《りょううで》を上げて大きく伸《の》びをした。時計を見ると午後九時半をまわっている。

「明日から新学期かあ……」

あまり遅《おそ》くまで起きていたら学校の授業に響《ひび》いてしまう。今日の勉強はここまでにしよう。

ひなたは机のノートと参考書を閉じて棚《たな》に立てかけた。

続いて通学用の鞄《かばん》を開き、明日の準備をした。始業日だから教科書は必要ないけど、代わりに明日提出する宿題のドリル帳が入っている。忘れ物はなさそうだ。

「制服は大丈夫《だいじょうぶ》かな……」

ベッドの上の壁《かべ》に、白い半袖《はんそで》のセーラー服がハンガーがけされている。

ひなたは上着とスカートを脱《ぬ》ぐと、きれいに折りたたんだ。

壁《かべ》のセーラー服とスカートを手に取り、汚《よご》れやしわが残っていないか見まわす。休みの間にクリーニングに出していたから、新品のように真っ白だ。

両手でセーラー服を広げながら、ひなたはしみじみと見つめた。

中学生活はまだ半年近くあるけど、この夏服を着るのはあと一か月程度。

「中学校での夏は、いろいろあったなあ……」

若葉野瑛登《わかばのえいと》に出会ったのは、去年の夏のことだった。

塾《じゅく》で、ノートを忘れたひなたが途方《とほう》にくれていたとき、彼が突然《とつぜん》現れてノートを貸してくれたのだ。貸してくれたノートの中を見て、見たこともない学習方法に驚《おどろ》いた。

「なんか先生って、わたしを驚《おどろ》かせてばかり」

ひなたは当時を思い出しながら、くすっと笑った。

出会いのときばかりじゃない。あの冬の終わりごろの日だって……。

瑛登《えいと》が志望校に合格した日、二人で歩いた公園での出来事。

突然《とつぜん》の、彼からの告白。

それ以前にも男子から告白されたことは何度かあった。

自分なんて恋愛《れんあい》には早い未熟な女の子なのに、どこを好きになったのか不思議だった。でも、相手の男の子たちもまだまだ未熟で、恋愛《れんあい》に憧《あこが》れているだけなんだろう。

だからこそ、頼《たよ》りにしていた瑛登《えいと》から告白されたときは、本当に驚《おどろ》いた。

「先生、わたしのどこが好きになったんだろ……」

たぶん瑛登《えいと》は、ひなたのことを評価しすぎている。真面目に勉強をする姿を見て、しっかりした女性だと誤解したのだろう。

でももう、自分の気持ちは伝えてある。あんなことはもう起きないはずだ。

「本当のわたしなんて、子どもっぽくて甘えんぼで、自分一人じゃ何もできないのに」

制服に着替《きが》え終わると、ひなたは部屋を出て、廊下《ろうか》に立ててある姿見の前に立った。

久しぶりの制服姿になった自分に、気が引《ひ》き締《し》まる。

「だからこそわたし、自分の力で合格しなきゃ。先生に頼《たよ》ってばかりでなく、厳しい指導も受け止めないと！」

新学期とともに、瑛登《えいと》による家庭教師の授業が始まる。

もう、立ち止まっている暇《ひま》はない。

「わたし、がんばりますからね、先生！」

鏡の向こうの自分に語りかけるように、ひなたは一人、つぶやいた。

9月・1　新学期、家庭教師生活の始まり

九月に入っても夏の暑さはまだまだ引きそうにない。

二学期が始まったばかりの今日、僕は再び芽吹《めぶき》さんの家を訪《おとず》れた。

彼女の部屋で座卓《ざたく》に向かい合って座り、一回目の家庭教師の授業開始だ。

「それでは先生、これからのご指導、どうかよろしくお願いします」

芽吹《めぶき》さんはテーブルに手をついて深々とお辞儀《じぎ》をした。

彼女は夏服のセーラー服を着ている。自宅でもしっかりと勉強モードだ。

僕も学校の制服を着て通っている。気が引《ひ》き締《し》まるという理由もあるし、毎週の服を選ぶのに迷わなくて済む。

「こちらこそよろしく。さっそくだけど、今日は主要五教科の小テストをしよう。今後の指導方針を決めるために、芽吹《めぶき》さんの学習状況《じょうきょう》をきちんと把握《はあく》しておきたいんだ」

僕は鞄《かばん》からファイルを取り出し、挟《はさ》んでいた五枚の答案用紙をテーブルに並べた。

塾《じゅく》の家庭教師センターからは、学年別の指導マニュアルが配布されている。そのおかげで、新米家庭教師の僕でも役割を果たせる。

けれどマニュアルにしたがうだけの指導では意味がない。家庭教師の最大のメリットは、生

徒に合わせた個別の指導ができることだ。

「国語、数学、理科、社会、それと英語。どれも中学一年生から今までの内容を試《ため》すテストだ。そんなに難しい問題じゃないから、まずは腕試《うでだめ》しのつもりで気楽に受けてみよう」

「じゃあ……まず数学から始めてもいいですか？」

「いいよ。数学が最初だなんて、やる気に満ちてるね」

「数学の問題って、なんかパズルみたいで頭の体操になりますから。最初に脳をほぐすのにいいかなって。逆に頭が疲《つか》れてると、うまく解けなくなってしまうんです」

「なんとなくわかるな、その感覚。教科ごとに頭を使う部分が違《ちが》うよね」

数学のプリントを渡《わた》すと、芽吹《めぶき》さんは真剣《しんけん》な表情になって用紙に向かい合った。

「制限時間は一教科十五分ずつ。落ち着けば時間に余裕《よゆう》ができるはずだ。じゃあ始めて」

芽吹《めぶき》さんは全問にサッと目を通し、シャープペンシルを手に取って記入し始めた。

僕はテストに向かう彼女を、静かに見守り続けた。

「これで最後の問題……と。先生、全問終わりました！」

制限時間になる少し前に、芽吹《めぶき》さんは手を上げた。

僕は答案を受け取り、続いて国語のテスト用紙を渡《わた》す。

芽吹《めぶき》さんが次のテストに取り組む間、僕は赤いボールペンを手に数学の採点を始めた。

二人だけの空間に、二本のペンがテーブルをたたく乾《かわ》いた音だけが響《ひび》き渡《わた》る。

やがて国語のテストも終わり、続いて残りの教科のテストを順にこなしていった。

そうして全教科のテストが終わると、僕はテーブルの上に採点済みの答案用紙を並べた。

「おつかれさま。全教科とも八〇点台だ。悪くないけど、基礎《きそ》的な出題だからね……」

「うう～、なんか惜《お》しい気がします……」

「不正解になった問題は、中学三年生以降の範囲《はんい》に集中しているね。習ったばかりでしょうがない部分もあるけど、少々理解不足が目立つかな」

芽吹《めぶき》さんは母親と進路について意見を対立させ、塾《じゅく》も辞《や》めてしまっている。三年生の一学期は勉強に集中できる環境《かんきょう》でなかったことが、結果となって表れている。

「逆に言えば、課題となる場所が明確だ。これからしっかり一学期の復習をすれば、遅《おく》れを取《と》り戻《もど》せる。二学期の中間試験には間に合うはずだ」

「ありがとうございます！　そうですよね。そのために先生に家庭教師になってもらったんですから！　今度こそ満点を目指します！」

明るくなった芽吹《めぶき》さんの笑顔《えがお》に、安心した。勉強に大切なのは、なんといってもやる気と自信。今の彼女には、その二つがある。

そうして今後の学習方針を決めたところで一時間半が経過した。

「初日だし、今日の学習はここまでにしようか。おつかれさま」

「はあ～っ、緊張《きんちょう》しちゃった～」

芽吹《めぶき》さんはたちまち表情をゆるめ、両腕《りょううで》を大きく上げて伸《の》びをした。

そのまま床《ゆか》の上で、ごろんと仰向《あおむ》けに寝転《ねころ》がる。

リラックスした様子で両腕《りょううで》を投げ出し、深呼吸するたびに、セーラー服のリボンを載《の》せた胸元《むなもと》が大きく上下に動いていた。

なんて無防備な……。

僕は筆記具を片付けながら、ついチラチラと彼女のほうに目が向いてしまう。

「芽吹《めぶき》さん、床《ゆか》で寝《ね》ると風邪《かぜ》を引くよ」

「寝《ね》ないから平気ですよ～。ちょっと休憩《きゅうけい》してるだけです」

言いながら、うたた寝《ね》でもするように目を閉じて口を小さく開けている。

困ったことに、ゆるんだ顔もたまらなく可愛《かわい》い。常人ならだらしなく思えそうな表情も、彼女が浮《う》かべると癒《い》やされそうな愛らしさになってしまう。

許されるのならば、このまま見つめ続けたいけれど。

僕は家庭教師。教え子をよこしまな目で見てはいけない。

「それじゃあ芽吹《めぶき》さん。そろそろバスの時間だから、今日はこれで帰るね」

「うう～ん……、ふぁ～……」

芽吹《めぶき》さんの口からあくびのような声が漏《も》れる。

「お～い、芽吹《めぶき》さ～ん」

耳元で呼びかけると、彼女はハッと目を覚まして、開きかけの口元を押さえた。

体を起こしながら、眉間《みけん》にしわを寄せて僕をにらみつける。

「せ、先生っ。あんまり恥《は》ずかしい顔、見ないでくださいっ」

「いやいや、芽吹《めぶき》さんこそ勉強が終わった瞬間《しゅんかん》にうたた寝《ね》しないでください。——というか、勉強で疲《つか》れてない？　平気かな？」

「大丈夫《だいじょうぶ》ですよ。昨日の夜、いつもより多めに予習していただけです」

「寝不足《ねぶそく》だと勉強の効率も落ちるから、あまり夜遅《よるおそ》くまで勉強しすぎないようにね」

「はい、気をつけます。学校の授業で眠《ねむ》くなったら意味がないですし」

家庭教師たるもの、教え子の可愛《かわい》い寝顔《ねがお》にも動じぬ心を身に付けねばならないようだ。

こうして初めての家庭教師の日、僕は芽吹《めぶき》さんに見送られながら彼女の家をあとにした。

#

家庭教師として芽吹《めぶき》さんの家に行くのは、一週間に一度。曜日は僕と彼女のスケジュールを確認《かくにん》しながら、その都度決める。一回の授業は、一時間半から二時間ほど。

それが僕と芽吹《めぶき》さんの間に交《か》わされた契約《けいやく》内容だ。

けれどそれだけでは、受験勉強としては物足りない。

そこで補強のためにおこなうのが、オンライン補習だ。

芽吹《めぶき》さんの家で授業をした二日後、僕は塾《じゅく》から貸し出された専用のタブレット端末《たんまつ》を自室の机にセットアップした。スタンドを使い、タブレットをパソコンのモニターのように立てかける。これで画面越《ご》しに対面での授業ができるはずだ。

時刻は夜の八時半。これから三〇分ほど、芽吹《めぶき》さんと初めての補習をする。

「そろそろ時間だな」

開始予定時刻になると、机に座ってタブレットの電源を入れた。

タブレットの画面にアプリのアイコンが並んでいる。『一番合格ゼミナール』のマークが入ったアプリは、どれも家庭教師の活動に役立つものだ。

テストや学校行事をメモしておけるスケジュール表、生徒の成績をグラフ化できる管理ソフト、英語のスピーチが聞けるリスニングアプリなど。

その中から、オンライン講義用のアプリをタップして起動させた。

僕が受け持っている生徒は一人だけなので、生徒リストには芽吹《めぶき》さんしかいない。彼女の名前をタップすると『バーチャル講義室に接続中』の表示が出て待たされる。

やがて接続完了《かんりょう》と表示され、画面が切《き》り替《か》わった。

しかし画面は真っ白なまま何も表示されない。本来ならここに芽吹《めぶき》さんの映像が映るはずだけど、彼女はまだバーチャル講義室に接続していないらしい。

そのまま芽吹《めぶき》さんの接続を待つものの、一分過ぎても彼女は現れない。

オンライン補習のことを忘れてるんだろうか。

電話で連絡《れんらく》しようかと思ったとき、画面が明るくなって映像が映し出された。

「芽吹《めぶき》さん！　よかった、うまく接続できたみたいだね。それじゃあさっそく補習を……!?」

僕は言いかけたまま、硬直《こうちょく》して動けなくなった。

画面には、あわてた表情でタブレットをのぞき込む芽吹《めぶき》さんが映っている。

「先生！　お待たせしてすみません！　お風呂《ふろ》に入っていたら遅《おそ》くなっちゃって」

部屋にいる彼女は、体にバスタオルを一枚巻いただけの姿だった。

両肩《りょうかた》がむき出しになって、鎖骨《さこつ》が浮《う》かび上《あ》がっている。胸元《むなもと》でバスタオルを押さえ、もう片方の手でタブレットを操作しようと画面に手を伸《の》ばしている。

「先生、わたしの声が聞こえますか？」

「き、聞こえてるよ……」

「画面が出ないんです。オンライン補習って、声しか聞こえないんでしょうか？」

もしかして芽吹《めぶき》さん、カメラに写ってるのに気づいてない!?

彼女は操作がわからず焦《あせ》っているのか、戸惑《とまど》った表情でぐっと顔を近づけて、タブレットのあちこちをタップし始めた。

ま、まずい……。

胸の谷間が、見えそうだ……。

「と、とにかく一度接続を切るから！」

「いえ大丈夫《だいじょうぶ》です！　すぐ準備しますから、先生はそのまま待っててください！」

芽吹《めぶき》さんはタブレットに意識を取られているせいか、バスタオルを押さえている手がズルズルと下がっていく。

そのまま、押さえを失ったバスタオルがほどけ落ちそうになって……。

「ひゃっ!?」

あわてて彼女はバスタオルを押さえ直した。

「服も着替《きが》えないと……。すぐ終わりますから、待っていてくださいね！」

芽吹《めぶき》さんはタブレットから離《はな》れて、画面に背を向けた。

両手でバスタオルをつかみ、体に巻かれていた布地が一気にはだけ落ちて――。

「ああああとで電話するから！」

彼女の背中が丸見えになる直前、僕は強引《ごういん》にアプリを終了《しゅうりょう》させた。

も、問題なし。何も見ていない。心を落ち着けようとするものの、芽吹《めぶき》さんのバスタオル姿とむき出しの肩《かた》が頭に焼き付いて離《はな》れない。

机に突《つ》っ伏《ぷ》したまま悶々《もんもん》とした気分で過ごしていると、スマホにメッセージが届いた。

『お待たせしてすみません！　準備ができました』

僕はもう一度アプリを立ち上げて、おそるおそるオンライン接続をした。

画面には、紅葉《もみじ》色のジャージを着た芽吹《めぶき》さんが映し出される。

よかった、今度はちゃんと服を着ていた。当然だけど。

「芽吹《めぶき》さん、どうかな。僕の顔が見える？」

「声は聞こえますけど、画面は真っ暗ですよ。顔も見えるんですか？」

芽吹《めぶき》さんのタブレットに僕が映らないのは、設定を間違《まちが》えているせいだろう。

音声で設定方法を伝えて、そのとおりに操作してもらった。

「……で、次に表示リストにある僕の名前をタップするんだ。そうしたらこっちのカメラの映像が見えるはずだよ」

「ほんとだ！　先生の顔が見えます！　先生からもわたしが見えますか？」

接続成功に喜んだのか、芽吹《めぶき》さんは笑顔《えがお》になって可愛《かわい》らしく両手を振《ふ》った。

「うん、ちゃんと芽吹《めぶき》さんが見えてるよ」

「あれ？　待ってくださいね。先生からわたしが見えるのだから……」

ぎくっ！

さっきバスタオル姿を見てしまったこと、気づかれた⁉

「わたしがジャージ着てること、わかっちゃいますよね⁉」

芽吹《めぶき》さんは少し恥《は》ずかしそうに両腕《りょううで》で胸元《むなもと》を覆《おお》った。

完全に恥《は》ずかしがるタイミングを間違《まちが》えてる気がするけど、それは言わないでおこう。

「別にジャージでも気にしないよ。夜だからリラックスして勉強できる服装がいい」

「制服にしようと思ったんですけど、今日は暑くて汗《あせ》をかいてしまったから、洗ってたんです。そうしたら乾燥機《かんそう》がなかなか終わらなくて。結局間に合わなくて、ジャージにしました」

「それであんなに、あわてていたんだ」

「そういえば、さっきの先生、声の調子がおかしかったですけど……」

ぎくぎくっ！

今度こそ、バスタオル姿のこと気づかれたか⁉

「そ、そ、そうかな。全然おかしくないと思うけど……」

「ほら、やっぱり今日の先生、ちょっと様子が変です。もしかして……」

画面越《ご》しにじーっと見つめる視線に、冷《ひ》や汗《あせ》がにじみ出る。

「体調が悪いのですか？　無理はしないでください。補習は延期してもいいですから」

「いやいや元気いっぱいだよ！　オンラインなんて、去年の一学期に塾《じゆく》の講義でやって以来だから、緊張《きんちよう》しちゃってさ」

「そうだったんですね。わたしも緊張《きんちよう》してます。別の部屋なのに一緒《いつしよ》に勉強してるみたいで」

「遅《おそ》くなってしまうから補習を始めよう。まずは一学期の復習だね。数学の参考書の――」

芽吹《めぶき》さんはたちまち真剣《しんけん》な受験生の顔になった。

＃

「では、今日の補習はここまでにしよう」

オンラインに接続してから約三〇分。僕と芽吹《めぶき》さんは、それぞれの部屋から通話し、一緒《いっしょ》に補習をしていた。

今回の内容は、教科ごとの学習に役立てられるようなアドバイスをしたことだ。

「もうおしまいですか？　補習の時間、あっという間ですね」

「あまり遅《おそ》くなると、明日の学校に響《ひび》くからね。それとオンラインでの補習について、何か要望はある？　いろいろ便利な機能があるみたいなんだ。画面に文字やグラフを描《えが》いたりとか、スマホを使ってノートを映し出したりとか」

「要望というか、先生の表情がもうちょっと見えやすいといいかなって思ったのですが……。なんだか暗く見えてしまうんです。設定で明るくできるのでしょうか？」

今、僕のタブレットの画面には芽吹《めぶき》さんの姿が映っている。アイコンをタップすると画面が左右に分割《ぶんかつ》され、もう片方に僕自身の映像が映し出された。

自分の姿を確認《かくにん》して、すぐに理由がわかった。天井《てんじょう》の照明が僕の背後にあるため、顔が影《かげ》になってしまってるんだ。

「場所を変えたほうがいいかな。向きを変えれば照明が当たると思うけど……」

僕は椅子《いす》を動かして体の向きを変え、それに合わせて机のタブレットを移動させた。

「きゃっ⁉」

突然《とつぜん》、芽吹《めぶき》さんが顔を赤くして、小さな悲鳴をあげる。

僕の背後にベッドが映っていた。タブレットを移動させたからカメラに写り込んでしまったんだ。しかもベッドの上に、脱《ぬ》ぎっぱなしのパジャマが投げ出されてるじゃないか。

あわててベッドに駆《か》け寄《よ》り、パジャマをぽいっと画面外に投げ出した。

「こ、これで大丈夫《だいじょうぶ》。見苦しいものを見せちゃったね」

「大丈夫《だいじょうぶ》じゃないですよっ！　パジャマはちゃんと畳《たた》まなきゃダメですっ。先生って勉強以外は本当にずぼらなんですから」

芽吹《めぶき》さんだってバスタオル姿であわてていたのに……と言ってやりたいけど我慢《がまん》しよう。

「部屋が散らかっていると集中できませんから、片付けておいてくださいね。掃除《そうじ》しなかったら、先生の部屋を片付けに行っちゃいますよ」

「芽吹《めぶき》さん、掃除《そうじ》してくれるの⁉」

「冗談《じょうだん》です！　期待する顔、しないでください」

もうっ……と口をとがらせてから、芽吹《めぶき》さんは興味深そうな顔になった。

「本当は先生がどんな部屋で勉強してるのか、一度見てみたいなあって思ってて。集中できる部屋作りの参考になりそうですから」

「普通《ふつう》のマンションの一室で、特に変わったところはないよ。強《し》いて言えば、気をまぎらわしそうなものは視界に入らないようにしておくことかな」

「なるほど……。本棚《ほんだな》は、やはり参考書がたくさんあるのでしょうか？」

「本棚《ほんだな》ならタブレットですぐに映せるよ。見てみる？」

「ぜひ！　お願いします！」

僕はタブレットのカメラを本棚《ほんだな》に向けようとして――とんでもない本が一冊、棚《たな》に収まっていることに気がついた。

それは一冊の写真集。それも、トップアイドルグループの中でもひときわ高い人気をほこるアイドルのグラビア写真集だ。

問題はそのアイドルが、芽吹《めぶき》さんによく似た顔立ちだということ。

この本を買ったのは今年の春ごろ。当時、芽吹《めぶき》さんに失恋《しつれん》してどん底の気分だった僕は、偶《ぐう》然《ぜん》、書店で平積みになっていた写真集を見つけた。

芽吹《めぶき》さんのような美しい女の子がこの世にいるなんて！　この本があれば芽吹《めぶき》さんのことを忘れられるかもしれないと思い、二千円以上する写真集をその場で購入《こうにゅう》した。

家に帰ってじっくりと写真集のページを一枚一枚めくっていったのだけど、見れば見るほど芽吹《めぶき》さんのことを思い出してしまい、ますます彼女が遠く手の届かない存在であるように感じられ、忘れるどころかよけいに辛《つら》くなってしまった。

そうして一度見たきり写真集を本棚《ほんだな》にしまい、そのまま忘れていたんだ。

こんなものを芽吹《めぶき》さんに見られたら最後、どんな誤解をされるかわからない。

「まま、待って！　やっぱり本棚《ほんだな》を見せるのはダメだ！」

「どうしたんですか、急に？」

「とにかく本棚《ほんだな》は見せられない！」

むーっ、と芽吹《めぶき》さんは疑い深そうな目になった。

「アヤしい。先生、そんなに見られたら恥《は》ずかしい本があるんですか？　気にしないでください。わたし、なんとも思いませんから」

ニコニコと、あたかも僕の恥《は》ずかしい秘密を見てやろうという顔をする。

まったく、芽吹《めぶき》さんは時々小悪魔《あくま》になるなあ。

考えてみれば、見られて困るのは写真集一冊だけ。それだけ隠《かく》してしまえば問題ない。

「は、恥《は》ずかしい本なんて一冊も無いよ？　本棚《ほんだな》が汚《よご》れてるから見せたくなかっただけ。いいさ、本棚《ほんだな》を見せようじゃないか。軽く掃除《そうじ》するから待ってて」

僕は本棚《ほんだな》の前に立って、掃除《そうじ》をするふりをしながら素早《すばや》く写真集を引《ひ》き抜《ぬ》いた。これを見えないところに移動させてしまおう！

――と思ったのだが、あわてたせいか手を滑《すべ》らせてしまった。写真集が棚《たな》から抜《ぬ》け落《お》ち、勉強机の上に投げ出される。

無情にもタブレットのカメラは、アイドルの笑顔《えがお》が写った表紙をしっかりととらえた。

「なんですか、これ？　『渚《なぎさ》のナナを全部見て！　渚《なぎさ》ナナ1st写真集』……？」

「うわあああああっ⁉」

おしまいだ。こっ恥《ぱ》ずかしい写真集を持っていることがバレて、表紙を堂々と見られて、タイトルまで読み上げられた！　こともあろうに、あの芽吹《めぶき》さんに、目の前で！

「わたしこのアイドルさん、知ってますよ！　テレビで見たことあります！　先生、この人のファンなのですか？」

「いいい、いやその、ファンてわけじゃなくてさ。クラスの友だちと話を合わせるために、少しは芸能人のことも勉強しようと考えてね。世の中にはいろんな知識があるんだよ。学校の勉強だけが勉強じゃない！」

芽吹《めぶき》さんは画面の向こうで写真集のアイドルをじっと見つめていた。

「渚《なぎさ》ナナさんって、大人っぽくて素敵《すてき》ですよね。人気があるのも納得《なっとく》できます。わたしも、少しでもあんな人に近づけたらいいのにって思いますけど、もっともっと自分を磨《みが》かないと、全然届かないですよね……」

芽吹《めぶき》さんはしみじみと話す。

もしかして、このアイドルが自分に似てるなんて、まったく思ってない？

「届かないどころか、むしろ超《こ》えてるさ！　芽《め》吹《ぶき》さんのほうがずっと魅《み》力《りょく》的だ！」

思わず叫《さけ》んでしまい、後悔《こうかい》してももう遅《おそ》い。

芽《め》吹《ぶき》さんは驚《おどろ》いた表情で僕を見ている。

「あ……その、芽《め》吹《ぶき》さんにも魅《み》力《りょく》があるよって言いたくて……」

「先生、無理にわたしを元気づけてくれなくても大丈夫《だいじょうぶ》ですから」

「う、うん……。芸能人なんて輝《かがや》いて見えるものだし、比べる必要なんてないよ」

「そうですね。わたしは自分自身の目標に向かっていかないと！」

芽《め》吹《ぶき》さんは僕の言葉をお世辞と受け取ったようだ。

助かったようでもあり、彼女との間にどこか距離《きょり》を感じるようでもあり……。

ともかく写真集を見られた以上、もう隠《かく》す必要もない。僕はタブレットのカメラを本棚《ほんだな》に向けて彼女に見せた。

「わあ～、こういった参考書を買っていたんですね。参考になります！」

「去年使っていた中学三年用の参考書なら、芽《め》吹《ぶき》さんに貸してあげるよ。家庭教師代をもらっているんだから、サービスの一環《いっかん》だ」

「助かります！　でしたら先生。ついでにもう一つお願いがあるんですが……」

「うん、僕にできることなら」

「渚《なぎさ》ナナさんの写真集、今度わたしにも見せてください！」

「……それはできません」

「えぇぇ～っ、どうしてですか⁉」

あの写真集には水着のグラビアとかもあるし、何よりも……ずっと見ていたら、芽吹《めぶき》さんに似ていることを気づかれるかもしれない。

「とにかくできません」

「残念だなあ。でも、勉強に関係ないからしょうがないですね……。それでは先生、今夜の補習、ありがとうございました」

「芽吹《めぶき》さんもおつかれさま。新学期で大変だけど、無理しないようにね」

お互《たが》いに終了《しゅうりょう》の挨拶《あいさつ》をかわしてオンライン接続を切ると、部屋に静寂《せいじゃく》が戻《もど》ってくる。

受験勉強は始まったばかり。これから忙《いそが》しくなることだろう。

と、その前に。渚《なぎさ》ナナ写真集を部屋の戸棚《とだな》に隠《かく》しておかなくては。

「これでうっかり本棚《ほんだな》が映っても、芽吹《めぶき》さんに思い出されずに済むな……」

ホッと胸をなで下ろしていると、スマホが着信音を鳴らしてドキリとした。

見ると、芽吹《めぶき》さんからのメッセージが届いている。

『先生、パジャマはちゃんと畳《たた》んでくださいね』

わかりましたと返事をして、一人、パジャマを畳《たた》み始める夜だった。

9月・2　教え子を守るのも家庭教師のやくめ？

九月の二週目、僕は芽吹《めぶき》さんの家で二回目の家庭教師の授業を終えた。

「一学期の復習は順調だね。二学期も始まったばかりだし、今週中には追いつけそうだ」

遅《おく》れていた学習を取《と》り戻《もど》すように復習が進み、二学期の新しい学習部分も着実に理解を深めている。

「今日もありがとうございました。まだまだです。今のうちにしっかり理解しないと」

「迷わずに問題が解ければ気持ちに余裕《よゆう》ができるし、解答時間も早くなる。基礎《きそ》を固めて着実に積み重ねていくのが、成績を上げる最短距離《たんきょり》だよ」

授業の後片付けをしていると、スマホに留守電が入っていた。クラスメイトの男子からだ。

『若葉野《わかばの》！　明日、文化祭の衣装《いしょう》を試着するから忘れるなよ。じゃあな！』

音声を聞いた芽吹《めぶき》さんが、心配そうに声をかけてくる。

「大切な用事ですか？」

「文化祭の準備委員からの連絡《れんらく》だよ。来週に迫《せま》っててさ、当日は僕も手伝うんだ。カフェを開くことになってて」

「へぇ～、先生のカフェ、見てみたいなあ。わたしの学校はこないだの日曜日に文化祭があって、先生をご招待したかったんですけど……。お姉ちゃんの家族だけで招待可能な人数がいっぱいになってしまって、それ以上呼べなかったんです」

「気にしなくていいよ。文化祭に来てくれるなんて、いいお姉さんじゃないか」

「……あ、そういえば」

ふいに芽吹《めぶき》さんの表情が曇《くも》った。

「どうしたの？」

「思い出したことがあって……。先日の文化祭なんですけど、他校の生徒を招待する子も多かったんです。それで明後日《あさって》、その人たちと『お疲《つか》れ様《さま》会』が開かれるのですが、わたしも呼ばれていて。受験勉強があるから遊んでる場合じゃないのに」

「高校受験だと、みんなが必死に勉強するわけでもないからね。いいんじゃないかな。たまには息抜《いきぬ》きに行ってきなよ」

「息抜《いきぬ》きで済めばいいのですが……。参加するのが、わたしのクラスの女子と、別の高校の男子なのだそうです」

ははあ……と、事情が飲み込めた。

これはつまり『お疲《つか》れ様《さま》会』という名目で異性との出会いを目的とした会合。……ようするに、合コンみたいなものだ。

「断ろうとしたんですけど、参加人数が少ないと一人あたりの参加費が増えるからって頼《たの》み込まれて。クラスでも仲良くしてくれる子だから、断りきれなかったんです」

もちろんそんな会合に参加したからといって、必ずしも彼氏《かれし》を作る必要はない。

しかし彼女のいない男子高校生のグループの前に芽吹《めぶき》さんが現れるなんて、それは飢《う》えたオオカミの群れに一匹《ぴき》の子羊を放り込むようなものだ。

「実は以前にも一度、似たような会に参加したことがあるんです。そのときは何も知らずに参加して、つい連絡先《れんらく》を教えてしまったんです。そうしたら次の日、三人の男の子から告白のメッセージが届いてしまって……。皆《みな》さんお断りさせていただいたんですが、ちょっと疲《つか》れてしまいました。相手のことをよく知らないから、気もつかいますし」

一度に三人からとは、さすがは芽吹《めぶき》さん。まあ、僕も彼女に告白して振《ふ》られた過去があるから、あまり大きなことを言える立場じゃないけど。

しかし家庭教師としては、教え子が勉強に集中できるよう考えなきゃいけない。

「いっそ彼氏《かれし》がいるって言うのはどう？　相手が他校の生徒ならバレないだろうし、名目は『お疲《つか》れ様《さま》会』なんだから、彼氏《かれし》のいる子が参加したって悪くない」

「それ、いいかも！　お姉ちゃんも言ってました。結婚指輪《けっこん》をつけるようになったら男の人から声をかけられることが少なくなったそうです。――でも彼氏《かれし》のことを聞かれたら、ごまかせるかな。わたしそういうのって、よくわからないですし……」

「結婚《けっこん》指輪のような見える証拠《しょうこ》があれば、語らなくても察してくれそうだけどなあ」

二人でいい案はないかと考えていると、芽吹《めぶき》さんが思いついたように両手をたたいた。

「そうだ！　先生、彼氏《かれし》になってください！」

「ぼ、僕が⁉　彼氏《かれし》⁉」

「そうです！　先生なら彼氏《かれし》の役にぴったりです！」

「あ、そうだよね。『役』だよね……」

いや、もちろんそういう意味なのはわかってたけど、ついドキリとしてしまった。

「先生と一緒《いっしょ》の写真を撮《と》って見せれば、きっとお付き合いしてるように思われますよ！　先生にはご迷惑《めいわく》をおかけしますが……」

「迷惑《めいわく》だなんてとんでもない。芽吹《めぶき》さんの勉強のためなら、そのくらい協力するよ」

「ありがとうございます！　それでは、さっそく……」

芽吹《めぶき》さんは僕の隣《となり》に並んで座り、肩《かた》を寄せた。

彼女の柔《やわ》らかな髪《かみ》が僕の首筋を撫《な》でて、くすぐったさが心地《ここち》いい。

そのまま芽吹《めぶき》さんはスマホのレンズを向け、シャッターを切った。

「先生、彼氏《かれし》っぽくって、いい感じですよ！」

スマホの画面に表示されているのは、座卓《ざたく》の前で寄《よ》り添《そ》うように座っている僕と芽吹《めぶき》さん。

こうして見ると、思ったより距離《きょり》が近い……。

しかし写真を見ながらハッと気づいた。ここは芽吹《めぶき》さんの部屋じゃないか。

「いや待って。部屋で撮《と》ってよかったの？」

「わたしの部屋なら誰《だれ》にも見られずに済みますし。ダメですか？」

「ダメじゃないけど、芽吹《めぶき》さん、彼氏《かれし》を部屋に連れ込んでるって思われないか？　よけいな誤解をされるっていうか。家庭教師を部屋に呼ぶのとは違《ちが》うんだし」

「なるほど……。中学生っぽくないお付き合いをしてると思われるのは、ちょっと困りますね。でも外だと、人がいるところで撮《と》らないと……」

芽吹《めぶき》さんは再び考え込む。

しばらくして、また何かひらめいて声をあげた。

「誰《だれ》にも見られずに二人で写真を撮《と》れる場所、知ってますよ！　先生、今からお時間をいただいてもいいですか？」

「外に出かけるの？　別に構わないけど」

僕は鞄《かばん》を持って立ち上がった。

芽吹《めぶき》さんも制服を着ているし、外出の準備はできているようだ。

「……待ってください」

突然《とつぜん》彼女は僕を見つめて、眉《まゆ》をひそめた。

「う〜ん……。うう〜ん……」

何やら難しい顔をして小さなうなり声をあげながら、僕の顔や体、さらにはぐるりとまわって背中まで見まわし始めている。

「う～ん、これはちょっとなあ……」

はあ……と彼女は小さなため息をつく。

やっぱり僕では、芽吹《めぶき》さんの彼氏役《かれし》には似合わないのかもしれない。

そりゃそうだ。僕がこれだけの美少女と並んだところで、彼氏《かれし》だなんて誰《だれ》も信じない。

「先生、そのまま立っていてくださいね」

芽吹《めぶき》さんは部屋の戸棚《とだな》に駆《か》け寄《よ》って、ポーチを手に戻《もど》ってきた。

ポーチからクシを取り出すと、手を伸《の》ばして僕の髪《かみ》をとかし始める。

「芽吹《めぶき》さん？　いったい何を……？」

「動かないでくださいってば。ほらもう、髪《かみ》が乱れてますよ」

一通り髪《かみ》をとかすとクシを置き、今度は両腕《りょううで》を僕の首の後ろにまわす。

「襟《えり》もヨレてますし。こうして、ちゃんと立てて」

芽吹《めぶき》さんの顔が近い……。彼女の吐息《といき》が首筋にかかるほど間近にある。

「ほんと、先生は勉強のことしか考えてないんだから」

文句を言いながら、今度はしわを伸《の》ばすように両方の袖《そで》をピッピッと軽く引っ張る。

続いて足下《あしもと》にかがみ込み、ズボンの裾《すそ》を軽く引っ張って整えてくれた。

一通り服を整え直すと、芽吹《めぶき》さんは再び僕の頭のてっぺんから足先まで見つめ回す。

「バッチリです！　おしゃれに決まりましたよ、先生」

「ははは……。本当に芽吹《めぶき》さんの彼氏《かれし》になる人は、大変そうだね……」

「大変じゃないです。先生が身だしなみに無頓着《むとんちゃく》すぎるんですよっ」

と、軽くお小言を言われたところで……。

僕たちはツーショット写真を撮《と》るために彼女の家を出た。

それにしても芽吹《めぶき》さん、いったいどこへ連れて行く気なんだろう？

＃

僕は芽吹《めぶき》さんに連れられて、街の中央商店街の一角にやってきた。

店先に赤と黄色の派手な看板が掲《かか》げられ、スピーカーから軽快なミュージックが流れている。

ガラス張りのクレーンゲーム機では、動物のキャラクターのぬいぐるみが積まれていた。

「あっ、『おひるねる〜ず』の新キャラが出てる！　『すやすやえりまきとかげ』のぬいぐるみ、いつか絶対に取りたいなあ〜」

「一緒《いっしょ》に写真を撮《と》る場所って、ゲームセンター？」

二人で出かけたのは、芽吹《めぶき》さんの彼氏《かれし》役になって、証拠《しょうこ》となるツーショット写真を撮《と》るためだ。それがあれば『お疲《つか》れ様《さま》会』に参加しても他校の男子から告白されずに済むはず。

「そうです。デートスポットにもなっているようですし、ゲームセンターでのツーショット写真なら、誰《だれ》が見てもお付き合いしてると思いますよ」

彼女のあとについて店内に足を踏《ふ》み入《い》れた。

左右にクレーンゲームが並び、キラキラとした照明が通路を照らしている。奥にはドラムのようなゲームマシンがあり、スーツを着た男性が音楽に合わせてリズミカルにたたいていた。

その中間くらいの位置で芽吹《めぶき》さんは足を止め、壁際《かべぎわ》を指さした。

「あれです！　あそこで写真を撮《と》りましょう！」

美人モデルの写真やキャラクターのイラストが描《えが》かれたボックス型のマシンが、三台並んでいた。中は小部屋になっていて、入り口にはカーテンが引かれている。

プリントシール機だ。僕もどういうものかは知ってるけど、利用したことは一度もない。

「カーテンを閉めれば外から見えなくなりますから、二人きりの状態で撮《と》れますよ」

「カップル写真の定番だろうし、スマホで撮《と》るよりそれっぽいかもね。芽吹《めぶき》さんは、友だちと撮《と》ったりするの？」

「実はわたしも初めてなんです。だから一度撮《と》ってみたいと思ってまして」

芽吹《めぶき》さんは並んだシール機の一台に目を向けた。そのボックスには、可愛《かわい》い犬や猫《ねこ》のキャラクターがすやすやと眠《ねむ》っているイラストが描《えが》かれている。

「期間限定『おひるねる〜ず』コラボプリント、終了《しゅうりょう》するまでに撮《と》らなきゃって決めてたんですけど、なかなか友だちを誘《さそ》えなくて。せっかくですから、今こそ！」

芽吹《めぶき》さんは好きなキャラクターを前に、ウキウキと楽しそうにボックスへ入っていく。なんか、そっちが目的みたいだ。

僕は入り口のカーテンの前に立った。

確かに中に入ってしまえば誰《だれ》からも見えないだろうけど、入るのに勇気がいるな。

左右を見まわし、まるで人目を忍《しの》ぶように、サッとカーテンの内側へと入った。

ボックスの中で並んで立つと、思ったよりも狭《せま》い。ちょっと動いただけで芽吹《めぶき》さんと肩《かた》が触《ふ》れ合《あ》ってしまう。

「じゃ、じゃあ、すぐに撮《と》ってしまおうか。どうすればいいのかな」

正面にあるタッチパネルに利用説明が書かれていた。

『硬貨《こうか》を投入し、コースを選択《せんたく》してください』

説明によれば、コースごとにお手本となるポーズを何種類か表示してくれるらしい。お手本のまねをして写真を撮《と》れば、誰《だれ》でも見栄《みば》えのするシール写真を作れる。

説明文の下に二つのボタンが並び、それぞれにコース名が書かれていた。

『仲良し友情コース』

『ラブラブカップルコース』

……という二つから選ぶようだ。

「先生、どうしましょう？」

「友情コースでいいんじゃないかな？　カップルコースだと、どんなポーズを指定されるかわからないし」

「そうですね。あまり恥《は》ずかしいポーズなんてできませんし。友情コースの写真でも、二人で写っていれば彼氏《かれし》に見えますすよ！」

「よし、友情コースにしよう。ええと、お金はここに入れればいいんだな」

サイフから五〇〇円硬貨《こうか》を取り出して投入口に入れようとしたとき、芽吹《めぶき》さんが僕の手をつかんだ。

「待ってください、わたしが払《はら》います」

「でも芽吹《めぶき》さん、家庭教師代も払《はら》っていてお金に余裕《よゆう》がないよね？『お疲《つか》れ様《さま》会』の参加費だって必要なんだから」

「わたしが無理を言って頼《たの》んでるんです。わたしに払《はら》わせてください」

ここは譲《ゆず》れないとばかり、彼女は両手のほっそりした指で強く握《にぎ》りしめる。

しかし僕にもプライドというものがある。家庭教師として、年上の高校生として、中学生の教え子に払《はら》わせるわけにいかない。

「僕が払《はら》うよ。これも家庭教師として、芽吹《めぶき》さんを勉強に集中させるためだ」

「いいえ、いくら生徒でも、先生に甘えてばかりではいけませんから」

聞いてくれないのなら、やむを得ない。

僕は彼女から手を引《ひ》き抜《ぬ》き、素早《すばや》く投入口に五〇〇円硬貨《こうか》を入れた。

「あっ、ダメですよ、先生！　返却《へんきゃく》しますからね！」

芽吹《めぶき》さんは硬貨《こうか》の返却《へんきゃく》ボタンを押そうと手を伸《の》ばした。

しかし急いだせいか足がつまずきそうになり、体を支えるためにタッチパネルに手をついた。

ちょうどパネルのボタンに触《ふ》れたらしく、ピコンとスイッチの音が鳴《な》り響《ひび》く。

「あっ……」

パネル上で選択《せんたく》されたコースのボタンが輝《かがや》き、コース名がデカデカと表示された。

『ラブラブカップルコース・スタート!!』

「ど、どうしよう……。押しちゃいました……」

#

プリントシール機のボックス内で、僕と芽吹《めぶき》さんは呆然《ぼうぜん》と目の前のパネルを見つめた。

ラブラブカップルコースって、いったい何をやらされるんだ？

立《た》ち尽《つ》くす僕たちをよそに、パネルの画面に説明文が表示された。

『これから五種類のポーズが順番に表示されますので、同じポーズを取ってください』

画面に男女のシルエットが表示された。お手本に示されたのは、二人の手の指でハートマークを作るポーズだ。

「……実にこっ恥《ぱ》ずかしいポーズだなあ。さすがはラブラブカップルコース」

「可愛《かわい》いじゃないですか。これでしたら、カップルコースで撮《と》ってみましょう」

僕たちはお手本どおりに横に並び、手のハートマークを作って正面を向いた。タッチパネルの上側にモニターが備え付けられていて、自分たちのポーズを確認《かくにん》できるようになっている。

「先生、彼氏《かれし》らしく笑顔《えがお》になってくださいね」

精一杯《せいいっぱい》笑顔《えがお》を作って待つと、パシャッとシャッターの音がした。無事に撮影《さつえい》されたようだ。

続いてパネルに、次のポーズが表示される。二人で腕《うで》を組むポーズだ。

「腕組《うでぐ》み……。芽吹《めぶき》さん、いいの？」

「このくらい平気ですよ。先生、隣《となり》から失礼しますね」

芽吹《めぶき》さんはおずおずと遠慮《えんりょ》がちに両手で僕の左腕《ひだりうで》を取った。

けれどモニターに映った姿は、どう考えても腕《うで》を引っ張っているように見えてしまう。

「あんまりカップルっぽくないね……」

「う～ん、こんな感じでしょうか。えいっ！」

芽吹《めぶき》さんは思いっきり両腕《りょううで》で僕の左腕《ひだりうで》を抱《だ》きしめた。

「め、芽吹《めぶき》さんっ、ち、近っ⁉」

「……す、すみません。痛かったですか？」

「痛くはないけど……」

むしろ、柔《やわ》らかい。

芽吹《めぶき》さんも慣れていないらしく、必要以上に体が押しつけられていた。彼女の顔が肩《かた》にうずめられ、僕の肘《ひじ》には、妙《みょう》に柔《やわ》らかな感触《かんしょく》が当たっている。

「笑顔《えがお》、芽吹《めぶき》さん、笑顔《えがお》を作って！」

正面に向かって二人で笑顔《えがお》を浮《う》かべた瞬間《しゅんかん》、再びシャッター音が鳴《な》り響《ひび》く。

続いてパネルの画面に、次のポーズが表示された。男性が女性をおぶっているポーズだ。

「だんだん密着度が上がってるような……」

芽吹《めぶき》さんのほうを見ると、ジトッとした目でにらみ返された。

「……カップルって、こういうのがいいんですか？」

「いや僕に聞かれても。そもそもカップルコースを押しちゃったの芽吹《めぶき》さんだよね？」

「わ、わかってます！　せっかく先生が写真代を払《はら》ってくれたのですから、最後までちゃんとやります！　後ろにまわりますから、先生は背を低くしてください！」

僕が身をかがめると、芽吹《めぶき》さんは背後から両腕《りょううで》を僕の肩《かた》にまわして抱《だ》きついた。

「こ、これで、カップルっぽく見えるでしょうか？」

芽吹《めぶき》さんの口元から吐息《といき》の音が漏《も》れている。それに合わせて、僕の背中に彼女の体の弾力《だんりょく》が押しつけられていた。

というか芽吹《めぶき》さん、普段《ふだん》は目立たないけど、結構発育してるような……。

パシャッ！　三回目のシャッター音が響《ひび》き、僕たちは安堵《あんど》しながら体を離《はな》す。

そして四枚目。今度は正面から抱《だ》き合《あ》い、ハグするポーズ。

僕たちはお互《たが》いに向かい合って相手の背中に腕《うで》をまわしながら、ギリギリ密着しない距離《きょり》でハグっぽいポーズを取った。ギリギリ、彼女の発育が触《ふ》れない距離《きょり》で。

「芽吹《めぶき》さん、笑顔《えがお》、笑顔《えがお》で！」

彼女は明らかに引きつった笑《え》みを浮《う》かべた。やっぱりそろそろ限界か……。

シャッター音が鳴らされ、最後のポーズ見本が表示される。

「あ、あれって……キ、キス……ですよね……」

間違《まちが》いない。ラブラブなカップルなら、一度はしているであろう行為《こうい》。

それが、家庭教師と教え子である僕たちに要求されている。

「これは、できないよ……。諦《あきら》めよう……」

「で、できますよ、このくらい……。大丈夫《だいじょうぶ》ですよ、先生。わたし、気にしませんから」

「気にするとかしないとかじゃなくて、こういうのは、本当の恋人《こいびと》とじゃないと」

「先生のこと、信用してますから。キスしたって、わたしを好きになんてなりませんよね」

そんなむちゃくちゃな……。彼女は自分の魅力《みりょく》をまるで自覚していない。

しかし芽吹《めぶき》さんは無慈悲《むじひ》にも目を閉じ、愛らしい唇《くちびる》を結びながら顔を寄せてくる。

さすがに緊張《きんちょう》しているのか、ほっぺは朱《しゅ》に染まり、今にも花咲《さ》くつぼみのようだ。

いくらなんでも、こんな形で芽吹《めぶき》さんの唇《くちびる》を奪《うば》えるはずがない。

「そうだ！　芽吹《めぶき》さん、そのままじっとしてて……」

僕は彼女にそっと顔を寄せると、正面側の腕《うで》を上げて彼女の首筋にまわす。

キスをするような格好でギリギリ唇《くちびる》を離《はな》し、腕《うで》で口元を隠《かく》せばごまかせるはずだ。

そのまま二人でシャッターが切れるのを待った。

しかし唇《くちびる》を離《はな》しているとはいえ、芽吹《めぶき》さんの顔が息も吹《ふ》きかかるほどの至近距離《きょり》にある。

ちょっとでも動いたら、お互《たが》いの鼻先が当たってしまいそうだ。

「う………せ、せん……せぃ……」

パシャッ‼　と、静けさを切《き》り裂《さ》くようにシャッター音が鳴《な》り響《ひび》いた。


撮《と》ったシール写真の現像を待つ間、僕たちはボックスの外でへたり込んでいた。

「……なんか疲《つか》れたね」

「こんなに大変だとは思いませんでした……」

近くでキャッキャと賑《にぎ》やかな声がした。

腕《うで》を組んだ高校生のカップルが、隣《となり》のプリントシール機のボックスから出てきたところだ。

二人はベタベタとお互《たが》いの体を突《つ》っつき合いながら歩き去っていく。

「皆《みな》さん、あんな撮影《さつえい》を平然とこなしているんでしょうか……」

芽吹《めぶき》さんは信じられなそうな目で見送っている。

やがて取り出し口から、僕たちが撮《と》ったシール写真が出てきた。

「見てください先生！　フレームが『おひるねる〜ず』になってますよ！　可愛《かわい》いなあ〜」

写真の僕と芽吹《めぶき》さんは、全体にキラキラしたエフェクトがかけられている。知らない人が見れば、実際に付き合ってるカップルだと思うに違《ちが》いない。

ちなみに最後のキス写真は、腕《うで》で口元を隠《かく》したかいがあって、本当にキスして見える。

「これをみんなに見せるのは、ちょっと恥《は》ずかしいかも……」

「がんばって撮《と》ったのに……」

「このシール、先生が持っていてください」

芽吹《めぶき》さんは最初のハートマークの写真だけを切り取り、残りを僕に手渡《てわた》した。

「僕が持っててていいの？」

「一枚だけでも証拠《しょうこ》には十分ですし、料金を出してくれたのは先生ですから。それに先生にも『おひるねる〜ず』の可愛《かわい》さを知ってもらえたら嬉《うれ》しいです」

僕は受け取った四枚のシール写真を見つめた。

考えてみれば、芽吹《めぶき》さんと二人きりの空間。ギリギリまで密着していた時間。

僕にとっては、とんでもなく夢心地《ゆめごこち》のような時間だった……と、思うのだけど。

「き、緊張《きんちょう》しすぎてて、何も覚えてない……」

ボックスの中の出来事を思い出そうとしても、記憶《きおく》は失敗した写真のように真っ白だった。


――シール写真を撮《と》った日の二日後の夜。

芽吹《めぶき》ひなたは一人、自室の勉強机で勉強をしていた。

ふとノートの上を走らせる鉛筆《えんぴつ》を止め、今日参加した『お疲《つか》れ様《さま》会』のことを考えた。

「思ってたよりおしゃれなカフェで、ケーキもおいしかったなあ……」

クラスの友だちともおしゃべりに花を咲《さ》かせ、受験勉強中の息抜《いきぬ》きになった。

一緒《いっしょ》に参加した相手校の男子生徒とも、学校の様子などを聞けて興味深かった。幸いなことに、連絡《れんらく》先を聞かれるようなこともなかった。

それというのも、こないだ瑛登《えいと》と撮《と》ったシール写真のおかげだろう。

ひなたは、彼と手でハートマークを作っているシールを、スマホケースの目立つ場所に貼《は》っていた。それを見た男子たちは、ひなたが恋人《こいびと》を募集《ぼしゅう》していないことを悟《さと》ったのだ。

もっともクラスの女子から「彼氏《かれし》なの？」と聞かれて、うまくはぐらかすのに苦労した。けれどそれがきっかけで、みんな恋愛《れんあい》の話で盛り上がったようだ。

シール写真を撮《と》ったときのことを思い返すうち、ひなたの頭に、あやうく彼とキスしそうになった瞬間《しゅんかん》の記憶《きおく》が浮《う》かび上《あ》がった。あのときは撮影《さつえい》を成功させることばかり考えていて、ついキスしても大丈夫《だいじょうぶ》なんて言ってしまったけど。

「や、やっぱり恋人《こいびと》でもないのに、よくないよね……」

瑛登《えいと》が機転を利《き》かせてくれたおかげで実際にキスすることなく済んだけど、もしあのまま唇《くちびる》をくっつけていたら……。

二人きりで勉強を見てもらって、指導してくれる瑛登《えいと》を信頼《しんらい》しているせいか、彼に対してはついガードがゆるくなってしまう気がする。

「わたしがこんなふうじゃ、また先生に誤解させちゃうかも……」

ひなたは悩《なや》ましい気分になった。自分は、恋人《こいびと》を作りたいなんて思ってないのに。

「先生、わたしのこと、好きになっちゃダメですからね……」

つぶやきながら、ひなたは再びノートに向かい、受験勉強に戻《もど》っていった。

9月・3　文化祭で執事になってみた

九月中旬《ちゅうじゅん》の土曜日、僕の通う時乃崎《ときのさき》学園高等学校では文化祭が開かれていた。

一般《いっぱん》公開されている私立校の文化祭ということもあって見学者も多く、近隣《きんりん》の中学校や高校の制服を着た生徒たちで賑《にぎ》わっている。

「若葉野《わかばの》くん！　ティーセット、三番テーブルに持っていって！」

多目的教室の片隅《かたすみ》に作られたキッチンで、調理係の女子から二つのティーカップが載《の》ったトレイを受け取り、僕は客席へ運んだ。

ただでさえ給仕《きゅうじ》なんてしたことないのに、着慣れない服を着させられて動きにくい。

昔のヨーロッパの執事《しつじ》が着ていたような、黒いジャケットと大きな蝶《ちょう》ネクタイの執事《しつじ》服。クラスの実行委員から「優雅《ゆうが》に歩いて持ち運ぶように」なんて言われているけど、そんなむちゃ振《ぶ》りをされても無理なものは無理だ。

僕のクラスの出し物は執事《しつじ》カフェだった。教室の窓にはゴシック様式の模様が描《えが》かれた漆黒《しっこく》のカーテンがかけられ、テーブル席には純白のテーブルクロスが広げられている。おごそかな雰囲気《ふんいき》の執事《しつじ》カフェは朝から盛況《せいきょう》だった。

僕は家庭教師の仕事もあって文化祭の準備にはあまり関わらなかったけど、そのために今、こうして酷使《こくし》されているわけだ。

「そういえば若葉野《わかばの》くんって、最近やる気が感じられるよね」

キッチンに戻《もど》ったとき、調理係の女子に言われた。

「そうかな？　普通《ふつう》にしてるつもりだけど」

「一学期は、なんか気力のない子だな〜って感じだったのに、人が変わったみたいだよ。彼女でもできた？」

「で、できてないって。あ、このコーヒーセット五番テーブルだね」

なんか『彼女』のことを根掘《ねほ》り葉掘《はほ》り聞かれそうだったので、逃《に》げるように給仕《きゅうじ》に出る。

注文を運び終えたとき、別の席から声をかけられた。

「すみません、注文をお願いします」

「はい、今うかがいます！」

振《ふ》り返《かえ》りながら返事をすると、思いがけない姿があった。

客席に座っているセーラー服の少女が一人。『彼女』ではないけど、間違《まちが》いなく僕のやる気を引き出してくれる人だ。

「先生、来ちゃいました」

「芽吹《めぶき》さん！　文化祭を見に来てくれたんだ」

「志望校を見学できる、いい機会ですから。——先生の衣装《いしょう》、似合ってますよ」

「執事《しつじ》のコスプレなんだ。この衣装《いしょう》は演劇部から借りたそうだけど」

「部屋の装飾品《そうしょく》も素敵《すてき》で、非日常の世界に入り込んだ気分です」

そこまで言われると、この世界観を壊《こわ》すわけにもいかないな。

僕は見よう見まねで右腕《みぎうで》を水平にして、四五度の角度で背を曲げた。

「お嬢様《じょうさま》、この執事《しつじ》めに所望《しょもう》のメニューをなんなりとお申し付けくださいませ」

「それでは、モンブランケーキとカフェラテのセットをお願いいたしますね、先生……じゃなくて、執事《しつじ》さん」

注文を受けると、僕はいったんキッチンへ戻《もど》る。

芽吹《めぶき》さんは一人で来ているようだったけど、注文を待っている間も室内の内装や窓の外の風景を興味深そうに眺《なが》めて、退屈《たいくつ》していないようだ。

調理係へ注文を伝えに行くと、貴族みたいなコスプレをしてるクラスメイトの男子生徒が横から突《つ》っかかってきた。やたらと女の子と仲良くなろうとするチャラい男だと噂《うわさ》のやつだ。

「おい若葉野《わかばの》！　あのめっちゃ可愛《かわい》い子、誰《だれ》なんだよっ！　知り合いなのか⁉」

「知り合いっていうか、以前、同じ塾《じゅく》に通ってた子だよ」

「にしちゃ楽しそうに話してたじゃないか！　付き合ってるのか⁉　正直に言え！」

「付き合ってないって。勉強のアドバイスをしたことがあって話すようになっただけだ」

できるだけ控《ひか》えめに説明した。家庭教師として彼女の部屋に通ってる、なんて言ったらどう誤解されるかわからない。

「本当だろうな。まあ若葉野《わかばの》があんな美少女と付き合えるわけないよな」

ごもっともです。失恋《しつれん》したことを話しても説明が長くなりそうだからやめておこう。

「若葉野《わかばの》くん！　モンブランケーキとカフェラテ！」

調理係から、芽吹《めぶき》さんの注文が載《の》ったトレイを受け取ろうとした。

すると男子生徒がサッとトレイを奪《うば》い取《と》る。

「待て、俺が持っていく」

そのまま彼は、ご機嫌《きげん》そうに意気揚々《いきようよう》と芽吹《めぶき》さんが待つテーブルへ注文を運んでいった。

僕はすぐに別のテーブルへの注文を渡《わた》されて、そちらへケーキを運ぶことになった。

再びキッチンに戻《もど》ると、先ほどの男子生徒が壁《かべ》に手をついてうなだれている。

「ううぅ……」

「どうしたんだよ？」

「若葉野《わかばの》……聞いてくれ……。俺はあの子とおしゃべりしたかったんだ……」

そのまま彼は、うっ、うっと嗚咽《おえつ》を漏《も》らす。

芽吹《めぶき》さんに冷たくされたんだろうか？　けど彼女は誰《だれ》にでも優《やさ》しく接する性格だ。よほど非常識な態度でもなければ、泣かされるようなことはないと思うけど……。

「テーブルに注文を置いたらな、彼女、『ありがとうございます』って笑顔《えがお》を向けて……。天使の笑顔《えがお》を見た瞬間《しゅんかん》、俺、緊張《きんちょう》しすぎて一言も声が出なくなっちまったんだ……」

もう一度嗚咽《おえつ》を漏《も》らすと、彼はキッと僕をにらみつけた。

「おい若葉野《わかばの》！　おめーはなんであんな子と平然とおしゃべりできるんだ⁉」

「なんでって言われても」

思い返せば中学生のころに知り合って以来、僕と彼女の間には勉強という共通の話題があった。そうして一緒《いっしょ》に勉強をして過ごすうち、気軽に話せる間柄《あいだがら》になったんだ。

それにまあ、振《ふ》られたことで恋愛《れんあい》を意識しなくなったという理由もあるだろう。

そんな僕でも、芽吹《めぶき》さんがたまに見せる美しい表情や色香には、いまだに声を詰《つ》まらせてしまうことも多いのだけど。

「ほらそこ、サボらない！　若葉野《わかばの》くん、レジが空いたから代わりに入ってくれる⁉」

クラスメイトの声にせっつかれ、僕は文化祭の忙《いそが》しさに引《ひ》き戻《もど》された。

レジに立ってしばらくすると、ケーキを食べ終えた芽吹《めぶき》さんが会計にやって来た。

「ごちそうさまでした。モンブランもカフェラテも、とってもおいしかったです。本当にお店で食べるプロの味でした！」

「ありがとう。パティシエに伝えておくね。──芽吹《めぶき》さんはこれからどうするの？」

「せっかくの機会ですから、学校を見学します。校内が思ったより広くて、どこから見ればいいか迷ってしまいそうですけど」

「文化祭は夕方まで開いてるから、ゆっくり見て回るといいよ。僕もカフェの仕事がなければ案内してあげたいけど……」

話していると、スピーカーから正午を告げるチャイムが鳴《な》り響《ひび》いた。

「若葉野《わかばの》くん、レジを交代するからお昼休みにしていいよ！」

通りかかった実行委員のクラスメイトが僕に声をかけていった。

「もうお昼か。芽吹《めぶき》さん、少しの間だけど、よかったら案内しようか？」

「助かります！　先生……いえ、執事《しつじ》さん、よろしくお願いしますね」

「お任せください、お嬢様《じょうさま》。文化祭のあらゆる場所へとお連れいたしましょう」

またも見よう見まねで執事《しつじ》っぽく振《ふ》る舞《ま》うと、芽吹《めぶき》さんは楽しそうに笑ってくれた。

彼女にとっては目標とする学校の文化祭。楽しんでもらえれば、それだけ受験勉強にも熱心になれるはず。家庭教師として、そして未来の先輩《せんぱい》として、僕は芽吹《めぶき》さんを連れて文化祭で賑《にぎ》わう校舎を歩き出した。

#

僕と芽吹《めぶき》さんは、校舎やグラウンド、体育館にある様々な出し物を見ていった。

休憩時間《きゅうけい》が終わったらカフェに戻《もど》らなければならないから、一つ一つじっくり紹介《しょうかい》することはできない。そこで先に一通り案内して、気になる場所があれば、あとからゆっくり見学してもらえばいい。

途中《とちゅう》、サンドイッチを販売《はんばい》しているクラスがあったので、お昼ごはんにテイクアウトして食べることにした。

「芽吹《めぶき》さん、どうかな？　興味のありそうな出し物、見つかった？」

中庭のベンチに座り、サンドイッチを片手に持ちながら、隣《となり》の芽吹《めぶき》さんに聞いてみる。

「たくさんありましたよ！　数式を立体モデルにした展示とか、可愛《かわい》く描《えが》かれた生物の進化図とか、あとでもう一度行って、じっくり見てきます！　部活動の活動報告も、面白《おもしろ》そうなものがいっぱいありましたし。夕方までに全部まわれるかなぁ」

「楽しんでもらえたら、在校生としては一安心だよ」

「先生、うらやましいなあ。こんな学校に毎日通えて」

「来年は芽吹《めぶき》さんもこの学校の生徒だ」

「ふふふっ、受験、がんばります」

芽吹《めぶき》さんはパクッとサンドイッチを一口ほおばった。

今は中学校のセーラー服を着ている彼女だけど、来年の今ごろは、この学校の制服を着ているのだろうか？

つい、時乃崎《ときのさき》学園のブレザー制服を着て隣《となり》に座る芽吹《めぶき》さんを想像してしまう。

それが現実の姿となったとき、僕と彼女の関係はどうなっているんだろう。

先輩《せんぱい》と後輩《こうはい》？　そのとき、彼女は今と同じように隣《となり》に座っているだろうか？

目の前を、数人の女子生徒が連れだって歩いていく。

「時乃崎《ときのさき》学園の皆《みな》さん、おきれいですよね……」

芽吹《めぶき》さんは憧《あこが》れるような目で彼女たちの姿を追った。

「先生は、この学校で好きな女の子とかできました？」

唐突《とうとつ》な質問に、思わずサンドイッチを持つ手が止まる。

半年前の告白のことは、芽吹《めぶき》さんも覚えているはず。過去のこととはいえ、そんな質問をするなんてちょっと意地悪じゃないか？

「残念ながら、まだそういう相手はいないよ。芽吹《めぶき》さんこそ、この学校に進学したら男子から人気者になれるんじゃないか？」

言い返すつもりで聞いてみると、彼女は少し自信なさそうに目を伏《ふ》せる。

「わたしには、恋愛《れんあい》なんて早いと思います。まだまだ未熟で、誰《だれ》かから愛されるような人間ではありません。もっと勉強して、努力して、自分を高めなければならないんです」

淡々《たんたん》と話す彼女の口調は、恋愛《れんあい》を断る口実ではなく、本気でそう考えているようだ。

「早いことないと思うけどな。もう中学三年生だし、来年は高校生だ。恋愛《れんあい》といっても、いきなり大人のような付き合いをするわけじゃないし。僕も含《ふく》めて、みんな高校生になっても未熟な部分がたくさんあるよ」

「完璧《かんぺき》でなければならないと考えてるわけじゃないです。でも今のわたしは、人に頼《たよ》ってばかり。それなのに誰《だれ》かとお付き合いなどしても、迷惑《めいわく》をかけるだけですよ。せめて自分で物事を成《な》し遂《と》げる力があれば、未熟なりに前に進んでいけるのに」

以前、芽吹《めぶき》さんが僕に家庭教師の依頼《いらい》をしたときにも、同じようなことを言っていた。

彼女は自分に力があることを証明したいと考えて、自分で決めた志望校に自分の力で合格したいと望んでいる。

もちろん恋愛《れんあい》のためではなく、もっと根本的に自分に自信を持つために。

今のままでも芽吹《めぶき》さんは自信を持っていいと思う。でも何かの結果がなければ、なかなか自信を感じられないものかもしれない。彼女にとってのそれは、志望校への合格なんだ。

僕は立ち上がって彼女の正面に立つと、執事《しつじ》のポーズでうやうやしくお辞儀《じぎ》をした。

「お嬢様《じょうさま》。お嬢様《じょうさま》はただ今、修行《しゅぎょう》の真っ最中でございます。日々、たゆまぬ鍛錬《たんれん》を積まれておられます。今はまだ成果が目に見えぬかもしれません。ですがこの爺《じい》の目には、毎日のようにお嬢様《じょうさま》の経験値が積み上がり、レベルアップしている姿が見えておりますぞ」

僕は周囲を見まわし、時乃崎《ときのさき》学園の制服を着た女子生徒を手のひらで指し示した。

「やがてお嬢様《じょうさま》はクラスチェンジをして時乃崎《ときのさき》学園の衣《ころも》を身にまとい、大いなる力を得ることでございましょう」

大仰《おおぎょう》な演技をしてみせると、芽吹《めぶき》さんは楽しそうに笑った。

「……そうですね、爺《じい》やの言うとおり。わたくし、芽吹《めぶき》家の娘《むすめ》として恥《は》じぬよう、五教科の書物を熟読し、必ずや合格をこの手につかんでみせましょう」

芽吹《めぶき》さんも調子を合わせてくれた。

普段《ふだん》なら学校でこんなやりとりをするのは恥《は》ずかしいけど、今は文化祭の真っ最中。まわりからも余興をしているようにしか見えないだろう。

「お上手です、先生。本当に修行《しゅぎょう》中の身になった気分で、やる気が出てきます」

「大げさじゃないよ。芽吹《めぶき》さんは今、異世界の住人が魔術《まじゅつ》を得るのと同じくらいの特訓をしているんだ。だから毎日勉強してがんばってることを、過小評価しなくていい」

「そうですね……。今日はこれだけ勉強したとか、新しい知識を覚えたとか、もっと自信を持っていいですよね。先生にそう言っていただけると、一日一日が報《むく》われる気がします」

そんな話をしていると、中庭にチャイムが鳴《な》り響《ひび》いた。

時計を見ると、あと五分で午後一時。昼休みも終了《しゅうりょう》だ。

「そろそろカフェに戻《もど》らないと。芽吹《めぶき》さん、申し訳ない。僕はこれで失礼するよ」

「案内してもらえて助かりました。先生の執事《しつじ》さん、もっと見ていたかったけど残念だなあ」

「そんなに気に入ったの？」

「執事《しつじ》の先生に授業を受けたら楽しそう。経験豊富な爺《じい》やから知識を授《さず》かるみたいに、勉強ができそうじゃないですか」

「コスプレして授業かあ……」

ふと、ある有名予備校のポスターを思い出した。駅で見たことのあるポスターで、予備校の講師たちが戦隊ヒーローのようなコスプレをして並んでいたんだ。

毎日の勉強というのは味気ないものだ。楽しい雰囲気《ふんいき》作りも大切かもしれない。

「この執事《しつじ》服は演劇部から借りてるものなんだ。一日貸し出してもらえないか、頼《たの》んでみようか。一度、執事《しつじ》の姿で授業をやってみよう」

「本当ですか⁉　授業が待ち遠しくなります！」

芽吹《めぶき》さんは自分のお小遣《こづか》いや貯金を投じてまで僕を家庭教師として雇《やと》ってくれている。そのくらいのサービスをしても、決してしすぎではない。

彼女とはここで解散し、僕は再び文化祭の手伝いに戻《もど》っていった。

文化祭が終了《しゅうりょう》した夕方過ぎ、皆《みな》で片付けをしていると、スマホに芽吹《めぶき》さんからのメッセージが届いていた。

『今日は一日すごく楽しかったです！　終了《しゅうりょう》時間ギリギリまで見て、足が棒になってしまいました。お姉ちゃんへのおみやげも買いましたよ！　何を買ったのかは女の子のヒミツです。

追伸《ついしん》：執事《しつじ》さんの授業、楽しみです！』

満足してくれたみたいで、僕としても一日忙《いそが》しく動きまわったかいがある。

ちなみに後片付けで校内を歩いていると、あちこちからこんな噂話《うわさばなし》が流れてきた。

「市立第二中の制服を着ためちゃめちゃ可愛《かわい》い女の子がいたけど、あれは誰《だれ》なんだ？」

……とりあえず、何も聞かなかったことにしよう。

#

次の家庭教師の授業日、僕は演劇部から借りた執事《しつじ》の衣装《いしょう》を持って芽吹《めぶき》さんの家を訪《おとず》れた。

今日は、執事《しつじ》のコスプレで授業をする約束になっているんだ。

彼女の部屋に着いた僕は、授業前に聞いてみた。

「芽吹《めぶき》さん、服を着替《きが》えられる場所、あるかな。洗面所を使わせてもらえればいいんだろうけど、一階にはお母さんもいるし」

実際、部屋に上がる前にすれ違《ちが》った彼女の母親は、僕が持ってきた大きな衣装《いしょう》バッグを見ていぶかしげな顔をしたものだ。

「わたし、外に出ていますから、この部屋で着替《きが》えていいですよ」

「さすがに女の子の部屋で着替《きが》えられないよ」

芽吹《めぶき》さんには、女の子の部屋でドキドキしてしまう男子の気持ちも理解してほしいものだ。

「そうですか？　でしたら、隣《となり》が物置代わりの部屋ですので、そこでお願いします。お母さんには勉強のじゃまをしないでって言ってあるから、めったに二階に上がってきませんし」

「でもコスプレしてるところをお母さんに見つかったら、怒《おこ》られるかな」

「もし怒《おこ》られそうになったら、お姉ちゃんからビデオを借りて、昔お母さんが出てた番組を見せるよって脅《おど》かしちゃいます。変な着ぐるみを着て踊《おど》ってる場面、お母さんは絶対に見ようとしないんですって」

「芽吹《めぶき》さんのお母さん、どんな番組に出てたんだ……？」

僕は芽吹《めぶき》さんの部屋を出て、隣《となり》の部屋で着替《きが》えさせてもらうことにした。

その部屋は大きな棚《たな》や衣装《いしょう》ダンスが並ぶ小部屋だ。物置に使われてるとはいえ掃除《そうじ》も行き届き、着替《きが》えにはちょうどいい。

執事《しつじ》服に着替《きが》えると彼女の部屋の前に戻《もど》り、扉《とびら》をノックした。

「芽吹《めぶき》さん、入るよ」

「待ってください！　すぐに終わります！」

部屋で何かしている途中《とちゅう》のようだ。

しばらく待つと扉《とびら》が開き、芽吹《めぶき》さんが顔を出した。

「お待たせしました。どうぞ、入ってください」

「芽吹《めぶき》さん⁉　その格好……」

「どうせなら、わたしも衣装《いしょう》を替《か》えたほうが雰囲気《ふんいき》が出るかと思いまして……」

芽吹《めぶき》さんが少し恥《は》ずかしそうに着ているのは、メイド服。

フリフリの真っ白なエプロンと、ふんわり広がる黒のスカート。頭にはちょこんとカチューシャが載《の》っている。まぎれもない、あのメイド服だ。

テレビやネットの向こうでしか見たことのないメイド服の美少女が、僕の目の前でリアルに存在している！

「い、いかがでしょうか……こ、この服……」

「可愛《かわい》い……すごく可愛《かわい》い……」

「そ、そうですよね。エプロンの後ろが大きなリボンになっていて、可愛《かわい》いですよね」

いやもちろんメイド服も可愛《かわい》いけど、芽吹《めぶき》さんもたまらなく可愛《かわい》い……。

「クラスの子で、いろんな服を持ってる人がいたんです。彼女に聞いたらメイド服を貸してくれるそうなので、思いきって借りちゃいました。ただ、その……ちょっと想像していたのと違《ちが》うような気がして……。メイド服って、こんなにフリフリ可愛《かわい》いものでしたっけ？」

おそらく芽吹《めぶき》さんは、古風でクラシカルなメイド衣装《いしょう》を想像していたのだろう。

「まあ、現代風にアレンジされたメイド服だよね。でも芽吹《めぶき》さん、すごく似合ってる」

「服を貸してくれた子から、メイドの挨拶《あいさつ》も教えてもらったんですよ」

芽吹《めぶき》さんは僕の正面に向かい合って立ち、エプロンの前で両手を重ね合わせた。

そのまま前屈《まえかが》みのポーズで、じっと僕を見つめて笑《え》みを浮《う》かべる。

「お帰りなさいませ、ご主人様」

「ぐはっ!!」

バニラのような甘い声に、脳髄《のうずい》の奥がジンとしびれて麻痺《まひ》してしまう。

なんという破壊力《はかいりょく》……。美少女な芽吹《めぶき》さんとキュートなメイド服ととろけそうな声の三連コンボを食らったら、誰《だれ》だって一瞬《いっしゅん》でノックアウトされてしまうに違《ちが》いない。

「せ、先生!? わたし、変な挨拶《あいさつ》をしたでしょうか!?」

「ちっとも変じゃない！　完璧《かんぺき》すぎて驚《おどろ》いたんだ！　最高のメイドさんだよ!!」

僕はすっかり骨抜《ほねぬ》きにされた頭をふらつかせながら、親指を立ててグッジョブをしてみせるのが精一杯《せいいっぱい》だった。

ともあれ勉強は勉強。家庭教師として来た以上、今日もしっかりと授業をしなければ。

僕と芽吹《めぶき》さんはお互《たが》いにコスプレをしたまま、部屋に置かれた座卓《ざたく》に向かい合って座った。

「それじゃ芽吹《めぶき》さん、今日は世界史の授業をするよ。参考書の九五ページを……」

「先生、せっかくですから、気分を出していきましょうよ」

芽吹《めぶき》さんは執事《しつじ》姿の僕を見ながら、わくわくした顔で言う。

僕はこほんと咳払《せきばら》いをして、おごそかな表情を作ってみせた。

「芽吹《めぶき》お嬢様《じょうさま》。本日は世界の歴史について学びましょう。歴史とは現代のいしずえ。歴史を知ることで、お嬢様《じょうさま》は必ずや世界の大空へと羽ばたかれることでしょう。それでは、歴史書の九五ページをお開きください」

「わかりましたわ、爺《じい》や。今宵《こよい》の学問は産業革命の知識を得るのですわね。講義を拝聴《はいちょう》いたしましょう」

メイド服でお嬢様《じょうさま》口調なのも妙《みょう》な気がするけど、可愛《かわい》いは正義、気にしないことにしよう。


その日の授業が終わり、僕は隣《となり》の物置部屋で再び制服に着替《きが》えさせてもらった。

着替《きが》え終わると彼女の部屋に行き、扉《とびら》をノックした。

すぐに扉《とびら》が開き、姿を見せた芽吹《めぶき》さんは、まだメイド服を着たままだ。

「あれ、着替《きが》えないの?」

「先生をお見送りしてから着替《きが》えます。見送りの挨拶《あいさつ》も教えてもらいましたから。玄関《げんかん》までご一緒《いっしょ》しますね。はい、これ。先生のお荷物です」

芽吹《めぶき》さんは僕の鞄《かばん》を手渡《てわた》してくれる。本物のメイドさんみたいだ。

二人で一階に下りると、屋内は静かで、夕方なのに明かりも消えていた。

「お母さん、買い物に出かけてるみたいですね。ちょうどいいかも」

メイド服なんて見られたら、真面目に勉強してるのか疑われてしまいそうだ。

そのまま芽吹《めぶき》さんは玄関《げんかん》まで来てくれた。

僕は靴《くつ》を履《は》くと、扉《とびら》を開けながら彼女を振《ふ》り返《かえ》る。

「芽吹《めぶき》さん、また来週。オンラインでの補習も忘れないようにね」

「はい。今日もありがとうございました。それでは――」

芽吹《めぶき》さんはエプロンの前で両手を合わせ、優雅《ゆうが》にうやうやしく頭を下げる。

「行ってらっしゃいませ、先生」

「…………!!」

予想外の挨拶《あいさつ》に、とっさに声が出ない。

『ご主人様』じゃなくて『先生』？

「え、えっと、わたし、やっぱり間違《まちが》った挨拶《あいさつ》をしてるでしょうか⁉」

「全然間違《まちが》ってないよ!!　素晴《すば》らしいほど本物のメイドさんだ!!」

「よ、よかった～」

「それじゃあ、い……行ってくるよ」

そう答えると、僕は芽吹《めぶき》さんに見送られながら歩き出した。

また来週、彼女の家に帰ってくるような気分になって。

9月・4　台風が来た！

「……このように生まれた、寒気団と暖気団がぶつかり合う境界を前線と呼び――」

芽吹《めぶき》さんの部屋で家庭教師の授業をしていると、窓ガラスがガタガタと鳴り出した。

窓の外を見ると、曇《くも》り空《ぞら》の下で木々の葉が激しく揺《ゆ》れている。

まだ夕方だけど、部屋の明かりをつけないと薄暗《うすぐら》いほどだ。

「だいぶ風が強くなってきましたね。先生、帰りは大丈夫《だいじょうぶ》ですか？」

芽吹《めぶき》さんがノートから目を離《はな》し、心配そうに聞く。

「天気予報だと、暴風雨になるのは夜中からだって言ってたのに……」

台風が近づいているのは知っていたけど、大雨になる前に授業を終わらせられるだろうと考えた僕は、今日も芽吹《めぶき》さんの家に来ていた。

二学期の中間試験も近づいているし、できるだけ授業を中止にしたくなかったんだ。

「今にも降り出しそうですよ。雨雲もあんなに厚くなってますし」

「しょうがない。今日は早めに帰らせてもらうね。続きはオンラインでやろう」

僕はバスの時間を確認《かくにん》するため、スマホで時刻表を調べることにした。

バス会社のサイトを開くと、トップページに大きく注意書きが表示されている。

「まずいな、バスが止まってるみたい。道路上で倒木《とうぼく》があって、路線がストップしてるって」

「タクシーはどうでしょうか？」

「調べてみよう。タクシー代は足りるかな」

僕はサイフを開いて確認《かくにん》した。家庭教師の授業のときは、何かで必要になった場合に備えて多めにお金を持つようにしている。スマホで近くにあるタクシー会社のサイトを調べた結果、手持ちのお金で料金を払《はら》えそうだ。

掲載《けいさい》されていた電話番号にかけて、タクシーを手配してもらえるか聞いてみた。

「……ダメだ。みんな出払《ではら》っていて、空きがないってさ」

「バスが走るのを待つしかないですね……」

僕と芽吹《めぶき》さんは部屋を出て一階に下りた。

明かりの消えた一階の廊下《ろうか》は薄暗《うすぐら》く、誰《だれ》の気配も感じられない。

「お母さん、まだ帰ってないのかなあ……」

「どこかへ出かけてるの？」

「昔の仕事仲間のイベントを見に行ってるそうなんです。夕方には帰るはずですけど……」

「お父さんは、仕事で外国にいるんだよね？」

こくんと、台風のせいか芽吹《めぶき》さんは心細そうにうなずく。

風はやむどころかますます強くなり、とうとう雨粒《あまつぶ》が家の窓ガラスをたたき始めた。

不安はつのるけど、できることもなく、僕たちはリビングに移動した。

テレビをつけると、どのチャンネルも台風の報道一色だ。

日本列島を直撃《ちょくげき》する台風は予想より速度を速めて接近し、午後七時過ぎには僕たちの住む地域も暴風域に入るらしい。

画面に映し出された駅のホームでは、帰宅を急ぐサラリーマンたちがごった返している。

もう一度バスの運行状況《じょうきょう》を確認《かくにん》してみたけど、僕が利用する路線はまだ動いていない。

「先生、今夜は家に泊《と》まってください。もうすぐお母さんも帰ってきますから」

「今の状況《じょうきょう》だと、そうするしかなさそうだね……。すまない、芽吹《めぶき》さん。お世話になるよ」

「お姉ちゃんが結婚《けっこん》して家を出ているから、部屋が空いてるんです。寝《ね》るときはそこを使って大丈夫《だいじょうぶ》ですから」

彼女の家に泊《と》まるなんて思いがけないことだけど、彼女の母親も帰宅するなら問題ないだろう。部屋を借りられるのならなおさらだ。

僕は自宅に電話して、今夜は家庭教師先の自宅に泊《と》めてもらうことを伝えた。電話に出た母も、台風の中を無理に帰宅するよりいいと賛成してくれる。

電話を切ると、芽吹《めぶき》さんに外泊《がいはく》の許可が下りたことを伝えた。

「先方のご家庭によろしくお伝えしてね、って言ってた。芽吹《めぶき》さんのお母さんにもお礼を言わないとなあ」

僕たちはリビングのソファに座って台風のニュースを見ながら、母親の帰宅を待ち続けた。

しばらくして芽吹《めぶき》さんのスマホに着信があった。彼女の母からだ。

「もしもし、お母さん⁉　そろそろ帰ってくるよね。……えっ？　そ、そうなの？　……うん、わかった。ううん、わたしのほうは大丈夫《だいじょうぶ》だから。それじゃあ……」

電話を切ると、芽吹《めぶき》さんは戸惑《とまど》った様子で僕のほうを見る。

「お母さん、なんて言ってたの？」

「帰宅途中《とちゅう》で電車が運休してしまって、今夜はホテルの部屋を取ったそうなんです。帰宅は明日の昼過ぎになるって……」

「帰って来ないの？　ということは……」

今夜一晩、僕と芽吹《めぶき》さんはこの家に、二人きり……？

「それはまずいよ。やっぱり僕は帰ったほうがいい。帰宅する方法を考えるから」

「どうしてまずいんですか？」

「そりゃそうだよ。付き合ってるわけでもないのに男女二人っきりで一晩中過ごすなんて、普《ふ》通《つう》のことじゃない」

「……わたし、先生のことは信用しています」

「もちろん僕だって、変なこと考えてるわけじゃないけど……」

「だったらいいじゃないですか。先生に出て行かれたら、わたし、一晩中一人っきりになってしまいます……」

芽吹《めぶき》さんは心細そうにうなだれた。

確かにこの広い家で女の子が一人で一晩を過ごすのは、不安かもしれない。ましてや台風が直撃《ちょくげき》するとなれば、心細くもなるだろう。風雨の強さによっては、事故が起きる可能性だってある。

落ち着いて考えれば、さっきも検討したように、この家には宿泊《しゅくはく》できる部屋がいくつもある。空いているお姉さんの部屋に泊《と》めてもらえれば、別々に過ごすのと大して変わらない。その他の時間は、いつもの家庭教師の授業を延長したものと思えばいいのかもしれない。

「わかったよ、芽吹《めぶき》さん。その代わり、今日はみっちり勉強するからね！」

「覚悟《かくご》はできています、先生！」

芽吹《めぶき》さんはホッと安心した表情でうなずいた。

#

午後八時前、外では嵐《あらし》がやまず、とどろくような風音と、そこら中を打ち鳴らす雨音が鳴《な》り響《ひび》いている。

夕食を終えて風呂《ふろ》を借りたあと、僕はリビングのテーブルで、即席《そくせき》で作った小テストの答案を採点していた。

約束どおり、今日は家庭教師の授業を大幅《おおはば》に延長することになった。僕が家庭教師を始めてから一か月。ちょうどいい機会だと思い、現在の学力を測定する小テストを作って芽吹《めぶき》さんに受けてもらったんだ。

夕食は家の冷蔵庫にあった冷凍《れいとう》食品からそれぞれ好きなものを選んで食べた。芽吹《めぶき》さんは何か作ると言ってくれたものの、そこまで世話になるのは申し訳ない。

風呂《ふろ》も遠慮《えんりょ》したかったけど、これは彼女が譲《ゆず》ってくれなかった。

九月も終わりとはいえ、まだまだ気温は高めだ。今日のような台風の日は少し蒸《む》し暑《あつ》い。それなりに汗《あせ》ばんでしまったし、ここは僕が折れてシャワーを借りることにした。

今、僕が着ている紺色《こんいろ》のパジャマは芽吹《めぶき》さんが用意してくれたもので、彼女の父親が以前着ていたお古だそうだ。メンズ用なので、僕にはちょうどぴったりなサイズだった。

そして現在、芽吹《めぶき》さんはといえば、ちょうど入浴中である。

「…………」

いけない、いけない。

家庭教師たるもの、教え子のそんな姿を想像してはいけない！

「先生、お風呂《ふろ》から上がりましたよ」

突然《とつぜん》背後から話しかけられ、心臓が止まるような思いで振《ふ》り返《かえ》った。

気づかないうちにリビングの扉《とびら》が開いて、芽吹《めぶき》さんが立っている。

「も、もう上がったんだ。は、早かったね」

「そうですか？　ちょっと長湯でしたけど……」

芽吹《めぶき》さんはパジャマの上から学校のジャージを着ていた。

けれどジャージを着ているのは上着だけ。紅葉《もみじ》色の上着の裾《すそ》から先には、ピンク色のパジャマを着た両足が見えている。

「とにかくちょうどいい。テストの採点、終わったよ」

「わたしの成績、どうでしょうか？　勉強の効果、出ていますか？」

「うん。一学期に理解不足だった部分は、ほとんど身に付いた。二学期の学習部分も着実に理解を深めている。次の中間試験が楽しみだよ」

「これも先生が指導してくれたおかげです！」

「今日の授業は、ここまでにしようか。僕も自分の勉強をやらないと」

僕は芽吹《めぶき》さんの家庭教師であると同時に、一人の高校生でもある。学校の学習をおろそかにはできない。

「わたしも自習しますから、一緒《いっしょ》に勉強しませんか？　そのほうが集中できそうですし」

そうして僕は、彼女の部屋でもう少し勉強を続けることになった。

僕はいつもの座卓《ざたく》を借りて高校の宿題を片付け、芽吹《めぶき》さんは自分の勉強机に座って自習をしている。いったん勉強モードに入れば、二人ともおしゃべりもせず、室内には教科書や参考書をめくる音、ノートに鉛筆《えんぴつ》で書きつづる音などが響《ひび》くばかり。

時刻は夜の九時半。外の風雨はますます強まって、渦巻《うずま》く大気のうなりが室内にまで侵入《しんにゅう》し、勉強の音をかき消していく。

「……台風、かなり強くなってきたね」

「これからもっと接近するようですよ……」

不安そうな彼女の気をまぎらわすため、僕は話題を変えることにした。

「なんの勉強をしているの？」

「数学をやっています。二次方程式をしっかりマスターしておきたいんです」

「いいね。わからない部分があったら、いつでも聞いていいからね」

「そういえば、学校の数学とはちょっと違《ちが》うんですけど……気になることがあって」

「何か疑問かな？」

「先生は『呪《のろ》いの方程式』って、信じますか？」

「……呪《のろ》いの方程式？」

「実は昨日、勉強の合間に気分転換《てんかん》しようと思って、ネットで動画を見てたんです。すぐにやめるつもりだったんですけど……」

そう言いながら芽吹《めぶき》さんはスマホを手に持ち、僕の隣《となり》に来て座り込んだ。

スマホを座卓《ざたく》に置いて、昨日見たという投稿《とうこう》アカウントのページを開く。

「『実録・恐怖《きょうふ》の心霊霊界《しんれいれいかい》ちゃんねる』？」

「この『悲劇の受験生を襲《おそ》った呪《のろ》いの方程式』という動画なんです。オススメ欄《らん》に出てきて、どうしても気になってしまって、つい……」

芽吹《めぶき》さんは動画を再生しながら、内容を説明した。

「昔、ある予備校で出された数学の問題に、不思議な方程式があったそうなんです。それは誰《だれ》にも解けない方程式で、出題した講師ですら解答できませんでした。そんなある日、一人の男子生徒が方程式に取り組み、三日間徹夜《てつや》した末、ついに完璧《かんぺき》に解いたんです！　ところが一週間後、その受験生は行方《ゆくえ》不明になり、最初から存在しなかったかのように、二度と見つかりませんでした。なぜかというと、その方程式は……」

芽吹《めぶき》さんは真剣《しんけん》な表情でぐっと顔を寄せ、声をひそめた。

「人間が知ってはならない、あの世の法則が記された方程式だったのです……」

突然《とつぜん》、ストンと世界が落ちるように部屋中が暗闇《くらやみ》に包まれた。

「いやあああああぁっ‼」

悲鳴をあげながら、芽吹《めぶき》さんがガバッと僕に抱《だ》きついてくる。

「め、芽吹《めぶき》さん⁉　近いって！」

彼女は怯《おび》えてしがみつき、ギュッと僕のパジャマを握《にぎ》りしめる。暗闇《くらやみ》の中、お風呂上《ふろあ》がりで湿《しめ》り気《け》の残る髪《かみ》が僕の顔をくすぐり、シャンプーのいい香りがほんのりと鼻先に漂《ただよ》っていた。

しばらく待つと芽吹《めぶき》さんは落ち着きを取《と》り戻《もど》し、しがみついていた手をゆるめた。

「す、すみません……。急に暗くなって、怖《こわ》くなってしまって……」

「大丈夫《だいじょうぶ》、ただの停電だよ」

「わたしが呪《のろ》いの方程式の話をしたから、ではないんですか？」

「あんなの、一〇〇パーセント作り話だから……」

「べ、別にわたしも信じてたわけじゃないですよ⁉　不気味な話を聞くとちょっとビクビクしちゃうだけです！　わたしが信じてないこと、先生は信じてくれますよね⁉」

「信じる、信じるよ。信じてないって信じてる！」

室内はすっかり薄暗《うすぐら》くなってしまった。僕たちの持つスマホの明かりだけが室内をぼんやりと青白く照らしている。呪《のろ》いはともかく、電気は早く復旧してほしい。

「停電、いつまで続くのかな」

「ニュースで情報が流れてないでしょうか」

芽吹《めぶき》さんはスマホのニュースサイトを調べ始めた。

ふと見る彼女の横顔は、闇《やみ》の中で画面の光に照らされて、なんだかガラス細工のようなはかない美しさに包まれている。

まあ、見とれてる場合じゃない。僕もSNSなどにアクセスして、停電の状況《じょうきょう》を調べた。

「ずいぶん広範囲《こうはんい》で停電したみたいだなあ……」

「復旧のめどは立っていないそうですね……」

「この様子だと、しばらく停電したままか」

芽吹《めぶき》さんはスマホから目を離《はな》し、心細そうに僕のそばに肩《かた》を寄せてくる。

風雨はさらに強く家の外壁《がいへき》にたたきつけられ、窓ガラスはガタガタと不協和音のリズムを鳴らし続けていた。

#

停電した暗闇《くらやみ》の中で、スマホの画面の明かりだけがぼんやりと室内を照らしている。

僕たちは勉強もできず、スマホで見つけた話題を元におしゃべりして過ごした。

芽吹《めぶき》さんは『おひるねる〜ず』という動物のキャラクターの公式サイトを僕に見せた。今、全国の女子の間で人気急上昇《きゅうじょうしょう》中のキャラクターなのだそうだ。芽吹《めぶき》さんの部屋の棚《たな》にも、何体か小型のぬいぐるみが置かれていた。

サイトを見ると、犬や猫《ねこ》、象やハムスター、カエルやトカゲなどなど、様々な動物の可愛《かわい》いキャラクターが、いろんなポーズでお昼寝《ひるね》している。

「この間、初の公式アニメが公開されたんですよ。三〇分間みんなでお昼寝《ひるね》してるだけなんですけど、寝返《ねがえ》りする姿がすっごく可愛《かわい》くて！　先生も見てください。これです！」

芽吹《めぶき》さんが動画の再生アイコンをタップしたとき、画面に通知メッセージが表示された。

『バッテリーの残量が少なくなっています』

「あと一〇パーセントしかない……。これじゃアニメが見られないですね……」

「動画を見てるとバッテリー消費が激しいからね。僕のスマホで見ようか」

しかし僕のスマホも、いつの間にかバッテリーマークが赤色に変わっている。

「まずいな。こっちも切れそうだ」

「すぐに充電《じゅうでん》しましょう。わたしが持ってる充電器《じゅうでんき》、先生の機種でも使えるかな」

「停電中だから充電《じゅうでん》できないよ……」

言われて、芽吹《めぶき》さんはハッとして顔を上げた。

「どうしよう……。バッテリーが切れたら真っ暗に……」

「僕がスマホをつけるから、芽吹《めぶき》さんはスリープにしたほうがいい」

僕と芽吹《めぶき》さんは交代でスマホを点灯させて節約しながら、室内の明かりを持続させた。

二つあった光が一つに減り、部屋はますます薄暗《うすぐら》くなる。

画面上のバッテリー残量が、まるで溶《と》け落ちるロウソクのようだ。

「じゃあ先生、今度はわたしがつけますね」

そう言って芽吹《めぶき》さんは、スマホを点灯させようとボタンを押す。

しかし画面は明るくならず、代わりに赤い電池マークが表示された。

「わたしのスマホ、バッテリーが切れてしまいました……」

「僕のも、あと五パーセントしかない……」

もう、僕たちに残された照明は文字どおり風前のともしびだ。停電はいまだ復旧しない。

「芽吹《めぶき》さん、懐中《かいちゅう》電灯はあるかな」

「あるはずですけど、一階の用具置き場まで行かないと……」

「バッテリーが切れる前に取って来るよ」

「わたしも行きます。一緒《いっしょ》に行ったほうが、場所もすぐにわかりますから」

僕と芽吹《めぶき》さんはスマホ一つの明かりを頼《たよ》りに、暗闇《くらやみ》に包まれた家の中へと歩き出した。

部屋を出て、スマホを懐中《かいちゅう》電灯モードにして廊下《ろうか》を照らしながら先へ進んでいく。

懐中《かいちゅう》電灯が置かれているのは一階。

となると、一番の難所は階段だ。

「照明が一つしかないから、まず僕が途中《とちゅう》まで下りる。そうしたら芽吹《めぶき》さんの足下《あしもと》を照らすから、続いて下りてきて」

僕はスマホの光を階段に向け、もう片方の手で手すりを持ちながら、慎重《しんちょう》に下りていく。

途中《とちゅう》にある踊《おど》り場《ば》まで下りると、芽吹《めぶき》さんのほうを振《ふ》り向《む》いて彼女の足下《あしもと》を照らした。

「芽吹《めぶき》さん、下りてきて。あわてないで、ゆっくり、慎重《しんちょう》に」

両手で手すりをつかみながら、芽吹《めぶき》さんはおそるおそる下りてきた。

踊《おど》り場《ば》までたどり着いて僕の前に立つと、ホッとした様子で息をつく。

「バッテリーが残っていてよかったです。真っ暗だったら、とても下りられません……」

「万が一踏《ふ》み外《はず》したら危険だからね。さ、残りも下りてしまおう」

芽吹《めぶき》さんに踊《おど》り場《ば》で待ってもらい、僕は階段の先を下りていく。

一階に着いたところで再び踊《おど》り場《ば》を見上げ、芽吹《めぶき》さんの足下《あしもと》を照らし出した。

「あと少しだ。今までの調子で下りれば大丈夫《だいじょうぶ》」

「は、はい。すぐに行きますから、待っていてくださいね」

彼女は同じように階段の手すりを持ち、一歩ずつ慎重《しんちょう》に段を踏《ふ》みしめながら下りてくる。

残り四段……三段。足下《あしもと》を見失わないよう、僕は彼女の進み具合に合わせて懐中《かいちゅう》電灯の光を移動させた。

いよいよあと二段。芽吹《めぶき》さんの姿が間近に迫《せま》ったときだ。

突然《とつぜん》僕のスマホがシャットダウンを始めた。

「まずい、バッテリー切れだ！」

「ひぅっ⁉」

芽吹《めぶき》さんの足が止まり、彼女はその場で手すりにしがみついてしまう。

スマホは停止し、唯一《ゆいいつ》の照明が消え、周囲は完全な真っ暗闇《くらやみ》に覆《おお》われた。

停電のため屋内外のあらゆる電灯が消灯し、空は分厚い雲に覆《おお》われて月光も届かない。

光のない深海を漂《ただよ》うかのように、僕たちは漆黒《しっこく》の底に沈《しず》み込んだ。

「せ、先生っ⁉　どこにいますか⁉」

「ここだよ！　あと少し、ゆっくり足を動かして階段を下りるんだ！」

「何か、つかめるものを……」

支えになるものを探しているらしく、芽吹《めぶき》さんの片腕《かたうで》が宙をまさぐる気配がする。

その手が僕の肩《かた》に触《ふ》れ、救いを求めるように握《にぎ》りしめた。

「ほら、芽吹《めぶき》さん、つかまって」

僕は彼女が転ばないよう、その腕《うで》をつかみ返す。

引き寄せられるように足音がトン、トンと階段を駆《か》け下《くだ》り、芽吹《めぶき》さんの体が僕に向かって飛び込んだ。

「先生っ‼」

僕の胸に頭を預け、そのまま芽吹《めぶき》さんは両腕《りょううで》を背中にまわしてしがみつく。

彼女の背は、まだ不安そうに怯《おび》えている。

安心させるように、僕は両手を彼女のほっそりした背にまわした。

芽吹《めぶき》さんはますます両腕《りょううで》に力を込《こ》めてギュッと抱《だ》きしめてくる。

「うぅ……こわ……かった………」

「もう大丈夫《だいじょうぶ》だ。よくがんばったね」

そのまま二人で、悪魔《あくま》のうなり声から身を隠《かく》すように、風雨の音が響《ひび》く暗黒の中で息をひそめていた。

僕と芽吹《めぶき》さんの高鳴る鼓動《こどう》が、やたらと強く体中に感じられる。

やがて鼓動《こどう》が静まるとともに、目が暗闇《くらやみ》に慣れて周囲の影《かげ》がぼんやりと見えてくる。

芽吹《めぶき》さんは僕から体を離《はな》して、一安心したように息をついた。

「すみません……。飛びついてしまって……」

「無事に下りられてよかった。少しまわりが見えてきたし、懐中《かいちゅう》電灯を探そう」

「ここからはわたしが先に歩きます。暗くて危険ですから、あまり離《はな》れないでくださいね」

芽吹《めぶき》さんは僕の手を引いて、もう片方の手で前方を探《さぐ》りながら慎重《しんちょう》に歩き始めた。

階段の横にある扉《とびら》を開けると、暗くてはっきりとは見えないけど小部屋のようだ。

「この上の戸棚《とだな》に、懐中《かいちゅう》電灯が入ってるはずなんですけど……」

芽吹《めぶき》さんは手を伸《の》ばして戸棚《とだな》の取っ手をつかもうとするが、闇《やみ》の中でうまく位置を探《さぐ》り当《あ》てられず難儀《なんぎ》している。ここは背の高い僕のほうがやりやすそうだ。

「僕が開けようか。この戸棚《とだな》だね」

僕は戸棚《とだな》の前に立って、取っ手がありそうな場所に向けて右手を伸《の》ばす。

「痛っ⁉」

その瞬間《しゅんかん》、手の横に鈍《にぶ》い痛みが走った。

「先生⁉　平気ですか⁉」

「戸棚《とだな》の端《はし》にぶつけたみたい。大したことないよ」

あらためて暗闇《くらやみ》の中をまさぐると、指先が丸い取っ手に触《ふ》れる。そのまま引くと戸が開いた。

中に手を入れると、円筒《えんとう》形をしたスチール製の物体がある。これに違《ちが》いない。

物体をつかんでスイッチらしきボタンを押すと、目の前に円錐《えんすい》状の光の筋が現れた。

「懐中電灯《かいちゅう》、見つかりましたね！」

「これで照明は確保できたね」

「あの、先生。さっきケガしたところ、どうですか？」

僕は懐中《かいちゅう》電灯を左手に持《も》ち替《か》え、先ほどぶつけた右手を照らしてみた。

人差し指の付け根のあたりで皮膚《ひふ》がすり切れ、血がにじんでいる。

「大変！　すぐに救急箱を持ってきます！」

「懐中《かいちゅう》電灯は一つだけだから、あちこち動くのは危険だ。放っておけばすぐ治るよ」

「それでは、せめて応急処置だけでも……」

芽吹《めぶき》さんは両手で僕の右手を持ち、心配そうにケガを見つめる。

そのまま口元に持っていくと、彼女の舌の先が僕の傷口にそっと触《ふ》れた。

柔《やわ》らかな舌と唇《くちびる》の感触《かんしょく》が、僕の傷を拭《ふ》き取《と》っていく。

「芽吹《めぶき》さん……」

「傷口が痛くなったら、いつでも言ってくださいね。治療《ちりょう》しますから」

芽吹《めぶき》さんは僕の右手を優《やさ》しく握《にぎ》りながら、懐中《かいちゅう》電灯の淡《あわ》い光の中でほほ笑《え》んだ。

＃

懐中《かいちゅう》電灯を手にした僕たちは、再び芽吹《めぶき》さんの部屋に戻《もど》ってきた。

停電の復旧を待つものの、いまだに電気は戻《もど》らず、照明はたった一つの懐中《かいちゅう》電灯だけ。

外では暴風雨がさらに勢いを増し、大気と雨粒《あまつぶ》が渦《うず》となって暴れまわっている。

僕のすぐそばで、芽吹《めぶき》さんが眠《ねむ》そうに頭を揺《ゆ》らしていた。部屋の時計は十一時過ぎを指している。台風が通り過ぎれば明日も学校があるし、そろそろ寝《ね》たほうがよさそうだ。

「芽吹《めぶき》さん。もう寝《ね》る時間だし、お姉さんの部屋を案内してもらえるかな」

「あ、そうですよね。すぐに毛布とシーツを用意します」

「毛布とシーツって、今から？」

「お姉ちゃんの部屋はしばらく使われてないから、ベッドメイクをしないと眠《ねむ》れないかと」

「本格的にしなくてもいいよ。毛布だけ貸してもらえれば、床《ゆか》にでも寝《ね》るから」

「そんなのダメですよ！　体が痛くなってしまいます！」

「だからって、懐中電灯《かいちゅう》しかないのにベッドの準備をするのは大変じゃないか」

「それでも、先生を床《ゆか》に寝《ね》かせられません！」

芽吹《めぶき》さんは意地でも妥協《だきょう》しなそうに言う。

もっとも、彼女の立場になってみれば気持ちはわかる。僕だって来客を床《ゆか》に寝《ね》かせて、自分だけベッドで寝《ね》たら後味の悪い気分になるだろう。

「では、先生はわたしのベッドを使ってください。わたしが床《ゆか》で寝《ね》ますから」

「それも無理だって！　だったらリビングのソファで眠《ねむ》らせてもらうのは、どうかな？　それなら体も痛くならないし」

「でしたら、わたしがソファで寝《ね》ます。ダメな理由、ないですよね？」

むむむ……と、僕と芽吹《めぶき》さんは対戦でもするみたいに視線の火花を散らした。

どうにか彼女を納得《なっとく》させる方法はないものか……。

悩《なや》んだ末にある方法を思いつき、僕は突然《とつぜん》、秘密を語るかのように声をひそめた。

「芽吹《めぶき》さん、『呪《のろ》いの方程式』の話の続き、教えてあげようか」

「ひっ⁉　な、なんですか続きって⁉」

「あの話には真相が隠《かく》されているんだよ。行方《ゆくえ》不明になった受験生の正体、それは……」

「やや、やめてください っ！　き、聞きたくありませんっ‼」

芽吹《めぶき》さんは両耳を押さえて、ぶんぶんと頭を左右に振《ふ》った。

「僕をソファで眠《ねむ》らせてくれないと、続きを話しちゃうよ」

「むうぅ～……。わかりました……」

よし、ちょっと強引《ごういん》だけど芽吹《めぶき》さんを納得《なっとく》させたようだ。

「それじゃ、僕は一階に行くね。だいぶ暗さに慣れたから、手探《てさぐ》りでも歩けると思う」

立ち上がり、部屋の扉《とびら》に向かって歩き出す。

すると何かに引っ張られ、僕は振《ふ》り返《かえ》った。

芽吹《めぶき》さんが僕のパジャマの裾《すそ》をつかんで引っ張っている。

「あの、芽吹《めぶき》さん……？」

「……ないでください」

「えっ？」

「一人にしないでくださいっ！　先生があんなこと言うから、怖《こわ》くなっちゃいましたよっ!!」

芽吹《めぶき》さんはうるんだ目で僕をにらみつける。

「こんなときに一人にされたら、一晩中眠《ねむ》れませんっ！　責任取ってくださいっ!!」

「責任って、どうすれば……」

「先生も、この部屋で寝《ね》てください」

まずい。実にまずい展開だ。完全に逆効果になってしまった。

芽吹《めぶき》さんを無視して一階に下りることも可能だ。しかしそれで、怪談話《かいだんばなし》の恐怖《きょうふ》に怯《おび》えた彼女が眠《ねむ》れなくなったら……。

勉強の大切な時期に教え子を睡眠《すいみん》不足にさせるなど、家庭教師としてあるまじき失態。

「しかたない。僕もこの部屋で寝《ね》るよ。ちょうどクッションがあるから、床《ゆか》に敷《し》いて眠《ねむ》らせてもらおう。それでいいよね？」

「じゃあ……そうしてください。部屋にいてくれなきゃダメですよ」

「ちゃんと一緒《いっしょ》にいるから怖《こわ》がらないで。毛布だけお願いね」

二人で隣《となり》の物置部屋に行き、壁《かべ》の開き戸にしまわれていた毛布を借りて戻《もど》ってきた。

それから部屋の座卓《ざたく》を片付け、そこにクッションを二つ並べて寝床《ねどこ》にする。寝《ね》るには小さいけど、贅沢《ぜいたく》は言えない。

これから一晩、芽吹《めぶき》さんと一緒《いっしょ》の部屋で眠《ねむ》るのだけど……床《ゆか》で横になってしまえば、ベッドの上はほとんど見えないから、あまり意識しないでおこう。

「僕は準備が終わったよ。芽吹《めぶき》さん、懐中電灯《かいちゅうでんとう》を使う？」

「わたしも寝《ね》る準備をしますので、照らしてもらえますか？」

僕は持っている懐中電灯《かいちゅうでんとう》を彼女のほうに向けた。

芽吹《めぶき》さんは着ていたジャージの上着に手をかけると、ゆっくりとファスナーを引き下ろしていく。紅葉《もみじ》色のジャージの下から、淡《あわ》いピンクのパジャマに包まれた胸元《むなもと》が現れた。

懐中電灯《かいちゅう》の光に照らされながら、羽化《うか》したばかりの蝶《ちょう》のように、薄《うす》い布地一枚に包まれただけの体があらわになっていく。

脱《ぬ》いだジャージを壁《かべ》のハンガーにかけると、芽吹《めぶき》さんはベッドの上に腰《こし》を下ろした。

「ありがとうございました。懐中電灯《かいちゅう》、もう大丈夫《だいじょうぶ》ですよ」

「電池が切れたら困るから、消しておくね」

懐中電灯《かいちゅう》の光を消すと、部屋は暗闇《くらやみ》に包まれた。

目が慣れたため、薄《うす》ぼんやりと何があるのかは見えるのだけど、それでもどこに何があるか、大まかな位置が判別できる程度だ。

外の風雨は相変わらず強く、夕方に聞いた天気予報によれば、もうすぐこの地域に最接近する時刻のはず。早く眠《ねむ》って、嵐《あらし》の音を忘れよう。

「芽吹《めぶき》さん、おやすみ――」

挨拶《あいさつ》をしながらクッションの上で寝《ね》かかったとき。

突然《とつぜん》、窓の外から入り込んだ不気味な光が室内を照らし出した。

「いやあああぁっ!!」

芽吹《めぶき》さんが悲鳴をあげ、ベッドから飛び下りて僕の肩《かた》にしがみつく。

「大丈夫《だいじょうぶ》、大丈夫《だいじょうぶ》だよ。――なんだ、今の光は？」

僕は怯《おび》える彼女をなだめながら立ち上がった。

窓際《まどぎわ》に歩いて、カーテンを開いて外を見る。

「せ、先生……。何かいるのでしょうか……?」

「いや……台風の音しか聞こえない。――あ、あれ見て!」

窓の外を見下ろすと、横に並んだ二つの光点が遠ざかっていく。

「ひぅっ!」

「車のライトだよ。台風で車の音が聞こえないから、気づかなかったんだ。今夜は車もめったに走らないから突然《とつぜん》だったし、外も真っ暗で、強い光に感じられたんじゃないかな」

「な、なんだ……びっくりしちゃいました……」

芽吹《めぶき》さんは安心して力が抜《ぬ》けたように、僕の肩《かた》に寄りかかる。

「先生が怖《こわ》がらせるからですよ。もうっ」

「ごめんって。台風が過ぎたら明日は登校になるだろうから、早く寝《ね》よう」

懐中《かいちゅう》電灯を消したまま立ち上がったので、僕は慎重《しんちょう》に元の場所に向かった。芽吹《めぶき》さんは僕の腕《うで》をつかんで、すぐ後ろをついてくる。

「ひゃっ⁉」

ふいに芽吹《めぶき》さんの声と、何かが床《ゆか》にこすりつけられる音がした。

芽吹《めぶき》さんが床《ゆか》のクッションを踏《ふ》んで、足を滑《すべ》らせてしまったらしい。彼女の体がベッドに倒《たお》れ込み、僕の腕《うで》まで引っ張られた。

ボンッ、とベッドのバネのきしむ音が響《ひび》き、芽吹《めぶき》さんの体が仰向《あおむ》けに横たわる。僕はその上に覆《おお》い被《かぶ》さるようなポーズで、かろうじて両手で体を支えた。

「せ、せんせ、い……」

僕のすぐ下で、芽吹《めぶき》さんの声がした。

彼女は暗闇《くらやみ》の中で僕を見上げながら、緊張《きんちょう》で荒《あら》くなった吐息《といき》を漏《も》らしていた。

＃

どうしたらいいのか、僕は動くこともできず全身を硬直《こうちょく》させてしまう。

ベッドの上に両手をつき、その間に挟《はさ》まれるように、芽吹《めぶき》さんが仰向《あおむ》けに倒《たお》れている。

「す、すぐに、どくから……」

僕は起き上がろうとするものの、なかなか体勢を整えられない。下手に動いたら芽吹《めぶき》さんの体に触《ふ》れてしまいそうだ。

四苦八苦していると、突然《とつぜん》、彼女の手が僕の体を抱《かか》えた。

「あ、あの、先生、わたし……いいですよ……」

「い、いいって、な、何が……？」

「先生も一緒《いっしょ》のベッドで寝《ね》ましょう。そのほうがよく眠《ねむ》れますし、布団《ふとん》も暖かいから風邪《かぜ》を引かなくて済みます。狭《せま》いですけど、端《はし》に寄れば、なんとか二人で入れますから……」

言いながら芽吹《めぶき》さんは、僕の体をそっと隣《となり》に横たわらせた。

「い、いやでも、これは、いけないことだ……」

芽吹《めぶき》さんだって、男女が同じベッドで寝《ね》ることの意味くらい知っているはず。ましてや僕たちは恋人《こいびと》でもなんでもなく、家庭教師と教え子の関係なんだ。

「今日のわたし、変ですよね……」

芽吹《めぶき》さんは悲しげな声でつぶやいた。

「一人でいると、不安になってしまうんです。このまま一人で取り残されてしまうような気がして……。つい先生に甘えたくなって……。でもわたし、こんなだからダメなんですよね。いつまでたっても未熟なままで……」

闇《やみ》の中で言葉だけを聞いていると、彼女の心細さがいっそう伝わってくる気がした。

芽吹《めぶき》さんは今、一人で受験に立ち向かっている。いくら僕が家庭教師でいるにしても、実際に試験を受けて合否を判定されるのは、彼女ただ一人。

家庭教師として、そんな彼女にしてあげられることは何か——。

「いくらでも、甘えてくれていい。頼《たよ》ってくれていいんだ」

「でもわたし、先生に迷惑《めいわく》をかけてばかりで……。自分一人では、何もできないんです」

「それは違《ちが》うよ。僕が家庭教師に雇《やと》われたのは、芽吹《めぶき》さんが決めてくれたからだ。だからもっと勉強で頼《たよ》ってくれていいし、不安なときは甘えてくれていい。芽吹《めぶき》さんは自分の力で、自分で選んで、それができる権利を手に入れたんだから」

芽吹《めぶき》さんは僕の胸元《むなもと》に額を寄せ、小さくうなずいた。

「はい……。自信を無くしたときは、遠慮《えんりょ》なく甘えさせてもらっちゃいます。今のわたしには、先生だけが頼《たよ》りですから……」

彼女は体を起こしてベッドの上で姿勢を直すと、空いた部分の布団《ふとん》をポフポフとたたいた。

「じゃあ先生、隣《となり》で一緒《いっしょ》に寝《ね》てくれますよね。わたし、一人でいると不安ですから」

「え……ええっ？」

「わたしには、先生にそう要求できる権利がありますから」

完全に断れない流れになってる……。

僕はやむを得ず、芽吹《めぶき》さんの隣《となり》に体を横たわらせた。

「そんな端《はし》で寝《ね》ると、ベッドから落ちてしまいますよ。ほら、こっちに寄ってください」

芽吹《めぶき》さんの距離《きょり》が近い。枕《まくら》の端《はし》と端《はし》に寝《ね》ていると、おでこが触《ふ》れそうなほど近い……。

「それでは、毛布をかけますね……。おやすみなさい、先生」

「芽吹《めぶき》さん、おやすみ……」

目を閉じても、芽吹《めぶき》さんの息づかいがすぐそばに感じられる。落ち着かず、寝返《ねがえ》りを打とうにも、うっかりすると彼女の体に覆《おお》い被《かぶ》さってしまいそうで身動きできない。

僕は家庭教師として、彼女への恋愛《れんあい》感情は捨てたはず。だけどこれだけ近くにいると、どうしても異性としての彼女を意識しそうになる。

今、彼女はどう感じているんだろう？　僕のことをどう考えているんだろう？

やっぱり家庭教師の先生として、頼《たよ》られているのだろうか？　それは僕にとって喜ぶべきことだ。不安な夜は見守ってあげるべきなんだ。

それだけに、つい異性として意識してしまう自分に罪悪感を覚えずにいられない。

「……先生、眠《ねむ》れますか？」

ふと、彼女の声がした。

「芽吹《めぶき》さんも眠《ねむ》れないの？」

「なんだか、頭が冴《さ》えちゃって……。先生もですか？」

「うん……。なかなか寝付《ねつ》かれなそうで」

芽吹《めぶき》さんのわずかな動作ですら、全身の神経が敏感《びんかん》に反応してしまう。こんな息がかかるほど近くに寝《ね》ていて、緊張《きんちょう》しないはずがない。

これじゃいけない。彼女の緊張《きんちょう》をやわらげて、ゆっくり眠《ねむ》れるようにしなければ。

「そうだ、芽吹《めぶき》さん。今から抜《ぬ》き打ちテストをしよう！」

「今からですか⁉」

「どんな状況《じょうきょう》でも答えられなければ、本当に学習が身に付いてるとは言えない。出題は基礎《きそ》的な内容だ。しっかり理解していれば、すぐに答えられるはず」

「わっ……わかりました。ご指導お願いします、先生！」

といっても、あまり難しい問題ではかえって頭が冴《さ》えてしまう。だから基本的な知識の問題を出すことにしよう。

「最初は理科の問題だ。第一問、化学式『H_2O』で表される物質を答えなさい」

「ふふふ、簡単です。『水』ですね」

「よくできたね。正解だ。次は社会の問題だよ。第二問、鎌倉《かまくら》幕府の成立は——」

僕は出題を続け、芽吹《めぶき》さんは解答を口にする。

その一方で嵐《あらし》は勢いを増し、大粒《おおつぶ》の雨がバチバチと激しく窓にたたきつけられた。

「すみません、今の問題、もう一度いいですか？　よく聞こえなくて……」

「台風の音、すごいね……。このくらいの声なら聞こえるかな」

「まだ少し聞き取りづらいです……」

しかしお互《たが》いの顔がすぐそばにあって、大声を出すこともできない。

どうしようか迷っていると、芽吹《めぶき》さんが布団《ふとん》をたぐり寄せて僕たちの頭にかぶせた。

「こうすれば台風の音も聞こえなくなりますよ」

密閉された空間の中で嵐《あらし》の轟音《ごうおん》は遠くになり、芽吹《めぶき》さんの声が僕の耳に届く。

「それでは先生、続き、お願いします」

「じゃあ行くよ。次の問題は——」

僕たちは布団《ふとん》の中に包まれながら、ささやき合うように出題と解答を口にしていく。やがてそのペースがゆっくりとなり、眠気《ねむけ》で言葉が不明瞭《ふめいりよう》になり、気がつくと僕の意識は眠《ねむ》りの底に落ちていた。


ふと夜中に目が覚めて、僕は布団《ふとん》から頭を出した。

いつの間にか、あたりが静けさに覆《おお》われている。

風の音も雨の音もなく、全てが静止したみたいに。

しかし電気は回復せず、部屋は深い暗闇《くらやみ》に沈《しず》んでいる。

「ん……。せんせ……い……？」

芽吹《めぶき》さんが眠《ねむ》そうな声をあげた。

「起こしちゃったかな」

「静かですね……。台風、行ってしまったんですか？」

「まだ早い気がするけど……どうしたんだろうね。電気も回復してないし……」

何が起きたのか確かめようと、僕は窓際《まどぎわ》に手を伸《の》ばし、手探《てさぐ》りでカーテンを開いた。

雨雫《あめしずく》に濡《ぬ》れた窓が透《す》き通《とお》っている。その向こうがほんのりと明るさを帯びていた。

「晴れてるのでしょうか……？」

そっと窓を開くと、湿《しめ》り気《け》のある涼《すず》しい風が室内に吹《ふ》き込んだ。

見上げると、地表に広がる漆黒《しっこく》の真上で、宝石のような星々が輝《かがや》いている。

それはまるで、猛威《もうい》を振《ふ》るっていた無数の雨粒《あまつぶ》が、天に昇《のぼ》って安らかになったように。

「目、だ……」

「目？」

「台風の目だよ。僕たちは今、台風の中心にいるんだ」

巨大《きょだい》な雲が天空で渦《うず》を巻き、その中央に開いた大穴を通じて、星の光が僕たちのところまで届いている。

「神秘的だね……。ずっといつまでも見ていたい……」

「本当に、このまま時が止まっちゃえばいいのに……」

天を見上げながら、芽吹《めぶき》さんはうっとりと声を漏《も》らす。

再び強い風雨になるまでの間、僕と芽吹《めぶき》さんは夜空を見つめ続けていた。

＃

淡《あわ》い夢から急速に意識が戻《もど》って目を開けると、部屋が早朝の薄明《うすあ》かりに満たされていた。

風雨の音はなく、窓の外は静かだ。どこからか、配達人が新聞を投函《とうかん》する音が聞こえる。

室内にある家電のランプが光っていた。停電も復旧したらしい。

今度こそ本当に、台風は去ったようだ。

「あれ、芽吹《めぶき》さん？　どこ？」

ベッドの隣《となり》に芽吹《めぶき》さんの姿がない。室内を見まわしても、彼女は見当たらない。

廊下《ろうか》のほうから足音が聞こえ、部屋の扉《とびら》が開いた。

「先生、おはようございます。目が覚めましたか？」

入ってきた彼女の姿に、思わず視線が離《はな》せなくなってしまう。

芽吹《めぶき》さんは夏のセーラー服を着て、その上から、真っ白なエプロンを着けていた。

制服のスカートと一緒《いっしょ》に揺《ゆ》れるエプロンの前かけが、ミスマッチでありつつも可愛《かわい》らしい。

「朝ごはんの準備をしてたんです。もうそろそろできますから、着替《きが》え終わったら一階のリビングに来てくださいね。それと、顔を洗うときはこのタオルを使ってください。先生、ちゃんと顔を洗わないとダメですよ」

言いながら芽吹《めぶき》さんは、持っていたタオルを僕に手渡《てわた》した。

「ありがとう。いくら僕でも、そこまでずぼらじゃないよ。着替《きが》えるのに、またお風呂《ふろ》の脱衣《だつい》所を使わせてもらっていいかな」

「先生は、わたしの部屋で着替《きが》えてください」

「えっ、な、なんで？」

芽吹《めぶき》さんは軽くにらみながら、もう一つ持っていたソックスを広げてみせた。

「夕べ、脱衣所《だついじょ》でソックスが脱《ぬ》ぎっぱなしでしたよ」

「あ……そうかも……」

「そうかも、じゃないですよっ。先生が泊《と》まったこと、お母さんには秘密なんですから、怪《あや》しまれるものを残さないでください」

「す、スミマセン……」

「ソックスは洗濯《せんたく》しておきましたから、ここで着替《きが》えてください。この部屋なら、先生がどれだけずぼらでも証拠《しょうこ》を見つけられずに済みますから」

芽吹《めぶき》さんはくるりと背を向け、忙《いそが》しそうにパタパタと駆《か》けながら部屋から出て行った。

しかたない。芽吹《めぶき》さんの家なんだし、彼女の言うことを聞くしかない。

着替《きが》えるためにパジャマを脱《ぬ》ぎ始めると、なんとも言えない気恥《きは》ずかしさが全身を覆《おお》う。

僕は、女の子の部屋で何をしてるんだ……。

制服に着替《きが》え終わると部屋を出て一階へと下りた。

洗面所で顔を洗ってリビングに入ると、芽吹《めぶき》さんがテーブルに料理を並べている。

「ちょうどできましたよ！　先生、一緒《いっしょ》に食べましょう」

「すごい！　芽吹《めぶき》さんが作ってくれたの？」

「あまり材料もないので、簡単なものしかできませんでしたが……」

僕の席に並べられているのは、ベーコンつきのオムレツと野菜サラダ、それからトーストとホットミルク。シンプルながら定番の朝食で、どの皿からもいい香りが漂《ただよ》ってくる。

「豪華《ごうか》でおいしそうだよ！　……芽吹《めぶき》さんは、それだけ？」

一方の芽吹《めぶき》さんの席には、野菜ジュースのカップがあるだけだ。

「材料を使いすぎると、お母さんに怪《あや》しまれてしまいますから」

「それなら僕の皿と半分ずつ分けて食べない？　足りなくなったら帰りに買い足すよ。一緒《いっしょ》に食べたほうが、もっとおいしく食べられると思うし」

「そうですか……？　では、少しいただいてもいいですか？」

「芽吹《めぶき》さんが作ってくれたんだから、遠慮《えんりょ》しないで」

僕は料理のオムレツとトーストを半分に切り分け、芽吹《めぶき》さんが用意した皿の上に載《の》せた。

二人でいただきますをすると、ホットミルクを一口飲み、オムレツを一切れ口に運ぶ。

「おいしい……！」

オムレツからほんのりと甘いとろみが溶《と》け出し、ちょうどよく焦《こ》げ目《め》のついたベーコンの脂《あぶら》が跳《は》ねて舌の上で混じり合った。飲み込むと空腹の胃袋《いぶくろ》が温かな満足感に満たされる。

「よかった〜。最近は勉強ばかりで料理ができなかったから、心配だったんです」

「心配どころか、最高だよ！　こんなご馳走《ちそう》が食べられるなんて、それだけでも芽吹《めぶき》さんの家庭教師になったかいがあった」

「も、もう……。勉強もそのくらい褒《ほ》めてもらえると嬉《うれ》しいなあ〜」

芽吹《めぶき》さんは照れたようにモジモジしている。

朝食を終えると二人で後片付けをした。朝食の食器も、昨夜借りたパジャマや毛布も元どおり。誰《だれ》かが泊《と》まった痕跡《こんせき》は残っていない。

「先生が泊《と》まったこと、お母さんにはバレませんから安心してくださいね」

「僕も、誰《だれ》にも言わないでおく。知られたらどう噂《うわさ》されるか、わからないからね。この晩のことは秘密にしておくよ」

「ふふっ、わかりました。わたしも黙《だま》っています。先生とわたしだけの秘密、ですね」

芽吹《めぶき》さんはちょっと楽しそうに笑う。

目覚めが早朝だったため、時間はまだ早い。けれど台風も過ぎて登校になったから、いったん帰宅して準備をしなければならない。

僕はバスの始発の時間に合わせて、芽吹《めぶき》さんの家を退出することにした。

帰りがけに、彼女は玄関《げんかん》先まで見送りに来てくれた。

「芽吹《めぶき》さん、ありがとう。おかげで助かったよ」

「どういたしまして。先生、ぜひまた泊《と》まりに来てください」

「……と、泊《と》まりに来ていいの？」

彼女は妙《みょう》なセリフを言ったことに気づいたらしく、ハッとした表情で言い直した。

「あ、あの、その、つまり一日中先生に勉強を教えてもらえたら成績ももっと上がるのになっていう、そういう意味ですからっ！　わたしのこと、好きにならないでくださいねっ⁉」

顔を真っ赤にして、大慌《おおあわ》てであたふたと両手を振《ふ》りまわしている。

二人でこんな経験をして、もし僕が彼女に失恋《しつれん》した経験がなければ、好きにならないなんて、とうてい無理な話だ。

けれど、芽吹《めぶき》さんといると思いもかけないことが起こり――いつかまた、こんなふうに彼女と過ごせる日が来るのかもしれない。そんな気がしてならなかった。

――その夜、芽吹《めぶき》ひなたは勉強机の参考書とノートを前に、昨夜のことを考えていた。

突然《とつぜん》、瑛登《えいと》が彼女の部屋に泊《と》まることになったハプニング。幸い、帰宅した母は少しも気づいていない。これは、ひなたと瑛登《えいと》の二人だけが知っている出来事だ。

「わたし……昨日は恥《は》ずかしいところ、たくさん見せちゃった……」

一日経って冷静になると、いろんなことを後悔《こうかい》せずにいられない。

「中学生なのに心霊《しんれい》動画を怖《こわ》がるなんて、子どもみたい……。『おひるねる〜ず』のことまであんなに熱心にしゃべっちゃったし……」

思い出すだけで、ひなたの頭はショートしたようにカーッと熱くなってしまう。

「そ、それに、停電で真っ暗だったからって……先生にくっつきすぎちゃったかも……」

今も体中に彼の体温が残っているようで、心臓がドキドキしてしまう。

考えてみれば、こんなに男の人のそばに寄ったことなんて、彼が初めてだ。

幼いころに父親に抱《だ》っこされていたのとは違《ちが》う、不思議な感覚がする。だから未知のことに対する緊張《きんちょう》を感じてしまう。

「先生、わたしが未熟でダメな女の子だって知って、あきれてるかなあ……」

しかしこんな自分の内面を彼に見られることが、ひなたは、なぜか嫌《いや》じゃなかった。

「先生は、こんなわたしのこと、受け止めてくれる……」

怪談《かいだん》話を怖《こわ》がったり、キャラクターグッズにハマったりすることだけじゃない。

受験勉強の毎日で心細くなっている気持ちまで、瑛登《えいと》は優《やさ》しく受け止めてくれる。

不安に包まれているひなたのことを認めてくれる。

だからこそ、再び勉強に向かう活力を取《と》り戻《もど》せるのだ。

ひなたは自分の部屋を見まわした。昨夜と違《ちが》い、照明に照らされた室内は明るい。

けれど、そこに彼の姿はない。

ひなたは誰《だれ》もいない部屋に、瑛登《えいと》の姿を思《おも》い浮《う》かべた。

「やっぱり先生がいる部屋って、いいな」

気持ちがホッと落ち着くと、ひなたは再び参考書に向かい合うのだった。

10月・1　作者の気持ち

十月に入ると、日々の気温も変化が大きく感じられるようになった。

晴れた日は暑さが残るけど、雨の日は一気に冷え込むこともある。昼夜の気温差にも注意しなければならない。

街で見かける学生たちも、日ごとに冬服の姿が増えていく。

かくいう僕も冬の制服を着ることにした。もっとも日中は汗《あせ》ばむこともあり、そんなときはジャケットを脱《ぬ》いで抱《かか》えて歩くのだけれど。

その日、授業で芽吹《めぶき》さんの家を訪《おとず》れた僕は、あらためて季節の変化を感じることになった。

「こんにちは、先生。今日もご指導をよろしくお願いします」

玄関《げんかん》に出迎《でむか》えてペコリと頭を下げる彼女は、紺色《こんいろ》のセーラー服に身を包んでいた。

僕が中学校を卒業する前に見て以来の、芽吹《めぶき》さんの冬服。

その制服姿が印象深いのには理由がある。僕が彼女に告白して振《ふ》られたときの姿だからだ。

でも三年生になった芽吹《めぶき》さんが冬服を着ている姿を見るのは、初めてだ。

見るたびに彼女は少しずつ、着実に美しくなっていく。

「芽吹《めぶき》さんも衣替《ころもがえ》えなんだね」

「今日から冬服を出すことにしたんです。まだ気温も高めだからどうしようか迷ったんですけど、そろそろ冬の準備もしたほうがいいかなって」

僕はいつものように案内されて、彼女の部屋に入った。きちんとアイロンがけされて、いつでも着するると、壁《かべ》のハンガーに夏服がかけられている。きちんとアイロンがけされて、いつでも着られるように手入れされていた。

「あれ、夏服もまだ出してるの？」

「しばらくは気温に合わせて選ぶつもりです。まだ暑い日もありますから」

「制服を両方とも手入れしてるなんて、やっぱり芽吹《めぶき》さんはちゃんとしてるなあ」

「本当は、これで中学時代の夏服を着られなくなるから、決断できなくって。いざ冬服に替《か》えようとしても、名残惜《なごりお》しい気がしてしまうんです」

中学校生活を懐《なつ》かしむような目で、芽吹《めぶき》さんは壁《かべ》の夏服を見つめた。

それは僕も同感だ。彼女の夏のセーラー服がもう見られないのは、残念でならない。

「先生は、夏服と冬服、どっちが好きですか？」

「えっ、どっちって……」

唐突《とうとつ》に聞かれて戸惑《とまど》った。

頭の中で夏服の芽吹《めぶき》さんを思い出し、それから次に、目の前の冬服の芽吹《めぶき》さんを見つめる。

どちらも最高に似合っていて、優劣《ゆうれつ》つけがたいほど可愛《かわい》い。

「うぅ～ん、選べと言われてもなあ……」

「先生、そんなに悩《なや》まないでください。なんとなく好きなほうでいいんですよ」

といっても芽吹《めぶき》さんが着るセーラー服はどちらも、とんでもなく似合ってるんだ。考えれば考えるほど迷ってしまう。

熟慮《じゅくりょ》の末、僕は結論を出した。

最高と最高のどちらが素晴《すば》らしいかを問うなど、愚問《ぐもん》につきる。

「どちらも好きだよ。明るくさわやかな夏服も、上品で大人っぽい冬服も、両方とも素晴《すば》らしい。芽吹《めぶき》さんはどっちの制服を着ても、とても似合ってる。選ぶなんてできないよ」

「え、えっと……」

芽吹《めぶき》さんはほんのりとほっぺを赤くして、恥《は》ずかしそうに目を伏《ふ》せた。

「僕は夏の白いセーラー服も、冬の紺《こん》のセーラー服も、それぞれに芽吹《めぶき》さんの魅力《みりょく》を引き出してると思う。どちらが好きかと問われたら、両方とも大好きだとしか答えられない」

「あ、ありがとう……ございます……」

照れたのか、芽吹《めぶき》さんは消え入るような声で礼を言う。

それから、少し困ったような目で僕を見た。

「あのですね……。わたしは『先生はどちらの制服を着るのが好きですか？』って聞こうとしたんです……」

「え…………」

完全に硬直《こうちょく》した。穴があったら入りたい、という言葉をこれほど実感した瞬間《しゅんかん》はない。よりによって家庭教師ともあろう者が、教え子のセーラー服を絶賛するなんて！　しかも夏服も冬服も甲乙《こうおつ》つけがたいとか賞賛しまくるなんて！

「先生、授業のときによく言ってますよね。『しっかり問題文を読んで、きちんと内容を理解して答えるように』って」

「は、はい。言ってますね……」

「もう、しょうがないなあ〜。質問を早とちりした先生に追試です」

「追試⁉」

芽吹《めぶき》さんは「うふふ」と小悪魔《あくま》みたいに笑い、ハンガーにかけられていた夏服のセーラー服を手に持った。

それを体の正面に合わせ、僕のほうに向けてみせる。

かと思うとパッと横に外し、冬服を見せてくる。

それを何度か繰《く》り返《かえ》し、聞いた。

「じゃあ先生、わたしのセーラー服、夏と冬のどっちが好きですか？　どちらか一つ、答えてください。両方ともっていう回答は無しで！」

「選ばなきゃダメなの？」

「追試ですから。ちゃんと理由も答えてくださいね」

どうすればいい？　どっちだと答えればいい？

もちろん適当にどちらかを選ぶことはできる。問題なのは、理由だ。

例えば夏服が好きだと答えたとしよう。なぜ？　半袖《はんそで》で露出《ろしゅつ》度が高いから。

……いやいや、そんな回答をしたら変態じゃないか。

では冬服が好きだと答えたら？　理由は、正統派で清楚《せいそ》なセーラー服だから。

……いやそれもなんかセーラー服マニアみたいだ。

違《ちが》う、本当に好きなのはセーラー服じゃない！　中身の芽吹《めぶき》さんだ！

……なんてのは、一番言ったら危険な回答の気がする。

額に汗《あせ》がにじみ出るほどの熟考の末、僕はボソリと答えた。

「冬服……かな？」

「どうしてですか？」

「今、芽吹《めぶき》さんが着てるから」

「ええ～、そんな理由？」

芽吹《めぶき》さんは不満そうに口をとがらせる。

「あ、でもさっき、冬服を大人っぽいって言ってくれましたよね」

「それはそう思うよ。服の色が落ち着いてるせいか、大人びた感じがする」

「そうか～。先生、わたしの服装、大人っぽいって思ってくれるんですね」

彼女は嬉《うれ》しそうな声になって笑《え》みを浮《う》かべる。

「というか、芽吹《めぶき》さんはどんな服でも似合うと思うな。元気な服も、落ち着いた服も、制服だけじゃなく私服でも、みんな着こなせてるよ」

「時乃崎《ときのさき》学園の制服も、似合うかなあ。ブレザーの制服も憧《あこが》れてるんです」

芽吹《めぶき》さんはしげしげと僕の着る制服を眺《なが》めまわした。

時乃崎《ときのさき》学園のブレザー制服は、一見オーソドックスだけど機能美に優《すぐ》れており、どんな場所にでも着ていけるデザインだ。

もちろん彼女が着れば、僕なんかよりもずっとおしゃれに着こなせるに違《ちが》いない。

「芽吹《めぶき》さんがこの制服を着てるところを見るの、楽しみだな」

「ふふふ。ブレザー服を着ても、先生が教え子を好きになっちゃやダメですからね」

芽吹《めぶき》さんはパチッとウインクして、可愛《かわい》らしく言った。

「ど、努力します……」

あれだけ彼女のセーラー服を絶賛した手前、そう答えるしかない。

「新しい制服を着るためにも、受験勉強をがんばらないと」

自らに発破をかけるように言いながら、芽吹《めぶき》さんは持っていた夏の服を元の場所に戻《もど》す。

元の場所に戻《もど》ろうと振《ふ》り返《かえ》ったとき、芽吹《めぶき》さんは僕の後ろ姿を見て何か気づいたらしい。

「あ、先生！　ジャケットの襟《えり》の後ろ、ヨレちゃってるじゃないですか！」

「ちゃんと着たつもりなんだけどなあ」

芽吹《めぶき》さんは僕の真後ろに立つと、両手で襟《えり》を整え直してくれる。

「まったくもう。憧《あこが》れの制服を目の前で着崩《きくず》さないでください。このままだとわたし、先生と同じ学校に通うようになったら、毎朝制服チェックしますからね」

なんだか、どっちが生徒だかわからないようなことを言い出す芽吹《めぶき》さんだ。

しかし彼女のことだ。本当に来年、みんなが見てる前で僕の制服チェックをし始めるような気がしてならなかった。

#

今日は芽吹《めぶき》さんの二学期の中間試験が終わった直後だ。家庭教師の授業の内容も、テスト結果の分析《ぶんせき》と今後の対策が中心となる。

「どの教科も着実に点数が上がっているね。平均して七〇点を超《こ》えてる。特に、九月に集中的にやった一学期の復習の成果がよく表れてる」

「みんな、先生のご指導のおかげです」

「芽吹《めぶき》さんもよくがんばった。僕が予想したよりも速いペースで成績が上向いてる」

僕にとっても、家庭教師をスタートさせて最初の一か月の成果が試《ため》される中間試験だった。それだけに、結果を見て一安心だ。

もちろん油断は禁物。数学、英語、理科など、教科ごと順番に答案を確認《かくにん》し、課題とこれからの勉強方針を決めていく。

そして最後に、国語の答案用紙を確認《かくにん》した。

「漢字の書き取り問題や基礎《きそ》的な読解問題は、どれもしっかり解答できているね。惜《お》しいのはこの文章問題かな。点数が大きいぶん、これをミスしたのが残念だ」

「その問題、最後まで悩《なや》んでしまったんです。時間が足りなくなって、ちょっと不安だったけど思いついた答えを書いたんですが……」

僕は彼女がミスした文章問題を読み返した。

それは小説の例文を読み、内容について答える問題だ。

題材となっている例文は、フランスのノーベル文学賞作家、ロマン・ロランの小説『ピエールとリュース』。第一次世界大戦下のパリを舞台《ぶたい》に、若い男女の姿を描《えが》いた恋愛《れんあい》小説だ。

例文では、ヒロインの家でつかの間の密会をした二人が、別れ際《わかぎわ》に扉《とびら》のガラスを間に挟《はさ》んでキスをする場面が描《えが》かれていた。『ガラス越《ご》しのキス』として有名なシーンだ。

出題は『ガラス越《ご》しのキスを描《えが》くことで、作者は何を伝えようとしたのか答えなさい』というもの。

学校のテストにキスシーンを選ぶとは、国語の先生、なかなかアグレッシブだなあ。

小説の読解は、数学のように明確な正解のない点が難しいのだけど。

僕は自分ならどう解答するか考えてみた。

恋人《こいびと》なのにガラスに隔《へだ》てられているのは象徴《しょうちょう》的だ。どこかもの悲しい二人をイメージさせられる。僕が解答するなら『愛し合いながらも結ばれない二人の距離《きょり》を描《えが》いている』といった感じになるだろうか。

一方、芽吹《めぶき》さんの解答はこう書かれていた。

『ガラスに気づかないほど、二人はキスのことしか考えていなかった』

……当然のように、バツ印がつけられている。

「いや、さすがに気づくと思うけど……」

「そ、そんなのわからないじゃないですか！　作者の人は、キスで頭がいっぱいになったら、ガラスなんて見えなくなるって考えたのかもしれませんよ！」

「ノーベル賞を取るような作家が、そんなこと考えるわけないって」

「なんで作者でもない人に作者の気持ちがわかるんですか⁉」

「作者本人の考えが重要じゃないんだ。芽吹《めぶき》さんが、この文章の読み方として正しいと考える解答をすることが大切なんだ」

芽吹《めぶき》さんは不満そうに「む〜っ」とほっぺを膨《ふく》らませた。

「そんなこと言われても、わたし、キスなんてしたことないからわかりません！　先生はガラス越《ご》しにキスしたくなる気持ちがわかるんですか⁉」

聞かれて僕は、思わず芽吹《めぶき》さんとガラス越《ご》しにキスする場面を想像してしまった。

「気持ちは、まあ、わかるかも……」

「な、なんでわかるんですか？　先生だってキスなんてしたことないのに」

言って、芽吹《めぶき》さんはハッとした顔で両手を口に当てた。

「もしかして先生、キスしたこと、あるんですか⁉　だ、誰《だれ》と……？　お付き合いしてる人がいるとか⁉」

「芽吹《めぶき》さん、落ち着いて。誰《だれ》とも付き合ってないし、キスしたこともないよ」

「なんだ、驚《おどろ》いちゃいました……」

彼女は大きく息をつきながら胸をなで下ろした。

「いえ、先生に恋人《こいびと》がいてもいいんですけど、わたしの勉強を忘れられたら嫌《いや》だなって思っただけですから！」

「仮に恋人《こいびと》ができたとしても、家庭教師の仕事は忘れないよ。どっちにしても、当分彼女ができる気配なんてないけどね」

「それならどうして、キスをしたい気持ちがわかるんです？」

「経験がなくても、想像することはできるじゃないか。芽吹《めぶき》さんだって恋愛《れんあい》映画とかを見て、なんとなく想像しないかな？」

「キスシーンを見て素敵《すてき》だなって感じることはありますけど、自分でキスしたいなんて考えたことないです。先生は、どうやって想像してるのですか？」

「それはまあ、好きな人がいたときは、自然とその人とのキスを想像してたし……」

「そ、そうですか……。でも先生の好きだった人って、つまり、その……」

僕はうっかりしていた。そうだ、僕がかつて恋《こい》をしていた相手。

彼女は今、すぐ目の前にいる人なわけで……。

「やっぱり先生は、その、わたしと、キ、キスするとこ、想像してたんですか……？」

「昔の話だよ！　中学生のころだし、子どもの妄想《もうそう》みたいなものだから気にしないで」

取りなしたつもりだけど、芽吹《めぶき》さんはまた不満そうな顔を向けた。

「わたしだって中学生ですよ。わたし、やっぱり子どもなんですね」

「いや決して、そういう意味じゃなくて……」

「先生、ずるいっ！」

「ず、ずるいって、何が？」

「先生ばかりわたしとキスすること想像して、一人で大人っぽくなって」

「片思いだったんだから、一人で想像するしかないじゃないか」

「それでもわたしで想像したことは事実なんですから、わたしにも想像させてくれなかったら不公平です」

芽吹《めぶき》さんはすぐ隣《となり》に来て座り込むと、ぐっと前のめりになって僕を見つめた。

「先生、わたしに、キスを教えてください」

#

すぐにも触《ふ》れられそうな至近距離《きより》で、芽吹《めぶき》さんの大きな瞳《ひとみ》が僕を見つめている。

キスを教えてほしいと言われても、そんな授業、聞いたこともない……。

「お、教えるって、どうやって？」

「わたしの、キスの相手になってほしいんです」

「ほら芽吹《めぶき》さん、今は勉強中だから、ね」

「もちろん勉強のためです。キスをする人の気持ちが想像できるようになって、文学作品も読めるようにならないと」

僕は心臓が高鳴り、身動きできなくなった。どれほど可愛《かわい》い教え子から迫《せま》られようとも、冷静さを失わず教え子を正しい道に指導できてこそ家庭教師のプロ。

……の、はずなんだけど。冷静でいるには、芽吹《めぶき》さんはあまりに可愛《かわい》すぎる。

「先生にご迷惑《めいわく》はおかけしません。少しの間だけ、じっとしていてもらえないでしょうか」

芽吹《めぶき》さんは顔を近づけ、僕の目を、それから口元を見つめる。

「できれば、目を閉じていただけると、嬉《うれ》しいです……」

頭の中がすっかり真っ白になって、ただ彼女の言葉のまま、まぶたを下ろしてしまう。

けれど目を閉じて待っていても、何も起こらない。キスどころか、芽吹《めぶき》さんの顔が近づく気配すら感じない。

「撮《と》りますよ〜」

撮《と》る？　声とともに正面からパシャッとシャッター音が聞こえた。

目を開けると、芽吹《めぶき》さんがにっこり満足そうな顔でスマホのカメラを向けている。

「先生、とてもよく撮《と》れましたよ」

「もう終わり？　そのカメラは？」

彼女が持つスマホの画面には、たった今撮《と》られた僕の顔写真が写っている。

目を閉じて、口元を少し前に突《つ》き出《だ》した、いかにもキスする瞬間《しゅんかん》のような写真。

「今から、先生の写真に……キス、してもいいですか……？　もちろん嫌《いや》でしたら無理にとは言いません。写真もすぐに消しますから」

「どうして写真にキスなんか？」

「『ガラス越《ご》しのキス』で思いついたんです。実際にキスをしなくても、写真にキスするだけでも気分が味わえるかもしれないって。でも写真とはいえ、勝手にキスをするなんて失礼ですから、先生に相手になってほしいんです」

「なんか、僕だったら失礼ではないみたいだけど」

「先生は想像でわたしにキスしたじゃないですか。そのぶん、お返ししてもらいますからね」

それを言われると、何も言い返せない。というか、何度も昔の失恋《しつれん》の話を蒸《む》し返《かえ》されるのは恥《は》ずかしい。

「わかったよ。芽吹《めぶき》さんの好きにしていいから」

「ありがとうございます。これって、わたしのファーストキスの相手、先生っていうことになるのかなあ……」

芽吹《めぶき》さんはナチュラルにドギマギさせることを言う。まったく、こんな美少女がファーストキスなんて言葉を軽々しく使うもんじゃない。その言葉を口にするだけで、何百人もの男子の心臓をキューピッドの弓矢で射抜《いぬ》けるのだから。

そんな僕の気持ちもよそに、芽吹《めぶき》さんは恋愛《れんあい》ドラマでも楽しむような表情で、スマホに写った僕の顔を見つめている。

そのまま両手で抱《かか》えるようにスマホを持ち、ゆっくりと唇《くちびる》を近づけた。

「あの、先生、あまり見つめられると恥《は》ずかしいです……」

言われて彼女から目を離《はな》した。それでも気になって、つい横目でチラチラと見てしまう。

芽吹《めぶき》さんの顔とスマホの距離《きょり》が近づき……唇《くちびる》が触《ふ》れる。

その美しい姿に、見とれずにはいられない。

スマホ画面にキスするなんて、僕みたいな一般人《いっぱんじん》がやったら単なる変態行為《こうい》。

しかし芽吹《めぶき》さんがするそれは、女神《めがみ》の口づけのように神々《こうごう》しい。

芽吹《めぶき》さんは唇《くちびる》を離《はな》すと、ぽーっとぼんやりした表情で天井《てんじょう》を見上げた。

「はあ……。不思議な感覚ですね……」

「キスする気持ち、理解できた？」

「本物のキスじゃないのに胸がドキドキして、緊張《きんちょう》してしまって……。これなら、愛し合ってる恋人《こいびと》同士なら、ガラス越《ご》しでもキスしたいって思いますよね」

そう言いながらも、芽吹《めぶき》さんは疑問が残る様子で首をかしげた。

「納得《なっとく》いかなそうな顔をしてるね」

「キスって幸せな気分になれるからするんですよね？　でも、あまり幸せな感じがしなくて」

「あ……でも、う～ん……」

「やっぱり好きな相手とのキスじゃないと、幸せを感じられないと思うよ」

「そういうこと、なのかなあ……？　なんというか、幸せよりもむしろ、寂《さび》しい気がしちゃって。キスしたのに寂《さび》しいなんて、変ですよね？」

僕はなんとなく彼女の感覚がわかる気がした。

昔、芽吹《めぶき》さんに片思いをしていたころ、何度も彼女と仲良く過ごす場面を想像していた。けれど我に返ったとき、妙《みょう》に空《むな》しい気分に襲《おそ》われたものだ。

「やっぱり本当にキスしないと、満たされないのかもね」

「それでは、ガラス越《ご》しのキスをした二人も、あまり満たされなかったのでしょうか」

「小説の場面としてはロマンチックだけど、実際には直接キスしたいって思うだろうし」

そんなふうに結論が出たところで、今日の授業の終了《しゅうりょう》時間となった。

勉強道具を片付けて、僕は自分の鞄《かばん》を持って芽吹《めぶき》さんの部屋を出る。

彼女は玄関《げんかん》先まで見送りにきてくれて、そこでいつものように別れの挨拶《あいさつ》をかわした。

「それじゃあ芽吹《めぶき》さん、また来週の授業で」

「今日もありがとうございました、先生」

僕は帰宅のため、彼女に背を向けて歩き出す。

日ごとに日没《にちぼつ》は早まり、帰り道は少しばかり肌寒《はださむ》いほどだ。

その瞬間《しゅんかん》、なぜか心にわずかな空白を感じた。今まで帰りにこんな気持ちになったことはないのに、そのときは少し、心に寂《さび》しさが生まれたんだ。

家庭教師の活動にも慣れてきて、芽吹《めぶき》さんの家で授業をする時間が以前よりも楽しくなっているのかもしれない。それだけに、楽しい時間が終わって一人になるのが寂《さび》しいんだろう。

「先生！　わかりました！」

突然《とつぜん》芽吹《めぶき》さんに呼び止められて振《ふ》り返《かえ》った。

彼女は僕の前に駆《か》け寄《よ》り、少し興奮した様子でしゃべり出した。まるでテストの難問が解けた瞬間《しゅんかん》のように。

「わたし、わかったんです。どうしてキスが寂《さび》しく感じたのか。――一人だからです！」

「一人？」

「写真にキスしても、相手はそこにいないですよね。だから自分が一人なのだと気づいて、寂《さび》しくなってしまうんです」

「言われてみれば……。想像でのキスも同じかも」

「『ガラス越《ご》しのキス』を書いた作者の気持ち、わかった気がします！　あの二人は、相手がそこに見えているから、同じことをしているから、寂《さび》しくないんです。だって一人じゃないから！　作者さんは、たとえガラス越《ご》しでも二人の気持ちが通じ合えることを、伝えたかったのではないでしょうか！」

「ああ……！」

遠い昔の文豪《ぶんごう》が考えていたことなんて想像もできない。

この解答が、テストで何点もらえるのかもわからない。

けれど芽吹《めぶき》さんの出した結論は、あのテストを受けた誰《だれ》よりも深く、例文の場面を読み込んでいるように思えてならなかった。

10月・2　運動不足に気をつけて

十月の休日、芽吹《めぶき》さんが通う市立第二中学校では体育祭が開かれていた。

この学校の体育祭は保護者以外でも観覧できる。ただし生徒の家庭からの招待状が必要だ。

そこで芽吹《めぶき》さんは僕に、招待状を郵送してくれていたんだ。

学校のグラウンドの周囲では、大勢の観客が歓声《かんせい》をあげている。多くは生徒の保護者であるらしく、あちこちで息子《むすこ》や娘《むすめ》の名を呼ぶ声援《せいえん》が飛《と》び交《か》っていた。

僕は一般《いっぱん》観客席に立ち、体育祭の様子を見守っていた。今、トラックの内側では、クラス別の応援《おうえん》合戦がおこなわれている。クラスごとにBGMに合わせてダンスをしたり、太鼓《たいこ》の音に合わせてかけ声をあげたり、様々なパフォーマンスが披露《ひろう》されていた。

「すみませ~ん」

声に振《ふ》り向《む》くと、体操服を着た二人組の女子生徒が立っている。彼女たちは僕に向かって、赤いハチマキを差し出した。

「ぜひ、このあとの玉入れに参加してください！」

「玉入れ？　僕はこの学校の生徒じゃなくて、観覧で来てるんだ」

「玉入れは観客の皆《みな》さんに参加してもらう種目なんです。赤組と白組に分かれて競《きそ》い合《あ》って、勝ったチームにはプレゼントもありますよ！」

というわけで十五分後、僕はグラウンドの真ん中で三〇人ほどの参加者と一緒《いっしょ》になり、ポールの上にあるカゴに向かって、必死に赤いお手玉を投げていた。

……いったい僕は、何をしに来たんだろう？

競技が終わって退出口から出たところで、またも声をかけられた。

「先生！」

白のシャツと短パン……体操服に身を包んだ芽吹《めぶき》さんが立っていた。

動きやすいようにするためか、髪《かみ》を後ろで結んでポニーテールにしている。

こんな髪型《かみがた》の彼女を見るのは初めてだ。いつにも増して快活で可愛《かわい》らしい印象に、声も出せないまま見とれそうになってしまう。

「来てくれて嬉《うれ》しいです。玉入れの活躍《かつやく》、見事でしたよ」

「……見てたんだ。急に頼《たの》まれちゃってさ。結局一個しか入れられなかったけど」

「でも赤組が勝利したじゃないですか。はい、これ、勝利チームへのプレゼントです」

芽吹《めぶき》さんはキャンディーの包みを一つ、手渡《てわた》してくれた。

「芽吹《めぶき》さんは何か競技に出るの？」

「このあとの、クラス対抗《たいこう》リレーに出場するんです」

「ということは、クラスの代表なんだ！　すごいじゃないか」

「アンカーになってしまったから、ちょっとプレッシャーを感じてて……。先生に応援《おうえん》していただけると勇気が出るんですけど……」

「もちろんだよ！　……そうだ、キャンディーをもらったお礼に、芽吹《めぶき》さんが活躍《かつやく》したら僕もごほうびをあげよう」

「本当ですか⁉　やったあ！」

芽吹《めぶき》さんが嬉《うれ》しそうに両手をたたくと、その後ろでポニーテールも軽《かろ》やかに揺《ゆ》れた。

「ごほうび、どんなのですか？　楽しみだなあ……」

言ってはみたものの、内容までは考えていなかった。

プレゼントでもいいけど、それは大げさな気もする。どうせなら家庭教師らしいごほうびをあげたいところだ。

「こんなのはどう？　次の授業で、芽吹《めぶき》さんが希望する教科の特別授業をするというのは。もちろん通常の授業もやるから、ボーナス授業ってわけだ」

「いつもより多く授業をしてもらえるのですか？　でも先生の負担になるのでは……」

「心配ないよ。僕も自分の中間試験が終わって、余裕《よゆう》のある時期だし」

「それじゃあお願いします！　どの教科を頼《たの》むか、考えておきますね！」

「その前に、リレーで活躍《かつやく》するんだぞ」

「がんばります！　先生、見ていてくださいね」

芽吹《めぶき》さんは闘志《とうし》を燃やすような顔で自信をたぎらせた。

彼女と別れて一般《いっぱん》観客席に戻《もど》り、リレーの開始を待つ。

やがてグラウンドにスピーカーの音声が響《ひび》き渡《わた》り、クラス対抗《たいこう》八〇〇メートルリレーの開始がアナウンスされた。行進曲とともに、入場口から各学年の各クラス、男女それぞれ四人ずつのチームが順に入場し、トラックの中央に整列していく。

最後のほう、三年生クラスの女子チームの中に、芽吹《めぶき》さんの姿があった。

競技が開始すると、選手たちはいったんトラックの外に退出し、一年生男子の選手がトラックのスタート地点に並んだ。五クラス×四人のリレー。八〇〇メートルリレーだから、一人あたりの走行距離《きょり》は二〇〇メートル、ちょうどトラック一周だ。

電子音が鳴《な》り響《ひび》き、選手たちが一斉《いっせい》にスタートする。スピーカーからは放送部員による実況《じっきょう》が流れ、観客席の歓声《かんせい》がひときわ高くなった。

そんなふうにリレー競技は進行し、一年生女子、二年生男子……と続いていく。

競技の最後を飾《かざ》るのは三年生女子、芽吹《めぶき》さんが参加するレースだ。

五人の女子選手が並び、電子音の合図と同時にスタートした。

緑のバトンを持っているのが芽吹《めぶき》さんのクラスの選手だ。最初はトップを走っていたものの、トラック後半で追《お》い抜《ぬ》かされ、三着でバトンを渡《わた》す。

次の選手はいったん四位に後退したが、その後巻き返して再び三位に上昇《じょうしょう》。

三人目の段階ではだいぶ大きな差がつき始めた。一位のクラスがトップを独走状態。少し距《きょ》離《り》を空けて、二位のクラスが続き、緑のバトンを含《ふく》む三位から五位は団子状態だ。

各チームのアンカーがトラックに並んだ。その中に芽吹《めぶき》さんもいる。

現在一位の選手、続いて二位の選手が芽吹《めぶき》さんの横でバトンを受け取り、走り出した。

ようやく後方集団の三人が到着《とうちゃく》し、芽吹《めぶき》さんも緑のバトンを渡《わた》されスタートを切る。

走り出してすぐ、芽吹《めぶき》さんは団子状態だった三人の中から飛び出した。最初のコーナーに差しかかるころには三位の位置をキープし、なおも速度を上げていく。

「芽吹《めぶき》さん、がんばれ‼」

僕も歓声《かんせい》に混じって声を張り上げた。

芽吹《めぶき》さんはトラックの中盤《ちゅうばん》で二位の選手をとらえ、一気に追《お》い抜《ぬ》いた。そのまま速度を落とさず、彼女は一位の選手へと迫《せま》っていく。

まさかの大逆転が見られるかと、実況《じっきょう》放送も観客席も、今まで以上に沸《わ》き立《た》っている。

最後のコーナーを曲がるころには、芽吹《めぶき》さんは一位の選手の真後ろにつけていた。

だが一位の選手も負けじと最後の力を振《ふ》り絞《しぼ》る。ゴールを目前に激しいデッドヒートが続き、ついにゴールテープが切られた。

テープを切ったのは……一位の選手。芽吹《めぶき》さんの追走を振《ふ》り切《き》り、逃《に》げ切《き》った形だ。

残念。しかしトラック上を見ると、芽吹《めぶき》さんは一位の選手と肩《かた》を抱《だ》き合《あ》いながらお互《たが》いの健《けん》

闘《とう》をたたえている。

続いてゴールした選手たちも一緒《いっしょ》になり、みんなで完走を喜び合った。

ふいに芽吹《めぶき》さんは僕のほうに気づいたらしく、大きく息を弾《はず》ませながら笑顔《えがお》を見せ、ピースサインを向けるのだった。

#

家庭教師の授業後、僕は芽吹《めぶき》さんの部屋で、先日の体育祭のことを話していた。

クラス対抗《たいこう》リレーのアンカー走者として登場した芽吹《めぶき》さんは、惜《お》しくも二位に終わりながらも、最後は一位を争うデッドヒートを見せていたんだ。

「驚《おどろ》いたよ。芽吹《めぶき》さん、あんなに足が速いんだね」

座卓《ざたく》の筆記具を片付けながら言うと、彼女は照れたように目を伏《ふ》せた。

「全国の平均からすれば、全然大したことないですよ。先生の応援《おうえん》のおかげで、実力以上に走れたんです。クラスのみんなも驚《おどろ》いていましたから」

今日の芽吹《めぶき》さんは、普段《ふだん》どおりの冬服のセーラー服を着ている。清楚《せいそ》でおとなしそうな彼女と、体育祭で活躍《かつやく》した彼女のイメージがなかなか一致《いっち》しない。

「でも残念。一位を取れたら、先生にごほうびをもらえたのになあ」

「二位とはいえ、ものすごい活躍《かつやく》だったよ。もっと早くバトンを渡《わた》されていれば、確実に一位だった。ごほうびに値《あたい》する活躍《かつやく》だよ。約束どおり、希望する教科の特別授業をしよう」

「いいんですか⁉　どうしよう。ごほうびがもらえないと思って、考えていませんでした。今考えるから、ちょっと待っててください」

「オッケー。せっかくの機会だから、じっくりと希望の教科を選びなよ」

芽吹《めぶき》さんは自分のノートを見返しながら、どの教科を勉強するか考えている。

待つ間、僕は授業で座り続けた体をほぐそうと、両腕《りょううで》を大きく広げて伸《の》びをした。

そのとたん肩《かた》や背中に鈍《にぶ》い痛みが走って、つい体中を硬直《こうちょく》させてしまう。

「いっ、痛たたた……」

「先生、大丈夫《だいじょうぶ》ですか⁉」

「筋肉痛かな。僕も高校の中間試験で勉強漬《づ》けだったから、肩《かた》が凝《こ》ったみたいだ」

もう一度腕《うで》を上げようとすると、またも首筋から肩《かた》にかけての筋肉がピリピリと痛む。

「痛たた……」

「だいぶ凝《こ》ってるみたいですよ。ストレッチとかしてます？」

「ストレッチ？　全然してないなあ。夜遅《よるおそ》くまで勉強したときは、そのままお風呂《ふろ》に入るか、すぐに寝《ね》るかしてたから」

芽吹《めぶき》さんは僕を見ながら何ごとか考えて、「そうだ！」と思いついたように手を打った。

「先生、少しの間、部屋の外で待っていてもらえますか？　今、準備をしますから」

「準備？　うん、いいけど」

僕は部屋の外に出て、扉《とびら》の前に立って待つことにした。

暇《ひま》だからスクワットでもしてみるかと膝《ひざ》を曲げると、やっぱりふくらはぎが痛い。

「準備、終わりました。先生、中に入ってください」

扉《とびら》を開けて再び芽吹《めぶき》さんの部屋に戻《もど》ると、座卓《ざたく》が片付けられて床《ゆか》が空いている。

芽吹《めぶき》さんは、さっきまでとはまったく異なる印象の姿に変化していた。

白いシャツと短パン。髪《かみ》を後ろでまとめたポニーテール。

短パンの下から、健康的な肌《はだ》の美脚《びきゃく》が伸《の》びている。

体育祭で見たのと同じ、体操服を着た芽吹《めぶき》さんが、部屋の中に立っていた。

「芽吹《めぶき》さん、その格好は……？」

「今からストレッチをしましょう！　わたしがやり方を教えますから、先生も一緒《いっしょ》に！」

「今ここで？　いやいいよ。家でできるから」

「先生ってずぼらだから、一人だとどうせ適当に済ませちゃいます！　それでは凝《こ》りは治りませんよ！」

彼女の言うことはもっともだけど、なんか嫌《いや》な予感がする。体操服の芽吹《めぶき》さんと部屋で二人きりになってストレッチだとか、僕の理性に対する挑戦《ちょうせん》なんだろうか。

「と、とりあえずまた今度ということにしない？」

「先生、ごほうびをくれるって約束しましたよね。それでは、ごほうびをお願いします。希望する教科は、体育です！」

「体育!?　そりゃ教科だけど……」

「今から体育の授業でストレッチの相手をしてください！」

「うう……わ、わかったよ。今日だけだからね」

「できれば、先生にも動きやすい服に着替《きが》えてほしいのですけど……準備していなかったから、そのままでしょうがないですね……」

そう言いながら芽吹《めぶき》さんは僕の背後にまわり、抱《だ》きかかえるように両腕《りょううで》を伸《の》ばすと、ジャケットのボタンを一つずつ外していく。

「あの、芽吹《めぶき》さん、なんで僕のボタンを外すんだ？」

「動きにくいですから、せめてジャケットは脱《ぬ》ぎましょう」

ジャケットの袖《そで》を僕の腕《うで》から引《ひ》き抜《ぬ》くと、壁《かべ》のハンガーにかけて崩《くず》れないように整える。さすがは芽吹《めぶき》さん、ジャケットを脱《ぬ》いだら放り出す僕とは違《ちが》うなあ。

「それじゃ、まずは屈伸《くっしん》をしましょうか」

インストラクターになったような顔で、芽吹《めぶき》さんは僕の正面に立った。

そのまま彼女は床《ゆか》に腰《こし》を下ろし、いきなり大胆《だいたん》に両足を左右に広げる。

しなやかで健康的な脚線美《きやくせんび》が視界を覆《おお》い、目のやり場に困ってしまう。

「ほら、先生も見てないで、わたしと同じ姿勢になってください」

「つまり芽吹《めぶき》さんの前で、両足を広げろってこと?」

「そうですよ?」

なんでわかりきったことを聞くんですか? と言いたそうな顔で僕を見る。

うん。これはストレッチ。体を柔《やわ》らかくほぐすためのストレッチだ。

心の中で言い聞かせながら床《ゆか》に腰《こし》を下ろし、開き直った気分で両足を大股《おおまた》に開く。

その瞬間《しゆんかん》、股関節《こかんせつ》の周囲を鈍痛《どんつう》が覆《おお》った。

「いっ、痛たたた……」

二人の両足の先が重なる位置に座ると、芽吹《めぶき》さんは僕に向かって両手をまっすぐ伸《の》ばす。

「お互《たが》いに両手首を握《にぎ》り合って、ボートをこぐような感じで交互《こうご》に引っ張り合うんです。そうして屈伸《くつしん》運動をすれば、筋肉の凝《こ》りがほぐれて体も柔《やわ》らかくなりますから」

僕は両手で芽吹《めぶき》さんの二つの手首をつかみ、彼女も僕の手首を握《にぎ》り返した。

「それでは先生、行きますからね。一、二……」

かけ声にしたがって、芽吹《めぶき》さんは背中を後ろに倒《たお》していく。

僕は腕《うで》を引っ張られ、両足を広げたまま上半身を前方に屈伸《くつしん》させた。

「痛たたたっ……」

きしむような痛みが全身の筋肉を駆《か》けめぐり、悲鳴のような声をあげてしまった。

次は僕が引っ張る番だ。

「んっ、んんん〜〜〜っ」

芽吹《めぶき》さんは柔《やわ》らかそうな体でしなやかに屈伸《くっしん》し、心地《ここち》よさそうな声をあげる。

屈伸《くっしん》するたび、僕のこわばった悲鳴と芽吹《めぶき》さんの柔《やわ》らかな息づかいが交互《こうご》に響《ひび》いた。

何度も繰《く》り返《かえ》すうち、次第《しだい》に芽吹《めぶき》さんは大きく背を傾《かたむ》けるようになった。そのぶん、僕の腕《うで》が強く引っ張られ、より深く屈伸《くっしん》させられてしまう。

「ま、待って、待って、痛い、痛い、痛たたたた……」

股関節《こかんせつ》の痛さに耐《た》えきれずに足を閉じ、膝《ひざ》をついて腰《こし》を浮《う》かしてしまった。僕の体がバランスを崩《くず》し、腕《うで》を引っ張られた勢いのまま前方に倒《たお》れ込む。

「きゃっ⁉」

芽吹《めぶき》さんの小さな悲鳴と同時に、ぽふっ、と僕の顔面が柔《やわ》らかな感触《かんしょく》に包まれた。

顔が、彼女の胸元《むなもと》にうずまっている。

「ご、ごめんっ‼」

あわてて、跳《は》ねるように体を起こした。

芽吹《めぶき》さんは上半身を起こしながら、眉《まゆ》の端《はし》をつり上げて僕をにらみつける。

「先生〜っ‼」

「そ、その、体中が筋肉痛みたいになって、痛くてつい……」

「ほんっとうに先生って、体が硬《かた》すぎです！　運動をサボってるからですよ！　こうなったら、今日は徹底的《てっていてき》に柔《やわ》らかくなってもらいますからねっ!!」

#

体操服姿の芽吹《めぶき》さんは立ち上がり、床《ゆか》に座ったままの僕を厳しい目で見下ろした。

「先生。今日は体を柔《やわ》らかくするまで帰しませんから。覚悟《かくご》してくださいね」

「柔《やわ》らかくって、そんな急に言われても……」

芽吹《めぶき》さんは有無《うむ》を言わさぬ様子で床《ゆか》を指さし、きっぱりと言った。

「床《ゆか》にうつ伏《ぶ》せで寝《ね》てください」

「うつ伏《ぶ》せって、ここで？」

「そうです」

不可抗力《ふかこうりょく》とはいえ彼女に密着してしまった以上、強い態度に出られない。

僕はやむを得ず、言われるがまま、床《ゆか》で這《は》いつくばるように寝《ね》そべった。

芽吹《めぶき》さんは僕の横に立ち、じっと見下ろしている。

そしておもむろに片足を上げて、足の裏を僕の背へと向けた。

「そのままじっとしていてくださいね。今……たっぷりと踏《ふ》んであげますから」

「ふ、踏《ふ》むっ⁉」

怒《おこ》った芽吹《めぶき》さんは、僕を虫けらのように踏《ふ》みつけるのか⁉

だがこれも罰《ばつ》だ。思いがけず彼女の体に触《ふ》れてしまった報《むく》いなんだ。

僕はうつ伏《ぶ》せのまま、衝撃《しょうげき》に耐《た》えるようにギュッと目を閉じ、歯を食いしばった。

直後、僕の背中を何かが押した。

足だ。芽吹《めぶき》さんの足が、ゆっくりと僕の背中を踏《ふ》んでいる。

「……お？　……おお？」

腰《こし》と背中の間あたりに柔《やわ》らかな圧力を感じる。芽吹《めぶき》さんは強すぎず弱すぎず、適度な力で繰《く》り返《かえ》し僕の背を踏《ふ》んだ。

足の裏が押しつけられるたび、心地《ここち》いい刺激《しげき》が全身に広がっていく。

「……き、気持ち……いい⁉」

「どうですか、先生。こうやって軽く踏《ふ》むと、いいマッサージになるでしょう？」

「すごい。筋肉が柔《やわ》らかくなって、疲《つか》れが抜《ぬ》けていくみたいだ」

「わたしでは、手でマッサージすると力が足りませんから、この方法が一番効果的なんです」

続いて芽吹《めぶき》さんは肩《かた》の近くの背を踏《ふ》んだ。まずは右側、次に左側。踏《ふ》まれるごとに肩《かた》の痛みが解放されていく。

「お、おおお……」

思わず感嘆《かんたん》の声を漏《も》らしてしまった。

今度は足下《あしもと》のほうへ移動し、僕の両足の太ももを交互《こうご》に、そしてふくらはぎを足の裏で踏《ふ》みながらマッサージしてくれた。

「これでおしまいです。先生、気分はどうですか？」

僕は起き上がり、両腕《りょううで》を広げて体を伸《の》ばしてみた。さっきまでの肩凝《かたこ》りや筋肉痛が楽になり、運動後のような充実《じゅうじつ》した疲労《ひろう》感に包まれている。

「本当に体中が柔《やわ》らかくなった気がする。生まれ変わった気分だよ。芽吹《めぶき》さん、こんなことも知ってるんだね」

「この足踏《あしぶ》みマッサージ、お姉ちゃんに教えてもらったんです。先生もマッサージの効果、わかりましたか？　マッサージ方法を覚えておくと、勉強のあとで体をほぐせますよ」

「でも足踏《あしぶ》みマッサージじゃあ、一人でできないしなあ……」

「それでは、一人でできるマッサージ方法を教えましょうか？」

「それはぜひ！」

頼《たの》んでみたものの、僕は全身がすっかり軽くなっていることに気がついた。

「……と思ったけど、もうすっかりリラックスしたからなあ。これ以上マッサージしてもらっても、効果がわからないかも」

「方法を教えますから、わたしにマッサージしてもらってもいいでしょうか？」

「僕にもできそうな簡単なマッサージなら、やってみるよ。どんなマッサージ方法？」

すると芽吹《めぶき》さんは、はいていたソックスを脱《ぬ》ぎ出した。

脱《ぬ》いだソックスを重ねて畳《たた》み、散らからないよう部屋の隅《すみ》に置く。さすが芽吹《めぶき》さん。ソックスなんて脱《ぬ》いだら放りっぱなしの僕とは大違《おおちが》いだなあ。

……なんて、感心してる場合じゃなくて。

芽吹《めぶき》さんは床《ゆか》に腰《こし》を下ろし、部屋のクッションを二つ重ねて高さを調節すると、その上にはだしの両足を乗せた。

「あの、芽吹《めぶき》さん？　何をしてるのかな？」

「足の裏マッサージです。足の裏のツボを押すとリラックスできるんですよ」

「……足の裏？」

芽吹《めぶき》さんは指先で、自分の足の裏を指さした。

「ここと……このあたりを指で押しながら、揉《も》みほぐすようにマッサージしてください」

芽吹《めぶき》さんの小柄《こがら》で可愛《かわい》らしい足の裏に触《ふ》れろということなのか。この僕に。

おそるおそる両手で包み込むように彼女の足を持ち、指示された場所を親指の先でそっと撫《な》で回《まわ》した。

「ひゃ、あ、あ、あぁっ……」

とたんに芽吹《めぶき》さんが妙《みよう》になまめかしい声をあげながら、小刻みに背中をくねらせる。

「そ、そんなにコチョコチョ撫《な》でられたら、く、くすぐったいですよお。もっと力を入れていいですから」

「……このくらいかな？」

少しずつ指先に力を加えながら押していくと、彼女の声が気持ちよさそうに変化した。

「んっ!! んんん……っ、そ、そこ……い、いいです……！」

芽吹《めぶき》さん、まるで、あごの下を撫《な》でられてゴロゴロする猫《ねこ》みたいな顔になっている。

両方の足の裏をマッサージし終えると、芽吹《めぶき》さんは、体中の力が抜《ぬ》けるんじゃないかと思えるほど長い吐息《といき》をした。

「ふあぁぁ〜〜」

「芽吹《めぶき》さん、どう？」

「すごくよかったです！　やっぱり先生のほうが力が強いから、わたしが自分でやるより効果がありますね。次もやってほしいなあ〜」

まさか僕は、授業のたびに芽吹《めぶき》さんの足の裏をマッサージすることになるんだろうか？

「き、今日は特別だから。体育祭のごほうびだよ」

「はあ〜い。でも先生のおかげで、体育祭の疲《つか》れも取れちゃいました」

芽吹《めぶき》さんはリラックスした表情で「んん〜っ」と伸《の》びをしている。

そんなこんなで時間が経《た》ってしまった。僕は脱《ぬ》いだジャケットを着直そうと立ち上がる。

「あ、先生、わたしが取りますから……」

芽吹《めぶき》さんも立ち上がり、壁《かべ》のジャケットに手を伸《の》ばそうとした。

「……ふぁ～あ」

しかし芽吹《めぶき》さんは大きなあくびを浮《う》かべて体をふらつかせた。そのまま倒《たお》れ込むように、僕にしなだれかかってくる。

「うう～ん……ふぁぅ……」

僕の胸元《むなもと》に頭を乗せ、思いっきり眠《ねむ》そうな声を出して目を閉じた。

「すぅ…………。せんせ……ぃ…………。ん…………そこ……ぃぃ…………」

寝《ね》ぼけてるのか夢を見てるのか、芽吹《めぶき》さんは寝息《ねいき》を立てながら僕の体に寄りかかって、すやすやと眠《ねむ》り込んでいる。

う、動けない……。

僕は彼女の体重に押されるように、ヘナヘナとその場に座り込んだ。

どうしたらいいのか、体操服で眠《ねむ》りこける芽吹《めぶき》さんを抱《かか》えたまま、途方《とほう》にくれてしまう。

その後、ハッと気づいて目覚めた芽吹《めぶき》さんが恥《は》ずかしさに顔を真っ赤にしながら何度も謝るまで、僕はしばらくの間、微動《びどう》だにできないでいた。

10月・3　芽吹さんのお姉さん

日々の気温も少しずつ低下して、肌寒《はださむ》く感じることも増えてきた。

僕たちにとって、季節が進むことは受験が迫《せま》ることでもある。中間試験が終わったからといって、のんびりしていられない。

もうすぐ受験校を確定させる時期だ。

芽吹《めぶき》さんが時乃崎《ときのさき》学園高等学校への進学を希望する以上、それに見合う成績を示さなければならない。

家庭教師の授業も、日増しに重要性が増している。幸いなことに、芽吹《めぶき》さんの受験への意欲は衰《おとろ》えることもなく、学習の理解も目に見えて向上していた。

彼女の受験勉強は順調だ。

けれどその日、家庭教師の授業のために芽吹《めぶき》さんの部屋を訪《おとず》れると、彼女はどこか憂鬱《ゆううつ》そうな表情を隠《かく》せないでいた。

「それじゃあ、今日は数学を重点的にやろうか。範囲《はんい》は二学期の……」

「………」

「芽吹《めぶき》さん？」

何やら考え込んでいた様子の彼女は、ハッとして顔を上げた。

「す、すみません！　つい考えごとをしてしまって。授業に集中します」

「考えごと……。何か悩《なや》んでるのかな。言えることなら言ったほうがいい」

「そうですね……。実は、先生にお願いしなければならないことがあるんです。でも、どう言い出せばいいか、悩《なや》んでしまって……」

「僕にお願い？」

なんだろう？　芽吹《めぶき》さんの様子からして、よい内容でなさそうだ。

家庭教師に関することだろうか。元々僕は芽吹《めぶき》さんの母親から歓迎《かんげい》されていないようだったし、不安な要素はあった。その問題が、今になって表に出てきたのかもしれない。

僕は姿勢を正し、芽吹《めぶき》さんに向かい合った。

「わかった。どんなお願いなのか、なんでも言ってみて」

「はい……。実は先生に、わたしのお姉ちゃんと会ってほしいんです」

芽吹《めぶき》さんの姉……。これまで、芽吹《めぶき》さんとの会話には何度も出てきたけど、実際に会ったことはないし、どんな人なのかも詳《くわ》しくわからない。

「確かお姉さんって、結婚《けっこん》して家を出てるんだよね」

「そうなんです。住んでる場所は同じ市内ですから、会うことはいつでもできるのですが」

「会うのは構わないけど……どうして僕に？」

「お姉ちゃん、わたしが家庭教師の授業を受けてるのを知って、ぜひ先生に会わせてほしいって頼《たの》まれちゃって……」

　いまいち理由がわからない。

　僕は芽吹《めぶき》さんの母親には挨拶《あいさつ》を済ませているし、授業で訪《おとず》れたときに何度も顔を合わせている。いつも素っ気ない態度をされてるけど。

　芽吹《めぶき》さんの保護者に認知《にんち》されているのに、なぜ姉とも会う必要があるんだろう？

　僕が不思議そうな表情を浮《う》かべたせいか、芽吹《めぶき》さんは理由を話し始めた。

「お母さんなんです。お母さんがお姉ちゃんに、先生の様子を探《さぐ》るよう頼《たの》んでるんです」

「探《さぐ》るって、僕の何を知りたいんだろ？」

「わたしと先生の仲を疑ってるんです。こっそり隠《かく》れて、付き合ってるんじゃないかって」

　高校生と中学生とはいえ、僕と芽吹《めぶき》さんは一学年しか違《ちが》わない。そんな歳《とし》の近い男女が、毎週この部屋で、二人きりで授業をしている。しかも夜はオンラインの補習で会話もしている。

　そんな状況《じょうきょう》では、保護者としては心配になるのかもしれない。

「だけど僕たち、そこまで疑われることしてるかなあ……」

　家庭教師をスタートさせてからの日々を思い返してみた。

　ほとんどの時間、僕と芽吹《めぶき》さんは向かい合って真面目に勉強をしていただけだ。もちろん勉強の合間に雑談くらいはするし、授業の前後にちょっとしたスキンシップやハプニングが起きることもある。

　例えば、彼女のバスタオル姿を見てしまったり、二人でプリントシールの写真を撮《と》ったり、執事《しつじ》やメイド服のコスプレをしたり、停電のため二人で夜を過ごしたり、写真にキスされたり、体操服を着た彼女とストレッチをしたり……。

「……うん。疑わしいね。実に疑わしい。僕自身ですら信じられないくらいだ」

「せ、先生!?」

「で、でもほら、付き合ってるわけじゃないし」

「わたしも、つい先生に甘えてしまうことはあると思います。だけどお母さんが考えてるような関係ではないのに……」

　確かに芽吹《めぶき》さんと二人でいると、何かとドキドキすることばかりだ。

　でもやっぱり、僕と彼女はそういう関係じゃない。デートをするわけでもないし、毎日電話で愛を伝え合うこともない。

　僕と芽吹《めぶき》さんをつなぎ止めているのは勉強。受験合格という共通の目標のためだ。

「芽吹《めぶき》さん、お姉さんとは仲がいいんだっけ」

　すると沈《しず》んでいた芽吹《めぶき》さんの表情が、嬉《うれ》しそうに輝《かがや》いた。

「わたし、小さなころからお姉ちゃんのこと大好きですよ！　お姉ちゃんもずっと優《やさ》しくて。ほとんどケンカもしないし、たまに言い合っても、すぐに仲直りしちゃいます！」

「それなら、僕たちのことを聞いてもらう機会かもしれないね。お姉さんに会って、僕たちがしっかり受験勉強をしてることを説明すれば、お母さんもわかってくれるんじゃないかな」

「そうですね……。お姉ちゃんなら耳を傾《かたむ》けてくれるはずですし」

芽吹《めぶき》さんの姉なら、歳《とし》も僕たちと近いはず。ずっと年上の母親より感覚も合うだろうし、話しやすそうだ。芽吹《めぶき》さんと仲がいいのならなおのこと。

「お姉さんに伝えてよ。僕からもぜひ会いたがっています、って」

「はい！　無理なお願いをして、すみません」

「全然無理じゃないさ。芽吹《めぶき》さんのお姉さんってどんな人なのか、楽しみだよ」

「お姉ちゃん、ちょっと変わってるところがあるから、びっくりするかもしれませんけど、悪い人じゃありませんから」

……ん？　ちょっと変わってる？　どんなふうに変わってるんだろう？

まあでも、すぐにわかることだ。深く聞く必要もない。

心配ごとが解消したためか、芽吹《めぶき》さんの表情から憂鬱《ゆううつ》さは消え、いつもの明るさが戻《もど》っている。これで今日も勉強に集中できそうだ。

「それじゃ、あらためて授業を始めよう」

「ご指導よろしくお願いします、先生！」

そうして僕たちは、今日も勉強の中に没頭《ぼっとう》していった。

#

次の休日、僕は商店街にあるカフェを訪《おとず》れた。

今日、この店で芽吹《めぶき》さんの姉と会うことになっている。

窓際《まどぎわ》の四人がけの席で待っていると、店の扉《とびら》が開いて芽吹《めぶき》さんが入ってきた。今日の彼女は久しぶりの私服姿で、明るいクリーム色をした長袖《ながそで》のカーディガンを着ている。

その後に続いて、もう一人の女性が入ってきた。芽吹《めぶき》さんより少し背が高く、背中まで届く長い黒髪《くろかみ》をなびかせている。

彼女はセーラー服を着ていた。芽吹《めぶき》さんの学校のセーラー服とは違《ちが》う、黒い落ち着いた印象の制服。あれは、近隣《きんりん》にある公立高校の制服だ。休日のためか、学生鞄《かばん》ではなくハンドバッグを持っている。

芽吹《めぶき》さんの姉だろうか。二人は僕に気づくと、まっすぐこちらへ向かってくる。

「先生、こんにちは！　お待たせしました！」

「こんにちは、芽吹《めぶき》さん」

出迎《でむか》えのため立ち上がりながら、芽吹《めぶき》さんの隣《となり》の女性に目を向ける。

さすがに姉妹《しまい》だけあって、一目見た印象は芽吹《めぶき》さんとよく似ている。左右に分けて額を出した髪型《かみがた》は、少しばかり大人びた雰囲気《ふんいき》だ。

僕より一歳か二歳年上のように感じる。学年は高校二年生か三年生か。

……ん？　でも確か、芽吹《めぶき》さんの姉はすでに結婚《けっこん》して家を出ていると聞いたけど。

高校在学中に結婚《けっこん》したのだろうか。なら、十八歳くらいの年齢《ねんれい》かもしれない。どちらにしろ、彼女も相当な美貌《びぼう》の持ち主だし、若いときから恋愛《れんあい》を経験していてもおかしくなさそうだ。

「初めまして、若葉野瑛登《わかばのえいと》です。芽吹《めぶき》ひなたさんの家庭教師を務めさせていただいてます」

姉に向かってお辞儀《じぎ》をすると、彼女は両手を体の前で重ね合わせ、丁寧《ていねい》に頭を下げた。

「姉のあかりと申します。若葉野《わかばの》先生には、いつも妹がお世話になっております」

挨拶《あいさつ》を済ませると、姉妹《しまい》は正面の席に並んで座った。

それぞれティーやコーヒーの注文を済ませると、僕たちはあらためて向かい合う。

「ふぅ～～～ん」

芽吹《めぶき》さんの姉……あかりさんは、興味深そうな目でニコニコしながら僕を見つめ出した。

「な、なんでしょうか？」

「ふふふっ、可愛《かわ》いっ！　やっぱり高校生の男の子っていいなあ～」

「……男の子？　あかりさんの学校って、女子校でしたっけ？」

「ううん、わたし、共学の高校に通ってたよ」

「それならクラスに男子が大勢いるじゃないですか……って、『通ってた』？」

なんか話がかみ合わない。そう思っていると、芽吹《めぶき》さんがため息をついた。

「だからお姉ちゃん、いつまでもセーラー服を着るのやめてって言ってるの。高校なんてとっくに卒業してるでしょ」

「ええ〜、だってお出かけするのにちょうどいいんだから」

どうやらあかりさんは、卒業後もセーラー服を私服代わりに着ているようだ。

ということは、大学生か新人の社会人だろうか。そう思えないほど若く見えるけど、芽吹《めぶき》さんの母親も若々しい人だし、血筋なのかもしれない。

「芽吹《めぶき》さん、いいじゃないか。卒業したからって、制服が似合わなくなるわけじゃないし」

「さすが瑛登《えいと》くん！　人妻セーラー服の魅力《みりょく》をわかってる！」

「そういえばご結婚《けっこん》されてるんですよね。ちょうど新婚《しんこん》さんなんですか？」

「う〜ん、新婚《しんこん》って言えるかなあ？　子どもも、もうすぐ幼稚園《ようちえん》だし……」

子ども……？　幼稚園《ようちえん》……？

僕は解説を求めるように芽吹《めぶき》さんの顔を見た。

「お姉ちゃん、もう二四歳ですよ。わたしが小学生のころからセーラー服を着てるんですから。何歳まで着るつもりなんだか……」

「にっ、二四⁉」

見えない……。どこからどう見ても本物の女子高校生としか思えない……。

　これで子持ちの人妻だとか、世の中何を信じればいいんだろう……。

「ああんもう、ひなちゃんってば、イジワル言わないで〜」

なんというか、二人の態度だけ見てると、どっちが姉でどっちが妹だかわからない。けど、こんなふうに言い合っても姉妹《しまい》の間に険悪さはなく、本当に仲がいいんだと思わせられる。

「ご注文のミルクティー、ブレンドコーヒーでございます」

　注文していた飲み物が来たので、僕たちはいったん会話を中断した。

　ミルクティーを一口飲みながら、ひとまず人妻セーラー服とやらの衝撃《しょうげき》をしずめよう。

「ところで瑛登《えいと》くん、ひなちゃんとはどこまで経験済みなの？」

「げふっ！」

　突然《とつぜん》の質問に、飲みかけていたミルクティーでむせかえりそうになった。

　芽吹《めぶき》さんもレモンティーのグラスを持ったまま、ケホケホとせきをしている。

「お姉ちゃんっ!!　わたしと先生は、そういう関係じゃないから！」

　あかりさんは母親に頼《たの》まれて、僕と芽吹《めぶき》さんとの仲を探《さぐ》りに来たそうだけど……これまた実にストレートな質問だ。

　しかし僕だって、ただ雑談をしに来たわけではない。

　僕はあかりさんに向き直り、はっきりと説明することにした。

「僕とひなたさんとは、家庭教師と教え子の関係でしかありません。もちろんその関係の中でお互《たが》いに信頼《しんらい》していますし、勉強や学校の悩《なや》みを相談し合うこともあります。それが親密に見えることもあると思います。でも僕とひなたさんとは、あくまでも高校受験合格という目的を共有している仲間なんです」

あかりさんは真面目な顔で聞いてくれた。

僕の話が終わると、ニコッとほほ笑《え》みながら僕と芽吹《めぶき》さんの顔を交互《こうご》に見まわす。

「やっぱりね。お母さんが心配してたから聞いてみたけど、そんなことだと思ったな」

「お姉ちゃん、信じてくれるの？」

「もちろん信じるよ。ひなちゃんの顔を見たら、二人がそういう関係じゃないことくらいわかる。二人とも心配しないで。お母さんには誤解が解けるように説明しておくから」

「ありがとうございます」

家族に信頼《しんらい》してもらえたことは、何よりも安心感がある。

けれど、どこかで胸につっかえる何かがあるのを感じた。信じてくれただけに、なおさら強く感じずにいられない。

僕は、全てを話していない。

昔、僕が芽吹《めぶき》さんに恋《こい》をして告白し、失恋《しつれん》したときのこと。

あかりさんの様子を見るに、おそらく芽吹《めぶき》さんもあの事実は話していなそうだ。

もちろん、話す必要はない。あれは過去のこと。今はもう、関係のないことだ……。

僕はその気持ちを心の底にしまい込み、何ごともないかのように姉妹《しまい》と雑談を続けた。

芽吹《めぶき》さんのスマホに届いた着信で会話が中断し、僕は再び口を閉《と》ざす。

「……すみません、先生。クラスの子から電話が入って。今度のクラス当番のことみたいなんですけど、ちょっと話してきますね」

電話の声がじゃまにならないよう、芽吹《めぶき》さんはスマホを持って、客席から少し離《はな》れた洗面所のほうへ歩いていった。

沈黙《ちんもく》したせいか、僕は再び胸のつかえを感じてしまう。

あかりさんと二人になったとき、いても立ってもいられなくなって口を開いた。

「あの、あかりさん。もう一つ、伝えておくべきことがあるんです」

あかりさんはコーヒーカップを手に、「何かな?」という目で僕を見る。

「僕は……ひなたさんのことが、好きだったんです」

#

静かなカフェの席で、僕と二人、向かい合って座るあかりさんは、突然《とつぜん》打ち明け始めた僕に少し驚《おどろ》いた様子だった。

「僕が中学生だったころの話なんです。ひなたさんと同じ『一番合格ゼミナール』に通っていて、そのころ僕はひなたさんと出会って、好きになったんです」

あかりさんは黙《だま》って耳を傾《かたむ》けている。

僕は当時のことを思い出しながら正直に話した。

芽吹《めぶき》さんと一緒《いっしょ》に勉強していたこと。そうしているうち、彼女を好きになったこと。僕の卒業直前に告白し、振《ふ》られたこと。その失恋《しつれん》の傷を、半年近く引きずっていたこと……。

あかりさんは僕に怒《おこ》ることもなく、優《やさ》しく聞き通してくれた。

「そっか……。そんなことがあったんだね」

「でも今の僕は過去に関係なく、ひなたさんの受験合格のために全力を尽《つ》くしています。隠《かく》しごとみたいにしたくなくて、お話ししておくべきだと思ったんです」

「ううん。言いにくいことを話してくれて、ありがと。瑛登《えいと》くんって、結構すごいんだね」

「僕が、ですか？」

「だって、姉の目から見ても超《ちょう》美少女なひなちゃんに告白できるんだよ。勇気あるよ～」

「そ、そうですね……。喜んでいいのか微妙《びみょう》な気がしますが……」

ふふふと笑って、あかりさんはどこか遠くを見るような目で窓の外に視線を向けた。

「それじゃわたしも、秘密を少し話そうかな」

「あかりさんが、ですか？」

「うん。ひなちゃんがまだ小学校の、四年生ごろのこと。そのころにわたしは結婚《けっこん》して、家を出たのね。ところがお父さんも海外での仕事が増えて、長期間家を留守にすることが多くなった。それで家には、お母さんとひなちゃんの二人が残されたの」

思い出すように話すあかりさんの顔を、僕は黙《だま》って見つめ続けた。

「お母さんは寂《さび》しかったんだと思う。それをまぎらわすみたいに、積極的にひなちゃんの世話を焼くようになった。ひなちゃんはお母さんの気持ちを察して、言うことをよく聞くいい子でいてくれたの。服もおもちゃも、お母さんが用意したものを、なんでも受け入れて」

言いながら、あかりさんは少し表情を曇《くも》らせた。

「……でも、まだ小学生だよ？　あのころのひなちゃん、本当はもっとわがままを言ったり、甘えたりしたかったと思う。当時のわたしはそんなことに気づけなくて、自分の結婚《けっこん》生活のために、実家のいろんなことを、ひなちゃんに押しつけてしまった気がしてる」

申し訳なさそうな顔をして、それからあかりさんは再び明るくほほ笑《え》んだ。

「だからわたしは、これから何があろうと、ひなちゃんの味方でいると心に決めてるんだ」

「それで僕たちの話を信じてくれたんですね」

「それにね、わたしは瑛登《えいと》くんとひなちゃんが恋《こい》をしているかどうかは、どっちでもいいって思ってる。わたしが気にしてたのは、瑛登《えいと》くんがどんな人か。ひなちゃんをどう思っているのか。今日は、それを知りたいと思って会いに来たの」

「ぼ、僕はどんな人に見えたでしょうか……？」

「瑛登《えいと》くんが、ひなちゃんのことを真剣《しんけん》に考えてくれる人だとわかって、安心した」

「いえそんな……。僕は、自分にできることをするだけで精一杯《せいいっぱい》です」

なんだか照れくさくて、つい頭をかいてしまう。

しかし直後、あかりさんは、今までにないほど真剣《しんけん》な表情を浮《う》かべた。

「最後に一つだけ……。言いにくいけれど、これは本当にとても大切なことだから、瑛登《えいと》くんに伝えなくてはならないのだけど……」

「なんでしょうか。どんなことでも話してください」

僕も真剣《しんけん》な気持ちになり、居ずまいを正す。

あかりさんは秘密の話をするように、テーブルの上に身を乗り出した。

僕も顔を近づけ、耳を傾《かたむ》ける。

「わたしってこんな格好をしてるけど、旦那《だんな》とセーラー服プレイなんてしてないから、決して誤解しないでね」

「……誤解してません。というか、誤解する前に先回りして話さないでください」

僕たちの席に向かう足音がした。芽吹《めぶき》さんが電話を終えて戻《もど》って来《き》たようだ。

「先生、お姉ちゃん、お待たせしました。電話が長くなっちゃって……」

芽吹《めぶき》さんは席の前で足を止め、顔を寄せ合っている僕とあかりさんを交互《こうご》に見た。

「あれ？　お姉ちゃん、先生となんの話をしてたの？」

「瑛登《えいと》くんに、人妻セーラー服の魅力《みりよく》を教えてあげてたの～」

ギロッ、と芽吹《めぶき》さんが僕をにらみつけた。

「せんっせ～い……」

「ひっ⁉」

「ぜ～っっったいに、お姉ちゃんのことを好きになっちゃ、ダメですからね……‼」

怖《こわ》い……。芽吹《めぶき》さん、マジで怖《こわ》い目をしてるんですけど⁉

その日、カフェを出て別れるまで、芽吹《めぶき》さんはずっと僕をにらみ続けるのだった。


——瑛登《えいと》と別れたあと、ひなたとあかりの姉妹《しまい》は、並んで帰り道を歩いていた。

「まったくもう。お姉ちゃんってば、先生に変なこと教えないで」

「変なことなんて教えてないよ～。あ、そうだ、今度ひなちゃんのセーラー服とわたしのセーラー服、交換《こうかん》して着てみない？　黒セーラーのひなちゃんも絶対に可愛《かわい》いから。たまには違《ちが》う制服を着てあげると、瑛登《えいと》くんも喜ぶはずだよ」

「違《ちが》う制服って、先生はそんな趣味《しゅみ》の人じゃないもん！」

「ほんとに～？」

「じゃ、じゃないと思うもん！」

微妙《びみょう》に自信のないひなたである。

「……わたしね、瑛登《えいと》くんと話せてよかった。心配してたの。家庭教師の先生という人が、ひなちゃんの成績が上がらなかったら見捨てるような人だったらどうしようって」

「そんなことない！　先生は、わたしを見捨てないでいてくれるから！」

「ふふふ、そうね。彼がそんな人じゃないと知って、嬉《うれ》しいな」

「そうだよ。先生がいなくなるなんて、わたし、嫌《いや》だから！」

言って、ひなたは自分の言葉を不思議に思った。

……嫌《いや》？　どうして？

瑛登《えいと》がいなくなったら困るのは事実だ。彼は受験合格に必要な家庭教師なのだから。

けれど今、ひなたは確かに感じた。

『困る』ではなく『嫌《いや》だ』と。

どうして瑛登《えいと》がいなくなることが『嫌《いや》』なんだろう？

その理由を考えようとしても、心がモヤモヤして、今のひなたにはわからない。

悩《なや》む顔をしていると、あかりが思いついたように言った。

「あっ、そうだ！　ひなちゃん、あとで一緒《いっしょ》にマリオやろうよ～」

「お姉ちゃん!?　わたし受験生だよ!?　ゲームしてる時間なんてないんだから！」

結局、いつものように姉のペースに巻き込まれるひなただった。

10月・4　トリック・オア・トリート！

十月も終わりごろの今日、芽吹《めぶき》さんの家庭教師に行くと、彼女は奇妙《きみよう》な格好をしていた。

「トリック・オア・トリート〜!!　先生、どうですか、この帽子《ぼうし》！」

芽吹《めぶき》さんの頭にオレンジ色の小さな帽子《ぼうし》が載《の》っている。

かぼちゃだ。かぼちゃに三角形の目玉を開けた、かぼちゃのミニハットだ。普通《ふつう》のかぼちゃと違《ちが》って、両側に猫《ねこ》のような耳がついている。

「この『おひるねる〜ず』ハロウィン限定コラボ猫《ねこ》耳ミニハット、可愛《かわい》すぎじゃないですか!?　可愛《かわい》いですよね!?」

うむ。確かに可愛《かわい》い。芽吹《めぶき》さんが身に着けているとなんでも可愛《かわい》くなる。

「というか、その帽子《ぼうし》どうしたの？」

「お菓子《かし》を買って、抽選《ちゆうせん》のくじで当てたんです！　絶対にほしかったから、嬉《うれ》しくて！」

よっぽど喜んでいるらしく、ダンスを始めそうなほどウキウキと体中を揺《ゆ》らしている。

彼女の部屋で授業を開始するときになっても、まだ帽子《ぼうし》を載《の》せたままだ。

僕の視線に気づいたのか、芽吹《めぶき》さんが聞いてきた。

「先生、やっぱり授業中は帽子《ぼうし》を取ったほうがいいでしょうか？」

「好きなふうにしていいよ。その帽子《ぼうし》、ほんとに気に入ったんだね」

「せっかくのハロウィンですから、気分を出したいなと思って。毎日勉強ばかりだと、季節の感覚も忘れてしまいそうですし」

「それもそうだね。楽しく勉強するのが一番いい。僕も自分の受験勉強のときは気晴らしの方法を考えたな。音楽やラジオ放送を流したり、変わったデザインの文房具《ぶんぼうぐ》を使ってみたり」

「へえ〜。先生もそんな工夫《くふう》をするんですね」

「根《こん》を詰めてばかりだと気が滅入《めい》ってしまうからね。今日も楽しく授業をしよう」


そうして本日の授業も無事に終わった。

勉強に使った座卓《ざたく》の筆記具を片付けていると、芽吹《めぶき》さんが棚《たな》から何やら取り出してテーブルに持ってきた。

お菓子《かし》だ。袋《ふくろ》入りのスナック菓子《がし》の封《ふう》を開けている。

「『おひるねる〜ず』スナック？　食べたら眠《ねむ》くなりそうなお菓子《かし》だなあ……」

「スナックの種類ごとにいろんな味があって凝《こ》ってるんですよ！　今回のハロウィンコラボでは、かぼちゃの味になっていますから。先生もどうですか？」

芽吹《めぶき》さんは開けた袋《ふくろ》を僕のほうに差し出した。

「それじゃ、一枚だけ」

授業をして少しおなかが空いていたし、スナックを一枚もらうことにした。

ごく普通《ふつう》のポテトスナックだけど、確かにほんのりかぼちゃの味がする。

「先生、遠慮《えんりょ》しないでもっとどうぞ」

「いや、夕方だしこれでやめておくよ」

そう答える僕の前で、芽吹《めぶき》さんは二枚、三枚とおいしそうにスナックを食べている。

猫耳《ねこ》かぼちゃのミニハットを頭に載《の》せながら、お菓子《かし》の袋《ふくろ》を抱《かか》えてもぐもぐと可愛《かわい》らしく口を動かしている芽吹《めぶき》さんは、本当にかぼちゃの妖精《ようせい》みたいだ。

……なんて、見ている場合ではなさそうだ。

僕は気になって棚《たな》の中を見た。他にもまだ、スナック菓子《がし》が二袋《ふくろ》ほど見える。さらに部屋のゴミ箱に目を向けると、空になった袋《ふくろ》が捨てられている。猫耳《ねこ》かぼちゃを景品で当てるのだって、一回ですんなり当てたとは思えない。

思い当たることがあった。それは多くの受験生がおちいる罠《わな》にして、彼らを誘惑《ゆうわく》する天敵。

勉強中のつまみ食いだ。

僕は芽吹《めぶき》さんが持っているスナック菓子《がし》の袋《ふくろ》をひょいと取り上げた。

「あん、先生。ほしいならあげますよ」

「お菓子《かし》がほしいんじゃないよ。芽吹《めぶき》さん、ひょっとして一人で勉強してるとき、ずっとお菓《か》子《し》を食べてない？」

ぎくっ、とばかり、芽吹《めぶき》さんは目をそらす。

「お、おなかが空いたときだけですから……」

「僕も一度、やってしまったことがある。気晴らしになるからいいだろうと考え、勉強机にお菓子《かし》を常備したんだ。最初は勉強の区切りのときに食べていたのが、いつの間にか勉強しながら無意識のうちに手を伸《の》ばすようになっている。お菓子《かし》が切れると落ち着かなくなり、勉強の途中《とちゅう》でも放り出してお菓子《かし》を買いにコンビニへ走ってしまう。お菓子《かし》がなければ勉強できない体になってしまうんだ！」

「そっ、そんな……」

僕はお菓子依存《かしいぞん》の恐怖《きょうふ》を語って聞かせた。ちょっと大げさだけど、これも教え子を魔《ま》の手から救うためだ。

「だ、だけど、一日に食べる量を決めてますから！」

「恐《おそ》ろしいのは依存《いぞん》だけじゃない。ただでさえ座りっぱなしなのにお菓子《かし》をパクパク食べることだ。どうなると思う？　――確実に、体重が増える!!」

「ひうっ!?」

芽吹《めぶき》さんはショックのあまり、雷《かみなり》にでも打たれたかのように頭を抱《かか》えた。

おそるおそる、体重が増えてないか自分のおなかをさすっている。

「平気……ですよ。まだそんなに変化ないですし」

「だからこそ、食べ過ぎになる前に、勉強中のおやつを止めることが大切なんだよ」

「わかりました！　開けた袋《ふくろ》のぶんで最後にしますから！」

芽吹《めぶき》さんは僕が持っている袋《ふくろ》を取り返そうと手を伸ばす。ちっともわかってない。

彼女の手が届かないよう、腕《うで》をめいっぱい伸《の》ばしてお菓子《かし》の袋《ふくろ》を頭上に掲《かか》げた。

「だーめーでーすっ。我慢《がまん》しなさい」

芽吹《めぶき》さんは諦《あきら》めきれない様子で、お菓子《かし》の袋《ふくろ》をめがけて、ピョンピョンと跳《は》ねながら必死に手を伸《の》ばしてくる。

あの清楚《せいそ》な芽吹《めぶき》さんをここまで必死にさせるとは、恐《おそ》るべしお菓子《かし》の誘惑《ゆうわく》。取り返されないよう、僕はひょいひょいと腕《うで》を左右に振《ふ》ってかわし続けた。

「むうう〜っ。お菓子《かし》くださいっ‼　お菓子《かし》くれなきゃイタズラしちゃうぞっ‼」

芽吹《めぶき》さんはかぼちゃになりきって、両手でお菓子《かし》の袋《ふくろ》をつかみ取ろうとジャンプする。

「うわっ、危ないって！」

彼女の手は空を切り、跳《と》びはねた勢いで前方に倒《たお》れ込んでくる。

僕の体に芽吹《めぶき》さんの体重がのしかかり、彼女を受け止めながら床《ゆか》に尻餅《しりもち》をついた。そのまま押されて、床《ゆか》に仰向《あおむ》けになってしまう。

「せ、先生……」

僕の体に全身を乗せて、芽吹《めぶき》さんが両目を見開いて見つめている。

「め、芽吹《めぶき》さん……。これも、イタズラ……？」

「い、イタズラじゃないです……」

彼女はぷるぷると首を横に振《ふ》った。

僕たちは床《ゆか》で抱《だ》き合《あ》う格好のまま、お互《たが》いにどう動いていいかもわからず、相手を見つめることしかできないでいた。

#

重力に引っ張られるまま、僕の全身に芽吹《めぶき》さんの体が押しつけられている。

物体にはたらく重力の大きさ、すなわち重さは物体の質量に比例して決まる。つまり小柄《こがら》な芽吹《めぶき》さんは、それだけ体重が軽いということだ。

しかし僕の全身を圧迫《あっぱく》する彼女の存在感は、重力の作用をはるかに超《こ》えていた。たれ落ちる彼女の髪《かみ》と首筋にかかる吐息《といき》とそして柔《やわ》らかな胸が、理性をブラックホールの彼方《かなた》に追いやろうとしている。

「せせ、先生が、お、お菓子《かし》を取り上げるから、い、いけないんですよ」

「め、芽吹《めぶき》さんの体重が増えないように、ち、注意してあげてるんだ」

「なっ、なんですか？　わたし、そんなに重いですかっ？」

芽吹《めぶき》さんは意固地になって僕に体重をかけてくる。

いや、重くない。彼女のほっそりした体は、驚《おどろ》くほど軽《かろ》やかだ。

だけど体重をかけられるたびに僕を圧迫《あっぱく》する彼女の胸の膨《ふく》らみには、体重の何乗もの質量を感じてしまう。

「ととと、とにかく芽吹《めぶき》さん、どいて、どいてくれるかな」

たまらずに、僕はなかば懇願《こんがん》するような声を出した。

「んっ……よいしょっ……」

芽吹《めぶき》さんは体を起こそうと、床《ゆか》についた両腕《りょううで》に力を込《こ》めて体を浮《う》き上《あ》がらせ——突然《とつぜん》力が抜《ぬ》けて、ドサッとまたも僕の体に彼女の胸が押しつけられた。

「かっ、体が……体が、緊張《きんちょう》しちゃって……ち、力が入らないんです………」

芽吹《めぶき》さんは両目をうるませながら、救いを求めるように僕を見る。

そんな目で見られても、僕もどうしたらいいのかわからない。どうにか起き上がろうにも、真上から芽吹《めぶき》さんに乗っかられている状態では身動きすら取れない。

こうなったら、芽吹《めぶき》さんの体を横に移動させるしかなさそうだ。

「芽吹《めぶき》さん、ちょっと押して動かすからね」

僕は右手にスナック菓子《がし》の袋《ふくろ》を持ったままだ。床《ゆか》に置いたら中身がこぼれてしまう。

ならば左手で彼女の横側を押して横転させるしかない。

うっかり変なところを触《さわ》らないよう、慎重《しんちょう》に芽吹《めぶき》さんの脇腹《わきばら》のあたりに触《ふ》れた。

「ひゃあああんっっ⁉」

そのとたん芽吹《めぶき》さんは体をくねらせながら、なまめかしい声をあげた。

「せ、せ、先生っ、そ、そこっ、くすぐらないでくださいっ！　ひゃあんんっっ‼」

「う、動かないで。ちょっと押すだけだから！」

ぐっと力を加えると、芽吹《めぶき》さんの声がますます高くなった。

「ひゃ、あ、ああっ、んっ、そんなとこ、な、撫《な》で回《まわ》しちゃダメですうっ‼」

しかたない。もう少し別の場所を押すしかなさそうだ。

僕は彼女の脇腹《わきばら》から手を離《はな》し、今度は脇《わき》の下《した》のあたりを左手で押した。

「ひゃうっ、先生っ、ここ、今度はどこをくすぐるんですかっ⁉」

「少しの辛抱《しんぼう》だ。我慢《がまん》してくれ、芽吹《めぶき》さん」

左腕《ひだりうで》に力を加え、芽吹《めぶき》さんの体が横に転がるよう押していく。次第《しだい》に彼女の体が浮《う》き上《あ》がり、一気にごろんと横転した。

同時に、ひっくり返る芽吹《めぶき》さんを支えるため右腕《みぎうで》を真横に伸《の》ばす。

「はぁ……はぁ……」

隣《となり》で仰向《あおむ》けに寝転《ねころ》がった芽吹《めぶき》さんは、僕の右腕《みぎうで》に頭を乗せながら、放心したような目で天井《てんじょう》を見上げている。

「芽吹《めぶき》さん、大丈夫《だいじょうぶ》だった？」

ようやく力が入るようになって、彼女はゆっくりと体を起こした。

僕も起き上がり、持ったままのスナック菓子《がし》の袋《ふくろ》を確認《かくにん》する。よかった。中身をこぼすことなく死守したようだ。

立ち上がると、芽吹《めぶき》さんが口をとがらせて、じ～っとにらみつけている。

「む～～～っ。先生、と～っても、くすぐったかったですよ！」

「ああしないと起き上がれなそうだったし。くすぐったいところを触《さわ》ったのは謝るよ」

「だったら、お詫《わ》びにお菓子《かし》をください！」

僕は手に持ったスナック菓子《がし》の袋《ふくろ》を見つめた。しょうがないなあ。

「一つだけだよ」

指先でスナックを一つつまむと、芽吹《めぶき》さんのほうに差し出した。

「あ～ん」

食べさせてね、と言いたげな顔で口を開く。まったく、僕が反省モードなのをいいことにお姫様《ひめ》気分だ。

スナックを彼女の口元に持っていくと、パクッとスナックをくわえて口に含《ふく》んだ。

「ん～、おいしい～」

スナックを飲み込むと、彼女はまた物欲《ものほ》しそうな目でスナック菓子《がし》の袋《ふくろ》を見つめる。

「先生、もう一つだけ、ダメですか？」

「ダメですっ。もう夕方だし、お菓子《かし》ばっかり食べてると夕ご飯が入らなくなるよ。しっかり食事をして栄養を取ることも、受験合格のための重要な秘訣《ひけつ》だ」

「うう、わかりました。お菓子《かし》は我慢《がまん》します」

スナック菓子《がし》の袋《ふくろ》を返すと、芽吹《めぶき》さんは開封《かいふう》口を閉めて元の棚《たな》に戻《もど》した。

こんなことしてる間にも、バスの時間が近づいている。

「じゃ、今日はこれで帰ることにするよ」

「玄関《げんかん》までお見送りしますね」

僕たちは一緒《いっしょ》に部屋を出た。

階段を下りて一階の廊下《ろうか》に着いたとき、ちょうど奥の扉《とびら》が開いて芽吹《めぶき》さんの母親が姿を見せた。思いがけず顔を合わせて一瞬《いっしゅん》戸惑《とまど》いつつも、挨拶《あいさつ》のために軽く頭を下げる。

「どうも、おじゃましました」

「…………」

けれど母親は、何も言わないままキッチンのほうに行ってしまう。

やっぱり僕は歓迎《かんげい》されてないみたいだ。

「先生、気にしないでくださいね」

芽吹《めぶき》さんが気遣《きづか》うように言ってくれる。

彼女と玄関口《げんかん》で別れ、僕はいつものように家路についた。

#

後日の夜、僕は自室で芽吹《めぶき》さんとのオンライン補習を開いていた。

その日、タブレット画面に映し出される彼女の表情が、いつにも増してにこやかだった。勉強の間も、楽しくてしかたなさそうにウキウキしている。

補習の時間が終わると、雑談がてら聞いてみた。

「芽吹《めぶき》さん、機嫌《きげん》がよさそうだね。いいことあった？」

すると彼女は「よく聞いてくれました」とばかり、大きくうなずいた。

「今日、学校で小テストがあったんですけど、全教科で満点を取れたんです！」

「本当に⁉　すごい‼」

「で、でも小テストですから……。そんなに難しい問題は出ませんでしたし」

彼女の言うとおり、学校で突発的《とつぱつ》におこなわれる小テストは、中間試験などの定期試験に比べれば出題もシンプルで、難易度も低めであることが多い。

しかし逆に言えば、普段《ふだん》から基礎《きそ》を理解しているかが試《ため》される。ここで好成績を収めることは、しっかりと学習できていることを証明することになり、内申書《ないしん》への影響《えいきょう》もある。

そんな小テストで満点を取れたのは、とても意義の大きいことだ。

「芽吹《めぶき》さん、おめでとう。学校の先生も驚《おどろ》いたんじゃない？」

「一学期から比べて、成績が抜群《ばつぐん》に伸《の》びているって担任の先生にも褒《ほ》めてもらえました」

「それはよかった。もうそろそろ三者面談があるんだよね？」

「来週、お母さんと一緒《いっしょ》に学校へ行く予定になってるんです」

もう十一月。多くの受験生が正式に志望校を決定する時期だ。志望校が決まることで、入学願書を取り寄せて出願の準備を始めるなど、受験に向けての忙《いそが》しさが加速する。

もちろん志望校は、生徒の独断で決定できるものではない。生徒自身の希望はもちろん、学校の担任教師、生徒の保護者、それぞれの意見を出し合って決めるものだ。

「今の成績なら、時乃崎《ときのさき》学園の合格も射程圏内《けんない》だ。志望できるだけの根拠《こんきょ》がある。自信を持って希望を伝えなよ」

「はい！　今の成績を見れば、お母さんも認めてくれますよ！」

自信を持って言ったのち、ふと彼女は、どこか不安そうに目を伏《ふ》せた。

「これからも、わたしの勉強を見てくださいね。わたしは先生がいないと嫌《いや》ですから」

「ん？　嫌《いや》って？」

「あ、ええと、その……先生がいないのに一人で勉強するのが嫌《いや》ということです。一人だとやっぱり、また成績が落ちてしまいそうな気がするから……」

「今の芽吹《めぶき》さんなら、一人でも合格に向けて走っていける。それだけの力をつけているよ」

「そう……ですか……」

「だけど、僕はこれからも芽吹《めぶき》さんの家庭教師でありたい」

その言葉を聞いて、伏《ふ》せていた芽吹《めぶき》さんの目が、再び僕に向けられる。

「芽吹《めぶき》さんの受験を最後まで見届けたいんだ。むしろ僕のほうこそ、家庭教師なんて不要だと言われても、家庭教師をさせてくれって頭を下げて頼《たの》みたい」

芽吹《めぶき》さんの表情に明るさが戻《もど》り、彼女は楽しそうな笑顔《えがお》になった。

「それではわたし、合格するまで先生のこと、家庭教師として雇《やと》っちゃいますから。今さら辞《や》めさせてほしいなんて言っても、辞《や》めさせてあげませんからね？」

「覚悟《かくご》してます。芽吹《めぶき》さんも志望校が決定したらさらに忙《いそが》しくなるから、覚悟《かくご》するんだぞ」

「もちろんです！　しっかり先生のご指導についていきます！」

気合いを入れるように言って、彼女は思いついたように言葉を続けた。

「合格まで、わたしのことを見ていてくださいね……瑛登《えいと》、先生」

思わず彼女の目を見つめ返した。

もしかして、芽吹《めぶき》さんから下の名前で呼ばれたのって、初めてじゃないか？

「そそ、それじゃ今晩は失礼しますっ」

照れているのをごまかすように芽吹《めぶき》さんは接続を切る。

「また来週ね！」

切断される間際《まぎわ》ギリギリで言うと、タブレットの画面から芽吹《めぶき》さんの姿が消えた。

突然《とつぜん》下の名前で呼ばれて、僕はしばらくの間、鼓動《こどう》が高鳴るのを抑《おさ》えられなかった。

どうしてだろう？　僕だって彼女のことを、家族の前では「ひなたさん」と名前で呼んでいる。お互《たが》いに名前で呼んだって普通《ふつう》なのに。

でもなんとなく芽吹《めぶき》さんとの距離《きょり》が近く感じられる。それだけ彼女が僕を、家庭教師として認め、信頼《しんらい》してくれたってことなんだろう。

「ひなたさん……」

なんとなく、声に出して呼んでみた。

いや、いっそのこと……。

「ひなた……」

彼女は教え子だから、そんなふうに呼んでもおかしくない。

でも僕の口にした呼び名は、教え子に対する家庭教師としての言葉なんだろうか？

自分の感情を知りたくて、僕はもう一度、その名を口に出した。

「ひなた」

「先生」

「うわわあああっ⁉」

突然《とつぜん》タブレットから声がして、僕は叫《さけ》び声《ごえ》をあげてしまった。

オンライン接続を切断し忘れていたのか、再び画面に芽吹《めぶき》さんの姿が映っている。

「ひな……じゃなかった、めめ、芽吹《めぶき》さん⁉」

「英語の文法で質問し忘れたことを聞こうと思ったのですが……。何かあったんですか？」

「なっ、なんでもない！　なんでもないからっ‼」

芽吹《めぶき》さんは思いっきり疑い深そうな顔で僕を見る。

「ふ～ん……。顔が赤いなあ……。どうせ渚《なぎさ》ナナさんの写真集を見てデレデレしてたんじゃないですかあ～？」

「み、見てないよ。というか、写真集のこと覚えてるの？」

「ふふふっ、じゃあ、写真集は忘れたことにしてあげます。本当は誰《だれ》のことを考えてデレデレしてたんですか？」

「なんでデレデレしてたって思うんだ？」

「あ、否定しませんね」

……もしかして誘導尋問《ゆうどうじんもん》にはめられた？

「さあ先生、誰《だれ》でデレデレしてたのか、正直に教えてください。教えてくれなきゃ、イタズラしちゃうぞ～」

「芽吹《めぶき》さん、ハロウィンはもう終わりましたよ。英語の質問があるんじゃないの？」

強引《ごういん》に話題を変えると、彼女はイタズラを怒《おこ》られた子どもみたいに照れ笑いを浮《う》かべる。

「今日の補習に出た、文法の活用方法での質問なのですが——」

「ええと、そこはだね——」

なかなか静まらない動悸《どうき》を抑《おさ》えながら、僕は芽吹《めぶき》さんの質問に答えるのだった。


——芽吹《めぶき》ひなたは瑛登《えいと》とのオンライン補習を終えたあと、英文法の復習をしていた。

するとスマホに着信があった。相手は姉のあかりだ。

「もしもし、お姉ちゃん？ どうしたの？ こんな夜遅《よるおそ》くに」

「何度もかけたのに、留守番電話になってたんだよ。もしかしてひなちゃん、夜遊び？」

「違《ちが》いますっ。受験勉強に決まってるでしょ。先生と補習してたんだから」

「夜に瑛登《えいと》くんと二人っきりだったんだ。そりゃあ電話どころじゃないよね」

「ふ、二人っきりって、オンラインだから！」

「いいのいいの。ひなちゃん、受験勉強で大変かなって思って電話したんだけど、楽しそうな声を聞けて安心したよ」

「別に瑛登《えいと》先生と勉強してるからじゃなくて、勉強が進むことが楽しいんだからね！」

「んんん？ 『瑛登《えいと》』先生？」

「ち、違《ちが》っ……!! それは、先生をからかって呼んでみただけ！」

「瑛登《えいと》くんをからかうなんて、ひなちゃん、やっぱり楽しんでるんだね〜」

「ううう〜……。お姉ちゃんのイジワル……」

口をとがらせていると、ふいに姉の口調が優《やさ》しくなった。

「ひなちゃん、一学期のころはずっと悩《なや》んでたけど、今は毎日楽しそうで、安心してるの」

「でも受験勉強は大変だよ？　楽しんでるなんて、わたし、変なのかな」

「変じゃないよ。きっとひなちゃん、幸せなんだ」

言われて、ひなたは虚《きょ》をつかれた思いだった。幸せなんて、受験生には無縁《むえん》そうなのに。

姉との電話が終わったあとも、ひなたは考え込んでいた。

もし幸せなのだとしたら、どうしてだろう？　受験勉強が順調に進んでるから？

「そういえば、さっきの先生、本当は誰《だれ》でデレデレしてたのかな？」

ふと思い出して疑問がわいてくる。今、先生が好きな人って……。

考えながら何気なく窓の外を見ようとして、夜の窓ガラスに映った自分に気づいた。

「そ、それは、昔のことだよね……」

頭で否定しながらも、一瞬《いっしゅん》、トクンと胸が高鳴ってしまう。

その気持ちは……なんだか幸せな気がした。

11月・1　三者面談の日

十一月にもなると、毎日の気温も急激に冷え込んでくる。街の木々は葉を落とし、街路樹の間を冷たい風が吹《ふ》き抜《ぬ》けるたび、道を行く人々は寒さに背を縮こまらせる。

今日も僕は、週に一度の家庭教師の日だ。

学校から帰宅すると制服のまま家庭教師の準備を整え、芽吹《めぶき》さんの家に向かう用意をした。

忘れ物が無いことを確認《かくにん》していたとき、スマホに着信があった。芽吹《めぶき》さんからだ。

「こんにちは。これから家に向かうよ」

「それなんですが、今から先生の家におうかがいしてもいいでしょうか？」

「今から？　これから授業だけど……」

「今日は、わたしの家だとちょっと……。先生の家で授業をしていただけると助かります」

芽吹《めぶき》さんは少し沈《しず》んだ声で言う。何か都合が悪いのだろうか？

どうしたものか考えた。確かに僕の部屋でも授業は可能だ。

けれど今、父は会社だし、母もパートに出ていて留守。家には僕一人しかいない。

もっとも、これまでにも芽吹《めぶき》さんと二人きりになることはあったたし、妙《みょう》な間違《まち》いを起こすこともないだろう。そう考え、彼女に返事をした。

「構わないけど、僕の家の場所、わかるかな。迎《むか》えに行こうか？」

「地図のアプリで調べたから大丈夫《だいじょうぶ》です。──実はもう、マンションのすぐ前に来ていて」

「ええっ？　わわ、わかった！　部屋を掃除《そうじ》するから、ちょっと待ってて！」

「それじゃ、先生の部屋までゆっくり行きますから」

電話を切ったあと、大急ぎで床《ゆか》に掃除機《そうじき》をかけてベッドの布団《ふとん》を整えた。

勉強用のために、押し入れから座卓《ざたく》を出して部屋の真ん中に置いた。最低限の準備を整えたところで、家のインターホンが鳴った。

玄関《げんかん》に出ると、セーラー服を着て学校の鞄《かばん》を持った芽吹《めぶき》さんが立っている。

「こんにちは、先生。突然《とつぜん》押しかけてしまって、ごめんなさい」

「気にしなくていいよ。さ、あがって」

僕の家は三人家族が暮らす３ＬＤＫの部屋だ。普段《ふだん》の暮らしには問題ないけど、増えた物の置き場に困ったりと、手狭《てぜま》に感じることもある。

「お茶とか出したほうがいいかな？」

「授業でおじゃましたのですから、気づかわないでください。先生のご両親が家にいたら、ご挨拶《あいさつ》したかったなあ」

僕の部屋に入ると、芽吹《めぶき》さんは興味深そうに部屋をあちこち見つめた。

「オンラインの画面で見るのとは、雰囲気《ふんいき》が違《ちが》いますね。これが先生の部屋かあ～」

「急いで掃除《そうじ》したから、あまり細かいところは見ないでほしいな」

「お布団《ふとん》もきれいにかけてあるし、パジャマも脱《ぬ》ぎ捨《す》ててないし、ちゃんと部屋が整理されているじゃないですか」

「オンライン補習のときに部屋が映るから、最近は普段《ふだん》からこまめに片付けてるよ」

そんなこと半年前の僕では考えられなかった。彼女の家庭教師を引き受けてから、僕の生活も少し変わったような気がする。

芽吹《めぶき》さんは鞄《かばん》からノートと参考書を取り出すと、座卓《ざたく》の前に来て僕の向かいに座る。

授業はいつもと同じように進んでいった。今月末には二学期の期末試験も迫《せま》っているから、本日の授業はその対策が中心だ。授業を進めながら、僕は考えていた。

突然《とつぜん》の来訪で聞きそびれたけど、今日は芽吹《めぶき》さんの学校で、三者面談があった日のはず。三者面談は、生徒とその保護者と学級担任が面会し、学校や家庭での様々な事柄《ことがら》について共有する機会だ。

特に中学三年生の三者面談は、卒業後の進路を決定する重要な内容が話し合われる。多くの場合ここで正式に志望校を決定し、受験に向けた手続きが始まるのだ。

「それでは、今日の授業はここまで。期末試験に向けて、しっかり復習するようにね」

「ご指導ありがとうございます、先生」

本日の授業も無事に終了《しゅうりょう》したけれど、心なしか芽吹《めぶき》さんの声に覇気《はき》がない。

「ところで芽吹《めぶき》さん。三者面談の日って、今日じゃなかったっけ？」

「……はい。お母さんと学校に行ってきました」

「結果、どうだった？　志望校は決定できたかな？」

「…………」

しかし芽吹《めぶき》さんは口をつぐんだまま、目を伏《ふ》せている。

言いにくい事情があるのだろうか。僕は返答を急がせず、彼女が口を開くのを待った。

「……りたくない」

「ん？」

「わたし、家に帰りたくありません」

「どうしたの、突然《とつぜん》？　家で、何かあった？」

芽吹《めぶき》さんは詰《つ》め寄《よ》るかのように前に乗り出した。

「今日、家に泊《と》めていただけませんか⁉」

「泊《と》まるって、この部屋に⁉」

芽吹《めぶき》さんは不安そうな目でじっと僕を見つめる。

「先生……わたしのこと、今でも好きですか……？」

#

芽吹《めぶき》さんは気弱そうな表情で、すがるように僕の目を見続けている。

「好き、ですか……?」

もちろん僕は一人の教え子として、彼女のことが好きだ。だが聞かれているのはそういう意味じゃない。彼女は『今でも』と聞いた。あのころのように——昔、僕が彼女に告白したときのように、今も好きかと聞いている。

僕は自問してみた。彼女が好きなのか?

芽吹《めぶき》さんは可愛《かわい》くて、性格もよくて、一度は告白するまで恋《こい》した相手だ。失恋《しつれん》したあとも、長いこと彼女を忘れられないでいた。

でも今は彼女の家庭教師。その役割を引き受けたとき、恋心《こいごころ》などは捨て去ったはずだ。

「先生、一緒《いっしょ》にシール写真を撮《と》ったときのこと、覚えてますか? 泊《と》めてくれるなら、わたし、その続き、してもいいですから……」

もちろん忘れてはいない。彼女の『彼氏役《かれし》』を演じるために、カップルのシール写真を撮《と》ったこと。最後はあやうくキスまでしそうになったこと。

その続きということは……。

これまでの僕だったら、その言葉だけで、どうしようもなく鼓動《こどう》が速くなっていただろう。でも今は、とてもそんな気分になれない。むしろ芽吹《めぶき》さんの姿が痛々しい。

「よく覚えてるよ。芽吹《めぶき》さんからもらったシール写真、大切に持ってるんだ」

机の引き出しを開け、中にしまっておいたシール写真を取り出した。それから思いついて、彼女と腕《うで》を組んでいるシール写真を自分のペンケースに貼《は》ってみせた。

「どうかな？　本当に付き合ってるように見えちゃうよね」

彼女の苦しそうな頼《たの》みに応えることはできない。けれど彼女の気持ちを否定したくもない。だから僕には、こんなふうにしてみせることが精一杯《せいいっぱい》だ。

「芽吹《めぶき》さんと一緒《いっしょ》に写真を撮《と》れるなんて、これだけでも十分すぎるほど嬉《うれ》しいよ」

「そう、ですか……」

彼女は残念そうな顔でうつむいた。

「何があったのか、教えてくれるかな」

「……今日の三者面談で、進路のことを話し合ったんです。わたしは時乃崎《ときのさき》学園を希望したいと伝えて、そのために毎日受験勉強してることを担任の先生に話しました。先生も、二学期に入ってからの成績の伸《の》びを認めてくれて、今の調子なら合格の見込みはあると、賛成してくれたんです。でも、お母さんが……」

芽吹《めぶき》さんは言葉を詰《つ》まらせ、唇《くちびる》を震《ふる》わせた。

「お母さんは、全然、認めてくれない……。成績を上げていけば、わたしが本気だって気づいてもらえると思ったのに、少しも気にしてくれない……。ただひたすら龍式《りゅうしき》学院高校へ入学するべきだって言うばかりで、それの何が不満なのかと聞き返されてばかりで、わたしの話なんてちっとも聞いてくれなくて……っ……う……っ……」

話すうちに肩《かた》が震《ふる》え出し、彼女は嗚咽《おえつ》をあげ始めた。

その両目から大粒《おおつぶ》の涙《なみだ》がこぼれ出す。

芽吹《めぶき》さんが悲しいのは、単に希望しない進路を押しつけられたから、ではないはずだ。

母親に今までの努力を無視されたことが辛《つら》いんだ。

しばらく見守っていると、彼女の涙《なみだ》が次第《しだい》に止まっていった。

「……芽吹《めぶき》さん、大丈夫《だいじょうぶ》かな？」

「はい……。すみません……」

芽吹《めぶき》さんは少し疲《つか》れた様子で、指で残った涙《なみだ》をぬぐっている。

僕は棚《たな》にあったフェイスタオルを取り出して手渡《てわた》した。

「顔を洗ってきなよ」

「また泣いちゃうかもしれないから、あとで洗いますね」

芽吹《めぶき》さんは小さく笑った。涙《なみだ》を流し終わって、少し元気が戻《もど》ってきたようだ。

「家に帰ったあと、お母さんとも気まずくなって……。それ以上に、お母さんのことが信じられない気持ちになってしまって……」

「だから家に帰りたくないんだね。進路の話はどうなったのかな？」

「話がまとまらなくて、担任の先生が困ってしまって。それで期末試験のあとに、もう一度三者面談を開くことになったんです」

期末試験の結果を見て、あらためて話し合うのだろう。けれど話に聞く限り、期末試験の結果がどれほど良好でも、芽吹《めぶき》さんの母親の意見が変わることはなさそうだ。

私立龍式《りゆうしき》学院高等学校。母親が進路先に推薦《すいせん》している学校。

由緒《ゆいしよ》正しき歴史を持ち、セレブの子息が大勢通学している名門校だ。

学費が高額であり、入学できる生徒は限られる。それだけに学校のブランド価値は高く、政財界や有名企業《きぎよう》の人々とも人脈を築けるなど、学校の名は立派なステータスとなる。

調べたところでは、偏差《へんさ》値自体は並だから芽吹《めぶき》さんの成績なら余裕《よゆう》でクリアできる。

むしろこの学校で難しいのは、面接のようだ。受験生の品格が高くなければ、面接試験を突《とつ》破《ぱ》できないらしい。

それでも芽吹《めぶき》さんのような真面目な少女なら、面接も余裕《よゆう》でクリアできるはず。

さらに両親の職業は、母親が元タレントで、父親は風景写真家として活躍《かつやく》。上品な一軒家《いつけんや》で暮らしているほどだから、高額の学費も払《はら》えるのだろう。

何よりも、そこは母親の母校でもある。

　しかし、いくら社会的に立派な道であろうと、本人の希望に合わなければ、豪華《ごうか》に舗装《ほそう》されただけの空虚《くうきょ》な道でしかない。

「僕はただの家庭教師だ。芽吹《めぶき》さんの進路を決定する権利なんてない。ただ、僕の気持ちを言うなら、芽吹《めぶき》さん自身が希望する進路へ挑戦《ちょうせん》してほしいと思う」

「わたしは試《ため》したいんです。自分でどこまで進めるのかを。もちろん失敗するかもしれません。それは覚悟《かくご》していきます。でも、いつまでもお母さんが用意してくれた道を歩くのではなくて、自分で選んだ道を目指したいんです！」

　それでも芽吹《めぶき》さんはまだ中学生。保護者の承認《しょうにん》無しに進路を決定できない。

「僕は一度、芽吹《めぶき》さんのお母さんと話し合ってみようと思う」

「でも、たぶんお母さんは、先生と会おうとしないと思います……」

「だってこのまま引き下がれないじゃないか。僕だってくやしいよ」

「くやしい、ですか？　先生が？」

「僕は今まで、芽吹《めぶき》さんの家庭教師として仕事をしてきた。夢をつかんでほしいと思って、やってきたんだ！　──芽吹《めぶき》さん、さっき『今でも好きですか？』って聞いたよね」

「は、はい」

「僕は、一生懸命《いっしょうけんめい》目標に向かっている芽吹《めぶき》さんの姿が、好きだ」

「…………!!」

一瞬《いっしゅん》、僕の言葉に反応するように、芽吹《めぶき》さんはピクリと背筋を張《は》り詰《つ》めさせた。

「たとえどんな結果が待っていようと、その姿は、僕の記憶《きおく》から失われることはない」

彼女は呆然《ぼうぜん》とした目で僕を見つめ……「ふふっ」と、嬉《うれ》しそうな笑い声を漏《も》らした。

「先生って意外と熱血なんですね」

「そ、そうかな？」

「わたしも同じ。このまま黙《だま》ってられないというか。――先生、来週の授業のとき、無理にでもお母さんを引っ張り出しますから、二人で気持ちをぶつけましょう！　先生が一緒《いっしょ》にいてくれれば、わたしも勇気を出してお母さんに立ち向かえます！」

「来週、僕と芽吹《めぶき》さんで、お母さんを説得しに行こう！」

僕と芽吹《めぶき》さんの間に、再び希望のともしびがついた。

それは今にも消えそうな小さな種火。

けれど僕たちの力で、大きく燃え上がらせることができるはずだ。

＃

芽吹《めぶき》さんは落ち着きを取《と》り戻《もど》し、家に帰ることになった。

「先生、ご迷惑《めいわく》をおかけしました。やけっぱちになってしまって……」

芽吹《めぶき》さんは家の洗面所で泣きはらした顔を洗い、鞄《かばん》を持って玄関《げんかん》に向かう。

冬も間近に迫《せま》った季節だけに、日没《にちぼつ》も早い。外はまだ夕方なのに薄暗《うすぐら》かった。

「帰り道、送っていこうか？」

「それでは、バス停までお願いしてもいいですか？　初めて来る場所なので……」

僕たちは一緒《いっしょ》に家を出て、夕暮れの道を歩いた。

「お母さんとのこと、大丈夫《だいじょうぶ》そうかな？」

「平気ですよ。何か言われても、わたしは部屋で受験勉強を続けますから」

「必要があれば、いつでもオンライン補習に応じるよ。参考書を読んで少しでも疑問に感じたら、すぐに質問してくれていいからね」

「あれ？　急に疑問点が増えちゃいました。教科書も参考書もわからないことだらけです」

「ま、まあ、補習でしっかり理解してくれればいいから……」

話していると、芽吹《めぶき》さんの表情にも一時的に明るさが戻《もど》ってくる。

しかし笑ったところで問題が解決するわけじゃない。しばらくすると、彼女はまた不安そうにうつむいてしまう。

並んで歩きながら、芽吹《めぶき》さんが僕の手を軽く握《にぎ》ってきた。

細くて繊細《せんさい》な指先が、おそるおそる僕の手のひらに触《ふ》れている。

僕は彼女の手を、そっと静かに握《にぎ》り返した。

二人で無言のまま手を取り合い、静かに歩き続けた。

道ですれ違《ちが》う人々の目には、僕たちが幸せなカップルに見えているかもしれない。

でも僕は、今にも足下《あしもと》が崩《くず》れるような不安を感じずにいられなかった。突然《とつぜん》目の前に巨大《きょだい》な怪獣《かいじゅう》が現れて全てを破壊《はかい》し尽《つ》くすかのように、何もかもが壊《こわ》れてしまいそうだった。

二人で目標に向かって走り続けた、大変だけど楽しい時間は、これからも続けられるのだろうか？　それとも、もうすぐ失われてしまうのだろうか？

バス停まで来ると、芽吹《めぶき》さんは握《にぎ》っていた手を離《はな》した。

「ここで大丈夫《だいじょうぶ》です。あとは一人で帰れますから」

「気をつけて。――芽吹《めぶき》さんの成績は順調なんだ。お母さんも説得できるさ」

すぐにバスが来て、芽吹《めぶき》さんは僕に手を振《ふ》りながら乗り込んだ。

バスが出発して見えなくなると、僕は自宅に戻《もど》るため来た道を振《ふ》り返《かえ》った。

しかし一人になったとたん不安が強くなり、帰宅する気分になれない。

本当に芽吹《めぶき》さんのお母さんを説得できるのか？　信頼《しんらい》されていない僕が口を出して、よけいに態度を強固にさせないか？

さっきの燃え上がった気持ちはかき消え、考えれば考えるほど気弱になっていく。

さまよいながら近くの道を歩いていると、道ばたの掲示板《けいじばん》に気がついた。掲示板《けいじばん》には近所の商店や企業《きぎょう》のポスターが貼《は》られている。気がついた理由は、そのうちの一枚だ。

制服姿の男女が並び、ガッツポーズをしている写真。

『未知の可能性をその手につかめ！』と、勇ましい書体で書かれたキャッチフレーズ。

人物の写真やデザインは去年のものから変わっているけど、内容はほぼ同じ。

『一番合格ゼミナール』のポスターだ。

僕はこの塾《じゅく》が運営する家庭教師センターに登録して、芽吹《めぶき》さんの家庭教師の仕事をしている。

受け取った手引書には、トラブルが発生した場合の相談窓口が書かれていたはずだ。

藁《わら》にもすがる思いで、スマホを開いて相談窓口の連絡《れんらく》先へ電話をかけた。


一時間後。僕は『一番合格ゼミナール』本部ビルを訪《おとず》れていた。

塾《じゅく》の家庭教師センターに電話した結果、本部の面談ルームで運営スタッフに相談できた。

応対してくれた男性スタッフの話では、保護者と生徒による進路の対立はよくあり、家庭教師が板挟《いたばさ》みになることも珍《めずら》しくないそうだ。

しかし最終的には保護者の意向にしたがうことになる。僕が芽吹《めぶき》さんの母親から信頼《しんらい》を得られていないことを正直に話すと、スタッフは難しそうな顔をした。

結局、決め手となる問題解決の方法は見つからない。相談が終わった僕は、打ちひしがれた気持ちでビルの出口へ向かうしかなかった。

うつむいていたせいで、前をよく見ていなかった。エレベーターを降りて玄関《げんかん》ロビーの角を曲がろうとしたとき、人とぶつかりそうになってしまった。

あわてて飛びのいたものの、鞄《かばん》を落として中身が床《ゆか》にぶちまけられてしまう。

「おっと、申し訳ない。大丈夫《だいじょうぶ》かね？」

ぶつかりそうになった相手は、六〇歳過ぎに見える、かっぷくのいい男性だ。カジュアルなワイシャツとジャケットを着た服装は、一般《いっぱん》の社員とは雰囲気《ふんいき》が違《ちが》う。塾《じゅく》の講師かもしれない。

「すみません、気をつけます」

僕は謝りながら、散らばったスマホや文房具《ぶんぼうぐ》を拾い集める。

男性も親切に、腰《こし》をかがめて手伝ってくれた。

「ん……これは……？」

彼は落ちたペンケースを拾って、何やら興味深そうに見つめている。それから僕の顔を見つめて、ニヤッと秘密の話でもするかのような笑《え》みを浮《う》かべた。

「この子は、彼女かな？」

男性は、ペンケースに貼《は》られたシール写真を指さした。さっき貼《は》ったばかりの、僕と芽吹《めぶき》さんが腕《うで》を組んでいる写真だ。

「いえ、そうではないんです。彼女は教え子で……」

「ほう、教え子？　君は……まだ高校生だよね？」

「中学時代に知り合った子で、特別に家庭教師の依頼《いらい》をされたんです」

するると男性は、少し表情を曇《くも》らせた。

「ふむ……。家庭教師でありながら、教え子と恋人《こいびと》関係にあるのかね？」

うっかり、しゃべりすぎてしまった。

誤解されたままではまずいと思い、僕は成り行きを説明することにした。シール写真を撮《と》った理由から、芽吹《めぶき》さんの家庭で起きている悩《なや》み、今日はその相談に来ていることまで。

玄関《げんかん》ロビーのベンチに座って話す間、男性はじっと聞いてくれていた。

「ふーむ、なるほどねえ。進路の悩《なや》みは荷が重いねえ……」

「でも、なんとか彼女のお母さんを説得してみせます。芽吹《めぶき》さんが本当に恋人《こいびと》なら、他に元気づける方法があるかもしれませんけど、家庭教師の僕にできることは、それくらいですから。

――お話を聞いていただいて、ありがとうございました」

「まあ待ちなさい。どうやら私は、君の教え子の女の子によく似た人を知っているようだ」

席を立とうとする僕に、男性はニヤリと何やら秘密めいた笑《え》みを浮《う》かべる。

「少し時間を取れるかな？　その人を紹介《しょうかい》しようじゃないか」

「似た人、ですか？　あの、あなたは……講師の先生、ですよね？」

「ん？　うーむ、そう見えるかね……うう～む……」

男性は腕《うで》を組んで悩《なや》ましげに考え込み始めている。

なんとなく、彼の姿に見覚えがあるような気がしてきた。しかし誰《だれ》だか思い出せない。

男性は突然《とつぜん》人差し指を上に立ててポーズを取り、威勢《いせい》のいい声をあげた。

「勉強の悩《なや》みは、一番合格ゼミナールで一番解決！　……知ってる？　これ、私のセリフ」

そのポーズと言葉に、突然《とつぜん》ある人物が思《おも》い浮《う》かんだ。

塾《じゅく》に入るとき、案内のパンフレットに載《の》っていた顔写真と、その上に書かれた決めゼリフ。

その写真はもっと若くてスリムな体型だったけど、確かに面影《おもかげ》がある。

「塾《じゅく》長《ちょう》……先生……？」

「う～む、三〇年前の写真を使い続けるのも考えものだなあ……。どうりで『幻《まぼろし》の塾長《じゅくちょう》さん』などと噂《うわさ》されるわけだよ……」


昔、まだ三〇過ぎの年齢《ねんれい》だった塾長《じゅくちょう》先生は、学校教員の職を辞《や》めて学習塾《じゅく》の経営を始めた。

講師として教壇《きょうだん》に立つと、わかりやすい授業が好評で、入塾《にゅうじゅく》希望者は年ごとに増えていった。

彼は経営者として塾《じゅく》の拡大に乗り出し、様々な広告展開をした。そうして『一番合格ゼミナール』を全国展開する大手学習塾《じゅく》に育て上げたのだ。

……エレベーターでそんな話を聞きながら、ビルの八階に着いた。

廊下《ろうか》を少し歩いた先にある部屋が塾長《じゅくちょう》室だ。奥に仕事用のデスクがあり、手前に来客用のソファとテーブルがある。なんとなく学校の校長室に似た雰囲気《ふんいき》だった。

塾長《じゅくちょう》先生は本棚《ほんだな》から一抱《ひとかか》えもある大きなファイルを取り出し、ソファの前に持ってきた。

テーブルを挟《はさ》んでソファに座ると、塾長《じゅくちょう》先生は『一番合格ゼミナール・歴代ポスター』と書かれたファイルをテーブルに置いて、僕のほうに向ける。

「ここには、当塾《じゅく》で作成した代々の広告ポスターが保管されているんだ」

彼が表紙をめくって最初に見えたのは、僕もよく知っている、ガッツポーズをする男女の学生が写ったポスターだ。

しかし塾長《じゅくちょう》先生が何をしようとしているのかわからない。芽吹《めぶき》さんによく似た人を紹介《しょうかい》してくれるって言ってたけど、どういうことだろう？

僕の戸惑《とまど》う気持ちをよそに、塾長《じゅくちょう》先生はポスターを一枚ずつめくっていった。塾《じゅく》では、似たようなデザインのポスターを代々作り続けてきたようだ。

そうして最後の一枚になったとき、塾長《じゅくちょう》先生は手を止めた。

そのポスターには『君の手で、未来への可能性をつかみ取れ！』という、僕が知っているのとは少し違《ちが》うキャッチフレーズが書かれ、ガッツポーズの男女が笑顔《えがお》で並んでいる。

男子生徒は黒い学ランを着ていた。その隣《となり》にいる、白いセーラー服を着た女子生徒は——。

「芽吹《めぶき》……さん……？」

その姿に慄然《りつぜん》とした。どうしてここに芽吹《めぶき》さんが？

呆然《ぼうぜん》と見ているうち、頭の中で何かが結びついた。点と点が一つにつながった。

「そうだったのか……。そういう、ことなのか……」

11月・2　家庭教師にできること

芽吹《めぶき》さんが僕の部屋に来た日から一週間後。僕は彼女の家を訪《おとず》れた。

いつもと同じく家庭教師の授業をするのだけど、今日はもう一つ、大切な用件がある。

芽吹《めぶき》さんの母親と話し合い、芽吹《めぶき》さんが希望する進路を認めてくれるよう説得することだ。

家の門柱にあるインターホンを鳴らすと、芽吹《めぶき》さんの声がした。玄関《げんかん》に出迎《でむか》えてくれたのも彼女だった。

「先生、お待ちしていました」

芽吹《めぶき》さんは少し緊張《きんちょう》した様子で僕を屋内に迎《むか》え入《い》れる。

母親を説得するにしても、その前に一つ関門がある。そもそも話し合いに応じてくれるかもわからないのだ。特に僕は、家庭教師としての信頼《しんらい》を得ていないのだから。

「お母さんと話せそうかな？」

「今、お姉ちゃんが言い聞かせてくれてるんです」

廊下《ろうか》の先にある扉《とびら》の向こうから、話し声が聞こえてくる。はっきりとは聞き取れないけれど、一人は母親の声で、もう一人はお姉さん――あかりさんのものだ。

「だからお母さん！　もうちょっとひなちゃんの話も聞いてあげてって言ってるの！」

ひときわ大きく、あかりさんの声が響《ひび》く。

「……なんか、ずいぶん言い合ってるね」

「お母さんとお姉ちゃん、昔からケンカするとあんな感じなんです」

固唾《かたず》をのんで見守っていると、やがて部屋の扉《とびら》が開き、芽吹《めぶき》さんの母親が出てきた。

上品なセーターを着た彼女は、芽吹《めぶき》さんと僕の顔を見まわす。

「いいわよ、ひなた。話したいことがあるのなら、聞くわ」

少し不機嫌《ふきげん》そうに言って、母親はリビングへ向かう。

芽吹《めぶき》さんがあとからリビングに入り、僕も続こうとしたところで、あかりさんが廊下《ろうか》に顔を出した。今日はセーラー服ではなく、普通《ふつう》のトレーナーを着ている。

「あかりさん、来てくれたんですね」

「ひなちゃんから相談されて、可愛《かわい》い妹のために一肌脱《ひとはだぬ》がなきゃって。あっ、瑛登《えいと》くん、イヤラシイこと考えてちゃイケナイぞ」

「考えてません。お母さんと言い合ってましたけど、大丈夫《だいじょうぶ》ですか？」

「あんなのしょっちゅうだから、いいの。お母さん気が強いから、あのくらい言わなきゃ」

「ありがとうございます。手助けしていただいて」

「何言ってるの。うちの家庭の問題に巻き込んじゃって、それでもひなちゃんを支えてくれて、瑛登《えいと》くんにこそ、お礼を言わないとね」

もう一度あかりさんに礼を言い、僕は芽吹《めぶき》さんと母親のいるリビングに向かった。

リビングに入ると、僕たち三人はガラステーブルを囲むソファに腰掛《こしか》けた。

僕と芽吹《めぶき》さんが並んで座り、向かいに芽吹《めぶき》さんの母親がいる。

「それで？　ひなた、言いたいことがあるのなら言いなさい」

母親の言葉に、芽吹《めぶき》さんは身を乗り出す勢いで主張し始めた。

「何度も言ってるよ！　わたしは自分の進路を自分で決めたいの！　時乃崎《ときのさき》学園に入学したい！　学校案内を読んで、学校にも行ってみて、自分にぴったりの場所だと感じたから。受験のために努力だってする！　うまくいかないかもしれないけど、それでも挑戦《ちょうせん》したいの！」

「憧《あこが》れや理想と現実は違《ちが》うのよ。時乃崎《ときのさき》もよい学校かもしれないわね。けれど龍式《りゅうしき》学院は、何十年も積み重ねた信用がある。社会的にも知られた名門校で、将来の人脈形成にも役立つはず。それを捨ててまで時乃崎《ときのさき》学園に挑戦《ちょうせん》する価値があるとは、わたしには思えません」

「価値があるか決めるのは、お母さんじゃないでしょ……」

「わたしはね、ひなたに間違《まちが》った選択《せんたく》をしてほしくないのよ。進学は将来に大きな影響《えいきょう》を与《あた》えるのだから、正しい道を選ばなくてはならないの」

芽吹《めぶき》さんは母親の冷静な態度に押されて、膝《ひざ》の上でこぶしを握《にぎ》ったまま縮こまってしまう。

「お母さんには感謝してるよ。今まで育ててくれて、毎日ご飯を作ってくれて、学校や塾《じゅく》に通わせてくれて……。だからいい子にしようって思ってきたし、今も、悪いことしちゃいけないって思ってる。……でも、自分で進路を希望することって、悪いことなの？」

「わたしだって、ひなたに感謝しているわ。あかりが結婚《けっこん》して家を出て、夫の仕事が忙《いそが》しくなって、家で一人になって過ごす時間が多くなり、わたしはどこか気持ちが空虚《くうきょ》になりかけていた。けれどひなたがいてくれたから、わたしはあなたのために毎日をがんばろうと思えた。ひなたは、自慢《じまん》の娘《むすめ》よ」

母親の、娘《むすめ》を見る目が優《やさ》しくなった。彼女が言う感謝の気持ちは本当なのだろう。

「龍式《りゅうしき》学院の学費は安くないわ。それでも、ひなたのためにその学費を出す価値があると考えているの。むしろこれは、わたしからひなたへの贈《おく》り物《もの》なのよ」

芽吹《めぶき》さんの母親は、決して悪意で娘《むすめ》が望まぬ進路を押しつけているのではない。むしろ自分の考える進路こそが、娘《むすめ》にとって最良で正しい道なのだと信じている。

そしてそれが芽吹《めぶき》さん自身の希望と、絶望的なほど、かみ合っていないんだ。

「…………」

何を言っても通じなそうな母親の態度に、芽吹《めぶき》さんはとうとう黙《だま》り込んでしまった。

「あの……」

二人の対話が途絶《とだ》えたところで、僕は口を挟《はさ》んだ。

「お母さんの推薦《すいせん》があれば、ひなたさんは龍式《りゅうしき》学院への入学も確実でしょう。名門校として、失敗のない進路選択《せんたく》だと、僕も思います。ですが失敗しないことと幸せであることは、必ずしも同じではないのではありませんか？　ひなたさんは時乃崎《ときのさき》学園へ進学することで、幸せになれる可能性を感じているんです。その挑戦《ちょうせん》を認めていただくことは、無理なのでしょうか？」

「あなた方は若いから、可能性という言葉に夢を見ていられるのです。一人の人間に与《あた》えられた可能性など多くありません。着実で堅実《けんじつ》な道を進んでこそ、少ない可能性を確実につかめるのではありませんか？」

「そうかもしれませんが、それを判断するのは、ひなたさん自身ではないでしょうか？」

「ひなたはまだ中学生です。娘《むすめ》のことは、わたしが一番理解しています」

「全然わかってない……」

ぼそっと芽吹《めぶき》さんがつぶやいたが、その声は母親には届かなかったようだ。

「『君の手で、未来への可能性をつかみ取れ！』。いい言葉だと思いませんか？」

突然《とつぜん》の言葉に、母親は一瞬《いっしゅん》、警戒《けいかい》するように眉《まゆ》をピクリと動かした。

「若い学生が自ら将来をつかみ取れるなど、信じていないのでしょうか？　織星日花里《おりほしひかり》さん」

「……そのような名前を出して、何が言いたいのです？」

「三〇年ほど前『一番合格ゼミナール』が初めて全国展開した広告の中で、大勢の受験生に未来への可能性を呼びかけていたじゃないですか。織星《おりほし》――いえ、芽吹日花里《めぶきひかり》さん」

#

家のソファで隣《となり》に座る芽吹《めぶき》さんは、突然《とつぜん》聞かされた内容に戸惑《とまど》いながら、僕と母親の顔を交互《こうご》に見た。

「お母さんが『一番合格ゼミナール』の広告に……？　どういうことなんですか、先生？」

「僕は最近、ゼミナールの塾長《じゆくちょう》先生と話せる機会があったんだ。塾長《じゆくちょう》先生は昔の広告ポスターを見せてくれた。ポスターには、キャッチフレーズと一緒《いっしょ》に男女の学生が写っていた。その女の子を見たとき、ひなたさんかと思って驚《おどろ》いたんだ。でもそんなはずはない。そのポスターは三〇年も前に作られた広告で、写っている女の子の名前は織星日花里《おりほしひかり》さんだった」

ちらりと芽吹《めぶき》さんの母親を見ると、黙《だま》って聞いている。

「塾長《じゆくちょう》先生は彼女のことを教えてくれたよ。当時、龍式《りゅうしき》学院の生徒だった織星日花里《おりほしひかり》さんは、この広告モデルとして採用されたことをきっかけに芸能事務所に所属し、タレント活動を開始した。——そうですよね」

確認《かくにん》するように、芽吹《めぶき》さんの母親——芽吹日花里《めぶきひかり》さんに聞く。

「そのようなことも、ありましたね」

「可能性をつかみ取るというキャッチフレーズを、忘れてしまったのでしょうか？」

「忘れるも何も、それは広告のコピーライターが考えた宣伝文句でしょう？　わたしの言葉ではありません」

「そうでしょうか。塾長《じゅくちょう》先生は、モデルの募集《ぼしゅう》に日花里《ひかり》さんが応募《おうぼ》してきたときのこと、よく覚えていましたよ。お堅《かた》い生徒が多い龍式《りゅうしき》学院なのに日花里《ひかり》さんは積極的で、モデルとして活躍《かつやく》したいという夢があって、それが印象的で採用を決めたそうです。自らの手で可能性をつかみ取る――それを実現させたのは、日花里《ひかり》さん自身じゃないですか」

「そうですね。わたしはそのような経緯《けいい》で芸能活動を開始しました。龍式《りゅうしき》学院の卒業生として、母校の名を背負って世に出る自負もありました。……ですが、結局タレントとして成功することはなく、数年の活動のあとに引退しました。当時の選択《せんたく》を悔《く》いることはありませんが、はたして正しい道だったのか、今でも答えを出せていません」

「実は、塾長《じゅくちょう》先生から日花里《ひかり》さんに、伝言を預かってるんです」

「伝言？」

「『テストと違《ちが》い、人生の正解は誰《だれ》にもわかりません。お子さんが見つけようとする正解を大切にしてあげてください』と」

母親は目を閉じ、言葉を噛《か》みしめるようにしばらく黙《だま》っていた。

「……塾長《じゅくちょう》先生のお言葉は、ありがたく受け取らせていただきます。そのとおりだと思います。ではあなたは、ひなたが時乃崎《ときのさき》学園に入学することで、ひなたなりの正解を見つけられると自信を持って言えるのですか?」

「はい。ひなたさんの熱意があれば、必ず自分の可能性を見つけられるはずです。——実は、僕はひなたさんの家庭教師を引き受ける前、個人的な事情で気分が落ち込み、成績も低下していました。けれどひなたさんから家庭教師の依頼《いらい》を受けたことで、自分にできることを見つけて立ち直れたんです」

ちらりと芽吹《めぶき》さんのほうを見ると、彼女は嬉《うれ》しそうに小さくうなずいた。

「でも家庭教師の仕事をするには、学校の許可が必要でした。その仕事が自分の身に付くものであることを説明しなければなりませんでした。その代わり、認められれば生徒の活動として評価もされます。時乃崎《ときのさき》学園は単に放任するのではなく、しっかり目指すべき将来を探させてくれる学校だと、在校生としても感じています」

「時乃崎《ときのさき》学園の魅力《みりょく》はわかりました。それほど言うのなら、よい学校なのでしょう。ですが入学試験に合格しなければ、元も子もありませんよね」

「芽吹《めぶき》さんの成績は順調に伸《の》びています。今の段階でも受験合格は十分に狙《ねら》えます。これからしっかりと勉強を続ければ、確実に合格できます」

「あなたのような、まるで実績のない家庭教師の言葉を、どう信じろというのです?」

「それは……」

僕に家庭教師としての実績がほとんどないことは事実だ。どれほど芽吹《めぶき》さんの成績が向上しているると説明しても、実績だけで判断されたのでは、何も言えなくなってしまう。

「わたし、模擬《もぎ》試験を受ける！」

芽吹《めぶき》さんの唐突《とうとつ》な言葉に、僕と母親は同時に彼女を見た。

「今月、『一番合格ゼミナール』で模擬《もぎ》試験があるの。模擬《もぎ》試験で合格判定が出れば、お母さんだって時乃崎《ときのさき》学園への受験を納得《なっとく》してくれるよね？」

模擬《もぎ》試験は、様々な学習塾《じゅく》で開催《かいさい》される、受験をシミュレーションしたテストだ。模擬《もぎ》試験を受講することで自分の学力を判断し、進路決定の参考にできる。

『一番合格ゼミナール』では毎月、模擬《もぎ》試験が開催《かいさい》されていた。有料だが、予約すれば塾生《じゅくせい》以外でも受講が可能である。

「芽吹《めぶき》さん、もうすぐ期末試験もあるけど、大丈夫《だいじょうぶ》かな？」

「はい！　ちゃんと勉強してますから」

僕はもう一度母親のほうを向いた。

「ひなたさんが言うように、塾《じゅく》の模擬《もぎ》試験であれば、合格できる可能性が高いと証明されるはずです」

「証明されなければ、どうなるのですか？」

「どうなる、と言うのは……？」

「今、この時期の模擬《もぎ》試験で合格の判定が出なければ、ひなたの『可能性』は閉じられます。

それで傷つくのは、ひなた自身なのですよ。若葉野《わかばの》さん、あなたにその痛みの責任が取れるのですか？」

「先生がそんな責任を取る必要ないでしょ！」

芽吹《めぶき》さんが言い返すが、母親は冷ややかな表情を崩《くず》さない。

「いえ……お母さんの言うとおりです。僕はひなたさんの将来を信じ、そこへ導けると考えたからこそ、家庭教師を引き受けたんです。将来の可能性を閉じてしまうのであれば、それは僕の失敗です。きちんと責任を負うべきでしょう」

「口でならなんとでも言えます。本当に責任を負う覚悟《かくご》がありますか？」

「もし模擬《もぎ》試験で合格判定が出なければ……僕は、ひなたさんの家庭教師を辞《や》めます」

「先生、そんな……」

悲しげな顔をする芽吹《めぶき》さんに、僕はほほ笑《え》みかけた。

「心配しないで。僕は今までの授業に自信を持っているから、こんなことが言えるんだ」

そして母親に向かい、頭を下げた。

「僕たちで、ひなたさんの可能性を証明してみせます！　そのために一度、チャンスをください！　お願いします！」

「お願いします！　お母さん！」

頭を下げる僕と芽吹《めぶき》さんを、母親はしばらく見つめていた。

「……いいでしょう。模擬《もぎ》試験で合格判定が出れば、時乃崎《ときのさき》学園の受験を認めます。その代わり不合格なら、若葉野《わかばの》さん、あなたは二度とひなたの前に姿を現さないでください」

「ひなたさんに会うな、ということですか……？」

「当然でしょう？　家庭教師を辞《や》めたなら、ひなたと顔を合わせる必要もないのだから」

二度と芽吹《めぶき》さんに会ってはならない――。その言葉が僕の胸に突《つ》き刺《さ》さる。

しかし、このたった一度のチャンスを逃《のが》すわけにはいかなかった。

「……わかりました。約束します」

僕は芽吹《めぶき》さんの母親に向かって宣言した。

＃

母親との話し合いが終わると、僕と芽吹《めぶき》さんは家庭教師の授業のため部屋に向かった。

芽吹《めぶき》さんの希望する進路、時乃崎《ときのさき》学園の受験が認められるかは、今月実施《じっし》される模擬《もぎ》試験の結果次第《しだい》というのが結論だ。

合格判定が出れば芽吹《めぶき》さんの希望する進路が認められるし、そうでなければ……僕は家庭教師を辞《や》めることになり、そればかりか、今後、芽吹《めぶき》さんと会うことも許されない。

しかし悲観する必要はない。芽吹《めぶき》さんの成績なら合格判定は十分可能だ。合格判定さえ勝ち取れば、希望の進路が正式に認められるのだから。

「さあ、そうとなれば今日もがんばって勉強を——」

彼女のほうに振《ふ》り向《む》いたとたん、倒《たお》れ込むかのように僕の胸に頭を預けてきた。

「芽吹《めぶき》さん⁉」

「バカ……」

「えっ？」

「先生のバカバカ、バカッ‼　なんであんな約束したんですかっ‼　二度と先生に会えないなんて……。そんなの、そんなの嫌《いや》に決まってるじゃないですかっ‼」

今にも泣き出しそうな声で嗚咽《おえつ》を漏《も》らす。

僕は彼女を落ち着かせるように、そっと肩《かた》に手を置いた。

「芽吹《めぶき》さんなら必ず模擬《もぎ》試験を突破《とっぱ》できる。そう信じているから」

「できなかったら……もしできなかったら、どうするんですか？　先生、わたしと会えなくなっても……いいんですか……？」

「それは……」

思わず言葉を詰《つ》まらせた。

僕が芽吹《めぶき》さんと再会できたのは、家庭教師として頼《たよ》られたから。

僕と芽吹《めぶき》さんの関係は、家庭教師と教え子。共に過ごした時間は、勉強のための時間。

その関係が失われれば、僕たちが顔を合わせる必要性も失われる。もう会えないのだとしても、それはしかたのないことだ。そう言おうとして、言葉が途切《とぎ》れてしまう。

「家庭教師を辞《や》めれば、僕は芽吹《めぶき》さんと会う理由もない。しかたのな……」

そのまま言葉を続けられない。

どうしてだろう。

たとえ家庭教師の立場が消えても、毎週の授業が終わっても、僕は芽吹《めぶき》さんに会いたい。

そんな気がしてならない。

まるで、中学校を卒業する前に、彼女に会えなくなる日を恐《おそ》れていたように。

「わたしは……嫌《いや》です。たとえ先生が家庭教師でなくなっても、今までに教えてくれたことは無くなりません。勉強の成果は残ったままです。先生は、これからも先生なんです」

「そうだよ……。僕だって嫌《いや》だ。どんな未来であろうと、教え子の将来が気にならないはずがない。どの学校へ進学することになっても、芽吹《めぶき》さんの元気な姿を見ていたい……」

芽吹《めぶき》さんは僕の胸に顔を押しつけ、小さく左右にこすった。

涙《なみだ》を拭《ふ》いているのかもしれない。

顔を上げて僕を見つめる彼女の目は、少し赤く充血《じゅうけつ》していた。でもその表情には、晴れやかさが戻《もど》っている。

「悲しんでる暇《ひま》なんてないですよね！　模擬《もぎ》試験さえクリアすれば、これからも先生と一緒《いっしょ》にいられるんですよ！　がんばるしかないじゃないですか!!」

打って変わったような彼女のポジティブさに、あっけに取られてしまう。

同時に、その明るさが頼《たの》もしかった。彼女なら本当に、どんな困難も軽々と飛《と》び越《こ》えていけるんじゃないか。

「だから先生、これからの授業はもっと厳しくお願いします！　徹底的《てっていてき》に鍛《きた》えてください!!」

「……そうだね。弱気になる必要などない。それじゃあ芽吹《めぶき》ひなた！　これから弱点を完全に克服《こくふく》するぞ！　心してかかるように!!」

そうして、僕たちの授業が始まった。

厳しくと言っても、今までだって手を抜《ぬ》いていたわけじゃない。だから特別に何かが変わるのでもない。それでも授業への真剣《しんけん》さは、これまでで最も強かった。

授業が終わって芽吹《めぶき》さんの家を出たあと、帰りのバスの中で、僕は考えていた。

模擬《もぎ》試験までには二週間近く時間がある。その間に、授業や補習以外にも、何かできることはないだろうか？

現在の芽吹《めぶき》さんの成績自体は問題ない。

今、最も怖《こわ》いのはプレッシャーだ。芽吹《めぶき》さんが模擬《もぎ》試験にプレッシャーを感じ、実力を出せなくなってしまうことだ。

本来ならば模擬《もぎ》試験は、本番の入学試験の前に受けることで、試験に慣れる効果もある。しかし母親との約束によって、芽吹《めぶき》さんにとって失敗のできない試験となってしまったのだ。

プレッシャーを軽減させる勉強法はないだろうか？

僕は、自分が受けた前回の時乃崎《ときのさき》学園の入試問題を思い返した。

その記憶《きおく》を元に、独自のテスト問題集を作ろう。もちろん入試問題は毎年変わるけれど、傾《けい》向《こう》をつかむことはできる。

それを来週の授業で、芽吹《めぶき》さんに挑戦《ちょうせん》してもらうんだ。

僕の作った問題集なら、どんな結果だろうと怒《おこ》られない。リラックスして、ウォーミングアップ代わりに挑戦《ちょうせん》できるはず。いわば模擬《もぎ》試験の模擬《もぎ》試験だ。

僕は家に帰ると、さっそく問題集の作成に取りかかった。

同時に、僕自身の期末試験も迫《せま》っているから、その勉強もこなす必要がある。

受験を前に立ちはだかる最大の困難はなんだろう？

それは時間かもしれない。

悩《なや》んでいる間にも、不安がっている間にも、泣いている間にも、時間は刻一刻と容赦《ようしゃ》なく過ぎていく。人間の繊細《せんさい》な感情など押し流してしまうかのように。

僕らに時を止める術はない。

限られた時間の中で、できる限りのことをやるしかない。

11月・3　たった二人だけの模擬試験

芽吹《めぶき》さんの模擬《もぎ》試験まで三日後に迫《せま》った今日、学校から帰った僕は、家庭教師の授業に出かける準備をしていた。

今日の持ち物には、いつも使用する参考書やノートに加え、もう一つ重要な物がある。

およそ一週間かけて作成した、オリジナルの問題集。

塾《じゅく》などで開催《かいさい》される模擬《もぎ》試験は、本番の入試試験の前に気楽に受けられるものだ。

仮に結果が悪くても自分の課題を見直すきっかけになる。前もって試験会場の雰囲気《ふんいき》や手順に慣れることで、本番での緊張《きんちょう》をやわらげ、全力が出しやすくなる。

しかし今回、芽吹《めぶき》さんの置かれた状況《じょうきょう》は特殊《とくしゅ》だった。

彼女の母親と、厳しい条件の約束をしていた。

もし模擬《もぎ》試験で合格判定が出なければ、時乃崎《ときのさき》学園の受験を認めてもらえない。

僕は家庭教師を辞《や》めるばかりか、二度と芽吹《めぶき》さんに会ってはならない。

芽吹《めぶき》さんにとって、絶対に失敗できない模擬《もぎ》試験となってしまったのだ。

そこで僕は、少しでもプレッシャーを軽くするために、模擬《もぎ》試験の模擬試験をすることに決めた。本番さながらの問題集を作り、今日の授業でテストとして受けてもらうのだ。

僕はA4用紙に手書きした主要五教科のオリジナル問題集をファイルに挟《はさ》み、鞄《かばん》に入れた。

そろそろ出発の時刻だ。

出かけようとしたとき、スマホに芽吹《めぶき》さんから着信があった。

「こんにちは、芽吹《めぶき》さん。ちょうど家を出るところだよ」

「すみません、先生。実は……」

電話の向こうで、芽吹《めぶき》さんは元気のない声をしている。

「朝から体調を崩《くず》してしまったみたいで……まだ、熱が下がらないんです。今日は授業ができそうになくて……」

「体調が悪い……？　大丈夫《だいじょうぶ》かな？　医者には行った？」

「朝、学校を休んでお医者さんに診《み》てもらいました。大きな病気ではなかったんですけど、最近、疲《つか》れがたまっていたらしくて……。今日一日、ゆっくり寝《ね》ているよう言われたんです」

「そうだったのか。それなら授業も中止にしたほうがよさそうだな」

「せっかく先生が問題集を準備してくれたのに……こんなことになってしまって……」

「自分を責めなくていい。模擬《もぎ》試験まで、まだ少し時間がある。今日はしっかり休んで、休養に専念するんだよ」

「はい……」

お大事にね、と告げて電話を切った。

一人になると、僕は力が抜《ぬ》けた気分でへたり込んでしまった。

体調不良の原因は、間違《まちが》いなく勉強の負担だろう。先日のオンライン補習のとき、彼女はだいぶ夜遅《よるおそ》くまで勉強している様子だった。寝不足《ねぶそく》が心配なほどに。

模擬《もぎ》試験のすぐあとには、学校の期末試験もある。たとえ模擬《もぎ》試験を突破《とっぱ》しても、期末試験の結果が悪ければ内申《ないしん》点に響《ひび》いてしまう。

二つの重要な試験が同時期に重なって、負担が大きくなっていた。

家庭教師としての限界を感じるようだった。

いくら毎週の授業で家を訪問しても、オンラインで相手の顔を見られても、共に過ごす時間は、彼女の生活の一部でしかない。いつの間にか無理をして体に負担をかけていても、気づいてあげられない……。

それから、作成したオリジナル問題集をどうするべきか考えた。

問題集自体は体調が回復してから受けてもらえばいいのだけど、今日の授業が中止になったことで、用紙を渡《わた》せなくなった。模擬《もぎ》試験は今週中におこなわれるから、来週の授業を待っていたのでは間に合わない。

スマホやタブレットで写真に撮《と》って送信しようかとも考えたけど、画面上では紙の答案用紙より小さくなり、問題も読みにくく、解答も記入しづらくなってしまう。

写真をプリントアウトしてもらう方法もあるけど、ただでさえ勉強の時間が惜《お》しいのに、よけいな手間をかけさせたくない。

いろいろ検討した結果、芽吹《めぶき》さんの家へ直接届けることにした。

僕はバスに乗って芽吹《めぶき》さんの家の前まで来た。二階の角部屋にある彼女の部屋の窓は、カーテンが閉められている。

インターホンを鳴らすと母親の声がした。僕が名乗ると、不機嫌《ふきげん》そうな口調になった。

「なんのご用でしょうか？」

「授業は中止になったとお聞きしましたが」

「ひなたさんに、教材を渡《わた》したくて来たんです」

しばらく待つように言われ、やがて玄関《げんかん》に母親が姿を見せる。

彼女は門のところまで歩いてきて、じっと僕を見た。

「ひなたは寝《ね》ています。お見舞《みま》いは結構ですので」

「ひなたさんの体調が戻《もど》ったら、これを渡《わた》していただけないでしょうか？」

僕は問題集の用紙を挟《はさ》んだファイルを取り出し、母親に差し出した。

「模擬《もぎ》試験を受ける前に、試験問題に慣れるよう作ったんです。お願いします」

母親はファイルを受け取ると、中を開いて答案用紙をめくっていった。

「…………」

不機嫌《ふきげん》そうだった表情に、次第《しだい》に戸惑《とまど》いの色が浮《う》かんでくる。

「……こうして見ると、高校入試の問題も難しいものですね」

独り言のように言うと、ファイルを閉じて再び僕を見た。

「あとでひなたに渡《わた》しておきます」

僕が礼を言うと、母親はそのまま家の中に戻《もど》っていった。

彼女は模擬《もぎ》試験に失敗してほしいと望んでいるはずだ。問題集を渡《わた》してくれるだろうか？

わからない。けれど今は、ただ信じるのみだ。

#

芽吹《めぶき》さんが体調を崩《くず》したその日の夜、十一時過ぎに彼女から電話がかかってきた。

「芽吹《めぶき》さん、体調はどう？」

「一日寝《ね》ていたおかげで、すっかり良くなりました。熱も下がったし、食欲も出てきて、さっきご飯も食べられたんです」

「よかった……。声を聞いても、いつもどおりの芽吹《めぶき》さんだってわかるよ」

「ご心配をおかけしました。それと……問題集、ありがとうございます」

その言葉に、僕はもう一度胸をなで下ろした。

芽吹《めぶき》さんの母親は、約束どおり問題集を渡《わた》してくれたんだ。

「今日はもう遅《おそ》いから、寝《ね》たほうがいい。昼に寝《ね》たからって、夜更《よふ》かししないようにね」

「先生も無理しちゃダメですよ。問題集を作ったり授業の準備をしたり、高校の勉強だってあるのに、遅《おそ》くまで起きてませんか？」

「えっと、それはまあ、ほどほどに……」

思わず時計を見ながら、ごまかすように答えた。僕もこの一週間、深夜過ぎまで作業をする日が続いている。

「先生が倒《たお》れたら、授業ができなくなってしまうんですから。わたしも寝《ね》ますから、先生も夜はしっかり眠《ねむ》ってください」

「わかってる。あと一時間くらいで終わるから」

「日付が変わっちゃうじゃないですか。すぐに寝《ね》てください」

「わかったって。今日はもう切り上げて、寝《ね》ることにする」

電話を切ると、僕は机の後片付けをした。

正直なところ、まだ眠《ねむ》くもないのだけど……芽吹《めぶき》さんの言うとおり、無理は禁物。今日は早く寝《ね》よう。

就寝《しゅうしん》の準備を終えて消灯したところで、また芽吹《めぶき》さんから着信があった。

「先生、ちゃんと寝《ね》ましたか？　寝《ね》てるかどうか、確認《かくにん》の電話をしたんです」

……芽吹《めぶき》さんは僕を寝《ね》させたいのか寝《ね》させたくないのか、どっちなんだろう。

「心配しなくても、今から寝《ね》るところだ」

「本当ですか？　机に突《つ》っ伏《ぷ》して寝《ね》るなんて、寝《ね》たうちに入りませんからね」

「歯も磨《みが》いたし、パジャマにも着替《きが》えたよ。準備が終わって、ベッドに入ってる」

「じゃあ、今から勝負です。どっちが先に眠《ねむ》るか、勝負しましょう。先に寝《ね》たほうが勝ちですからね。勝ったほうが負けたほうに、好きな言葉を一つ言わせられるんです」

「好きな言葉を、ねえ……。いいよ。その勝負、乗ろうじゃないか」

「わたしが勝ったら、先生に『芽吹《めぶき》ひなたは世界一勉強のできる教え子だ』って、言ってもらいますからね」

「ふむ……」

　僕はわざと少し間をおいて言った。

「芽吹《めぶき》ひなたは世界一優秀《ゆうしゆう》で可愛《かわい》くて勉強のできる教え子だ」

「…………！」

「……って、言えばいいんだな」

「先に言っちゃダメですよ〜。今の無しです！　なんか単語が増えてますし……」

「特別サービスだ」

「先生、ずるい！　そんなこと言われたら眠《ねむ》れなくなっちゃいます……。わたし、先生に何を言わされるのかなあ……」

「僕が勝ったら、『合格するまで先生の授業を受けたいな』って言ってもらおうかな」

「ふふっ、わかりました」

僕のときと同様に、芽吹《めぶき》さんは少し間をおいて続けた。

「合格するまで毎日、先生の授業を受けたいな」

「毎日⁉」

「……って、言ってあげますからね」

「毎日授業するのか。大変だな……」

「ですから、先生は早く寝《ね》ないと、大変なことになっちゃいますから」

「でもさ、本当に、そんなふうにできたらいいな。ずっと家庭教師を続けられたらさ」

「……できますよ」

芽吹《めぶき》さんは静かで、確信に満ちた声で言う。

「今日一日、考えたんです。もし……もしも先生と会わせてもらえなくなったら、悪い子になっちゃいますから」

「悪い子？」

「わたし、先生と駆《か》け落《お》ちします！」

「かか、駆《か》け落《お》ち⁉」

「駆《か》け落《お》ちして、二人だけで、毎日先生に勉強を教えてもらうんです」

「勉強のために駆《か》け落《お》ちなんて、初めて聞いたな……」

「世界一優秀《ゆうしゅう》で可愛《かわい》い教え子のためですから。先生、頼《たよ》りにしてますからね」

「わ、わかった！　最終手段だ。他に勉強を教える方法がないときは、駆《か》け落《お》ちしよう！」

「そうですよ！　二人でじっくり勉強ができるところへ！」

もちろん駆《か》け落《お》ちなんて非現実的だ。それでも、いろんな未来を楽しく想像したほうがいい。悲観的なことを考えてもプレッシャーが増えるだけだ。

「だけど、芽吹《めぶき》さんは模擬《もぎ》試験に合格しちゃうからなあ。駆《か》け落《お》ちするまでもなく、家庭教師の授業を続けられるしなあ……」

「そんなの、試験を受けてみなきゃわからないですよ。先生、わたしと駆《か》け落《お》ちするしか、なくなっちゃうかもしれませんよ？」

「ていうか芽吹《めぶき》さん、むしろ駆《か》け落《お》ちしたがってない？」

「ど、どうでしょうね〜。ふふふ……」

笑ってごまかす芽吹《めぶき》さんだ。

「だからね、先生。これからもわたしに、ずっと、勉強を教えてくださいね……」

「当然だ。芽吹《めぶき》さんの好きなだけ教えてあげるよ」

「ふふ……楽しみ…………です…………」

電話の向こうで、だんだんと芽吹《めぶき》さんの声が小さくなり、やがて寝息《ねいき》の音が聞こえてきた。

「…………すぅ……」

「おやすみ」

そっと声をかけて通話を切る。

そこでハッと気がついた。これ、僕が勝負に負けたってこと？　芽吹《めぶき》さんに、彼女の思いのままのセリフを言わされてしまうのか⁉

……まあいいか。どうせ芽吹《めぶき》さん、明日には勝負のことなんて忘れてるさ。

#

翌日の午後には、芽吹《めぶき》さんの体調はすっかり回復していた。

その連絡《れんらく》を受けた僕は、昨日の授業が中止になった代わりに、特別にオンライン補習をおこなうことにした。ただし今日の補習はいつもと違《ちが》う。オンラインで僕が見ている前で、芽吹《めぶき》さんにオリジナル問題集を解いてもらうんだ。

それは、僕たち二人だけの模擬《もぎ》試験だった。

五教科の問題用紙があるから、試験時間は長い。夕方前に始まった試験は、それぞれの夕食時間を挟《はさ》んで夜まで続いた。

僕はその間、タブレット画面の向こうで答案用紙に記入する芽吹《めぶき》さんの様子を見守った。

彼女はペースを乱さず、じっくりと問題文を読み、解法を考えて、解答を記入していく。

「そこまで!」

最後のテストの解答時間が終了《しゅうりょう》し、芽吹《めぶき》さんは机に鉛筆《えんぴつ》を置いた。

「おつかれさま。調子はどうかな?」

「なんとか問題についていけたと思います。時間切れになったのもありますけど……」

「今から採点するから、答案用紙をタブレットのカメラで撮《と》ってくれるかな」

タブレットのカメラ機能を使って、芽吹《めぶき》さんから答案用紙の画像を送ってもらう。

「夕方からテストだったから、疲《つか》れただろ? 採点が終わるまで休憩《きゅうけい》していてよ」

「久しぶりのテストで緊張《きんちょう》しちゃいました。お風呂《ふろ》に入って汗《あせ》を流してきますね」

あとでまたオンライン接続する約束をして、いったんタブレットの画面が消える。

一人になると、タブレットを平置きにして画面いっぱいに答案用紙を映し出した。一つ一つ解答を見ながら、タブレット用のペンで採点を進めていく。

どの問題も、芽吹《めぶき》さんはしっかりと出題文を読み込み、理解した上で答えている。理想的な学習結果だ。残念ながら一〇〇点満点とはいかない。一部の意地悪な引っかけ問題で間違《まちが》えたり、単純なミスをしてしまったり、惜《お》しくも時間切れで解答が間に合わなかったり。

けれどそれらは、誰《だれ》でもうっかりやってしまう程度のミスだ。学習不足を感じさせるような解答は見当たらない。

三〇分ほどが過ぎて、僕は再び芽吹《めぶき》さんとオンラインで接続した。映し出された彼女の顔は、お風呂上《ふろあ》がりのせいか、つやつやの肌《はだ》をしている。

「芽吹《めぶき》さん、ゆっくり休憩《きゆうけい》できたかな？」

「朝にシャワーを浴びただけで、二日ぶりのお風呂《ふろ》でしたから気持ちよかったです。湯船につかって、そのままふあぁ〜って眠《ねむ》くなっちゃいそうでした」

「お風呂《ふろ》で寝《ね》なくてよかったよ。また風邪《かぜ》を引いてしまうところだった」

「危ないですよね。今度から防水したスマホを持って入って、寝《ね》そうになったら先生に起こしてもらおうかなあ……」

何やら芽吹《めぶき》さんは本気の表情になって考え始めている。

「と、とにかく採点の結果が出たよ」

「わたしの点数、どうでしたか……!?」

芽吹《めぶき》さんは一気に緊張《きんちよう》した表情になった。

「数学、八七点。英語、八五点……」

僕は一教科ずつ点数を読み上げていく。そのたびに、芽吹《めぶき》さんの顔の驚《おどろ》きが増していった。

どの教科も八〇点台をキープしている。公式のテストではないにしろ、僕が芽吹《めぶき》さんの家庭教師になって以来、最高の点数だ。

「……以上だ。どうかな、芽吹《めぶき》さん」

「あ、あの、それって……いい点数……ですよね……？」

「予想以上だよ。落とした問題もあるけど、どれも単純な失敗だ。落ち着いて取り組めば正解できるはず。まあ、今後はこの単純ミスや引っかけ問題への対処が課題ってところかな」

「あの、先生の作ってくれた問題って、わたしが得意な内容の出題なんですか？」

「そんなことしてないぞ。去年、僕が受けた入試問題を元に、市販《しはん》の入試問題集なども参考にして作成したんだ」

「それならわたし、今度の模擬《もぎ》試験でも……」

「同じくらいの点数が取れるはずだ。これなら時乃崎《ときのさき》学園の合格ラインに達している。期末試験で内申《ないしん》点を上げれば完璧《かんぺき》だ」

「よ、よかったあ～」

「採点していて一番感心したのは、芽吹《めぶき》さんが出題文をしっかり読み込んでいることだよ。これは大きな成長だと思う。出題文の理解は大切だ。よくその重要性に気づいたね」

「だって、この出題文って先生が書いたのか～って思ったら、なんか楽しくなっちゃって」

「そんな理由？　いやまあ、がんばって書いたつもりだけどさ……」

「テストの出題文って、あまり楽しくないじゃないですか。でも先生が書いたんだって考えると、どこか味わいがあるように感じられたんです」

彼女の言うとおり、テストの文章って無味乾燥《かんそう》かもしれない。

それを楽しんでくれたのなら、オリジナルの問題集を作ったかいがあるというものだ。

「今日のは模擬《もぎ》試験の模擬《もぎ》試験だからね。あとは同じことを実際の模擬《もぎ》試験でやるだけだ」

「はい！　がんばって来ます！」

「長時間のテスト、おつかれさま。ゆっくり眠《ねむ》って休むんだよ」

「本日もご指導ありがとうございました」

いつものように挨拶《あいさつ》をして、接続を切ろうとする。

しかし、僕はなかなか切断ボタンを押せなかった。

芽吹《めぶき》さんも同じなのか、彼女の顔もずっと表示され続けている。

もし……芽吹《めぶき》さんが模擬《もぎ》試験に失敗したら……これが最後の授業になるのかもしれない。

「あの、先生。昨日の勝負、わたしが先に眠《ねむ》ったから先生の負けですよね」

唐突《とうとつ》に芽吹《めぶき》さんが言い出した。

「覚えてたの？」

「ちゃんと覚えてますよ。さあ先生、わたしの希望どおりの言葉を言ってくださいね」

「しょうがないな。なんて言えばいいのかな？」

「『芽吹《めぶき》ひなたはとてもいい生徒だった』……って、そう……お願いします」

芽吹《めぶき》さんは、まるで別れの挨拶《あいさつ》でもするみたいに寂《さび》しそうな声で言う。

「……その要求には、応えられないな。嘘《うそ》はつけない」

「やっぱりわたし、いい生徒ではなかった――」

「芽吹《めぶき》ひなたは、とても素晴《すば》らしい生徒でいてくれる。これからも、ずっと」

芽吹《めぶき》さんは少し驚《おどろ》いたように僕を見返した。

「過去形なんて嘘《うそ》の言葉は、いくら罰《ばつ》ゲームでも言えないよ」

「……はい！　また、わたしの部屋で待っていますからね、先生！」

僕たちは笑顔《えがお》で挨拶《あいさつ》をかわし、オンラインの接続を切った。


――土曜日の夜、芽吹《めぶき》ひなたは自室のベッドに寝転《ねころ》び、考えごとをしていた。

今日『一番合格ゼミナール』で模擬《もぎ》試験を終えてきた。最初は少し緊張《きんちょう》したけど、問題を解いていくうちに、いつもの調子を取《と》り戻《もど》せたはずだ。

あとは結果を待つだけ、結果が出るのは週明けになる。

さっき瑛登《えいと》に連絡《れんらく》して、その日を次の家庭教師の授業日とすることに決めた。結果がどうであろうと、母も交えて今後のことを決める必要があるから。

「わたし、合格できるかな……」

ひなたは少し不安になる。解答に自信はあるけど、実際の結果は出るまでわからない。

これからも、瑛登《えいと》に家庭教師をしてもらえるだろうか？

「先生……来週も、その次も、その次もずっと、授業に来てくれるよね……」

自分一人しかいない部屋で、祈《いの》るようにつぶやく。

ずっと彼にそばにいてほしかった。彼はひなたを、ひなたの弱い部分を受け止めてくれる。

どうして？　立派だから？　才能のある家庭教師だから？

違《ちが》う気がする。今日の試験会場にいた塾《じゅく》の講師たちのほうが、勉強の教え方はずっとうまいはずだ。それに比べれば、瑛登《えいと》は家庭教師としてまったくの新米。人生でも、ほんのちょっと先を進んでいるに過ぎない。

でも、だからこそ彼は、ひなたの少し前を歩きながら、彼女へ手を差《さ》し伸《の》べてくれる。どこか遠くからではなく、ひなたの手の届く場所から引っ張ってくれる。

今、彼がいなくなったら、自分はまた不安の森で迷子になってしまいそう。

「先生……わたし、先生の手を離《はな》しませんから……」

ひなたは目を閉じ、今は離《はな》れた部屋にいる彼へ呼びかけた。

「だから先生も、わたしの手を離《はな》さないでね……」

11月・4　こたつの季節

早いもので、今年の年末も一日一日と近づいてくる。

冬の気配は急速に強まり、街路樹の葉は落ち、冷たい風が道を吹《ふ》き抜《ぬ》ける。

冬服の学生服だけでは寒く、その上にコートを羽織る季節だ。

僕はバスの座席に揺《ゆ》られながら、期待と不安の間を揺《ゆ》れ動《うご》いていた。

今日は芽吹《めぶき》さんの模擬《もぎ》試験結果が出る日だ。結果は彼女に通知されただろうか？

僕と芽吹《めぶき》さんの運命は、すでに決まっている。

最寄《もよ》りのバス停で下車し、再び冷たい外気の中を歩いた。

人通りの少ない住宅地の中を進み、芽吹《めぶき》さんの家の前にたどり着く。

初めてこの家を訪《おとず》れたのは、暑い真夏の日だった。今、同じ建物が冬の寒空の下で、一家を守るように静かにたたずんでいる。

門柱にあるインターホンを鳴らすと、スピーカーから芽吹《めぶき》さんの母親の声が聞こえた。いつものように素っ気ない口調で、結果がどうなのか予想ができない。

しばらくして玄関《げんかん》の扉《とびら》が開いた。姿を見せたのは、いつもの授業と同じようにセーラー服を着た芽吹《めぶき》さんだ。

彼女はそこに立ったまま、僕を見つめている。今すぐにも何かを伝えたそうな顔。それなのに声が出ず、もどかしそうな顔。

彼女はいてもたってもいられない様子で、こちらに向かって一気に走り出した。

「先生！」

飛びつくほどの勢いで駆《か》け寄《よ》り、僕の胸に両手をついて立ち止まる。彼女の勢いに、僕は足を踏《ふ》ん張《ば》って体を支えたほどだ。

「先生！　先生っ‼」

「芽吹《めぶき》さん、落ち着いて。——結果、どうだった？」

「わたし、わたし……」

落ち着くこともできない様子で同じ言葉を繰《く》り返《かえ》し、ままならない手つきでポケットのスマホを取り出す。震《ふる》える指先で不器用に操作して、ようやく画面を僕に向けた。

表示されているのは、『一番合格ゼミナール』の会員専用サイト。

今回の模擬《もぎ》試験の受験者に向けて、試験結果が通知されているページだ。

芽吹《めぶき》さんの結果は——。

「先生！　わたし、わたし……A判定、取れました‼」

A判定。志望校に高確率で合格できるという予測。

それが模擬《もぎ》試験の結果だ。

「芽吹《めぶき》さん！　よくやった……よくやったね……！」

今までの緊張《きんちょう》が解けそうになって、僕の声まで震《ふる》えてしまう。

「はい……。わたし……嬉《うれ》しい……」

ねぎらうように彼女の肩《かた》をポンとたたき、二人で家の中へ向かう。

玄関《げんかん》に芽吹《めぶき》さんの母親が立っていた。無表情で見つめる彼女に、僕は念を押すように聞く。

「お母さん、ひなたさんの志望校のことですが――」

「承知してますよ。ひなたの時乃崎《ときのさき》学園の受験を認めましょう。わたしも保護者として協力します。次の三者面談で、担任の先生にそうお伝えしますから」

「ありがとうございます！」

思わず頭を下げて礼を言うと、母親は「なぜあなたが礼を？」とでも言いたそうな顔で、家の奥へ戻《もど》ろうとする。

まあ、僕はただの家庭教師。芽吹《めぶき》さんの受験をサポートする立場でしかないけれど。

そのとき母親は一瞬《いっしゅん》だけ立ち止まり、娘《むすめ》のほうを見てつぶやいた。

「がんばっているのね、ひなた」

その表情が少しほほ笑《え》んでいるように見えたのは、僕の気のせいじゃないはずだ。

母親が廊下《ろうか》の先へ姿を消すと、僕はあらためて芽吹《めぶき》さんに向かい合った。

「よかったな、芽吹《めぶき》さん。お母さんも認めてくれて」

「実はお母さん、先生が作ってくれた問題集をわたしに届けたとき、こんなふうに言ってたんですよ。『こんな難しい勉強ばかりしてるから知恵熱《ちえ》が出たんじゃないの？』って。そんなわけないですよねぇ」

「まあ、僕の両親も『中学や高校の勉強なんて完全に忘れた』って言ってるしなあ……」

「苦労して勉強したのに、なんで忘れちゃうんでしょう？」

「『大人になったら勉強の知識なんて使わない』んだってさ」

「わたしも大人になったら、今している勉強を忘れちゃうんでしょうか……」

「忘れるとは限らないよ。たとえ忘れても、一度勉強したことなら思い出せるだろうし」

「それじゃあ、もしわたしが大人になったときに勉強のことを忘れていたら、もう一度、先生に教えてもらいますから」

「ええ、僕が!?」

「ですから先生は、わたしと勉強したこと、全部覚えていてくださいね」

「あの、芽吹《めぶき》さん。どうして僕だけが覚えていないとダメなのでしょうか？」

「だって先生は、わたしの家庭教師ですから！」

論理的にめちゃくちゃな気がするけど、芽吹《めぶき》さんに言われるとなぜか反論できない。

僕はちょっと意地悪な気持ちになって聞き返した。

「でもさ、ずっと先まで『一番合格ゼミナール』が運営してるか、わからないじゃないか。ゼミナールが無くなったら、僕も家庭教師を続けられないよ」

「そうなったら、わたしが先生を専属の家庭教師として雇《やと》います！」

「僕の専属料はきっと高いぞ～」

「む～。だったら、三食昼寝《ひるね》つき、夜寝《よるね》もサービス！　でどうですか⁉」

「三食昼寝《ひるね》プラス夜寝《よるね》付きで芽吹《めぶき》さんの家庭教師が……。悪くない待遇《たいぐう》だ。——って、それ、飼われてるって言わない？」

「ふふふっ、先生を飼っちゃうのも悪くないかも」

芽吹《めぶき》さんときたら、本気で僕をペット家庭教師扱《あつか》いする気じゃないだろうな。思わず『おひるねる～ず』の動物たちと一緒《いっしょ》に、彼女の部屋でお昼寝《ひるね》する自分を想像してしまう。

まあ、そんなことはともかく。

「僕が家庭教師である以上、芽吹《めぶき》さんの受験まで厳しく行くからな！」

「もちろんです！　本日の授業もよろしくお願いします、先生！」

僕と芽吹《めぶき》さんは家庭教師の授業のため、彼女の部屋へ向かうのだった。

＃

「それにしても、すっかり寒くなってきたよね……」

芽吹《めぶき》さんの家の階段を上りながら、僕はすっかり冷えた手をこすり合わせた。

「もうすぐ十二月ですからね。寒い中を家庭教師に来てくれて、先生には感謝してます。わたしの部屋で、じっくり体を温めてくださいね」

二階にある彼女の部屋に着いて扉《とびら》を開けると、少しばかり雰囲気《ふんいき》が変わっていた。

部屋の真ん中に、いつもの座卓《ざたく》の代わりに別のものが置かれている。床《ゆか》から暖かそうな布団《ふとん》がこんもりと盛り上がり、その上に平らな台が載《の》っている。

「すごい！　こたつが出てる！」

「暖かくして勉強できたらいいなと思って、さっき、隣《となり》の物置部屋から出したんです。先生、こたつに入って、あったまっちゃってください！」

部屋は暖房《だんぼう》がついているものの、あまり高すぎない温度に設定されているようだ。室内外の気温差が激しすぎると体調を崩《くず》す原因にもなるから、このほうがいいかもしれない。

さっそくこたつで冷えた手足を温めようと、床《ゆか》に腰《こし》を下ろす。中に入るため布団《ふとん》に手をかけたところで、芽吹《めぶき》さんが「待ってください」と制した。

「ソックスを脱《ぬ》いだほうがいいですよ。はだしのほうが、足もポカポカになりますから」

芽吹《めぶき》さんはこたつの反対側に座り、ソックスを脱《ぬ》いで畳《たた》んでいる。

確かにはだしのほうが、直接ヒーターの熱を受けるから足先まで温まりそうな気がする。彼女の言葉にしたがって両足のソックスを脱《ぬ》ぎ、二つ重ねて横に置いた。

はだしになると足が冷やっとするけど、すぐに温まるはずだ。僕は布団《ふとん》を上げ、こたつの中に両手足を突《つ》っ込んだ。

「やっぱりこたつは暖かいなあ……って」

ちっとも暖かい気がしない。布団《ふとん》の内側に潜《もぐ》り込ませた手足は、相変わらず肌寒《はださむ》い空気にさらされている。布団《ふとん》をめくって中を見ると、ヒーターが消えたままだ。

「電気、ついてないですね。スイッチはこれで……。あれ……おかしいなあ……」

芽吹《めぶき》さんはこたつの中をのぞき込んで確認《かくにん》するが、ヒーターがつく様子はなかった。

「こたつ、壊《こわ》れちゃったのかな……。暖房《だんぼう》の温度を上げましょうか」

「このままでいいよ。寒いってほどじゃないし、温度を上げると電気代もかかるだろうし」

「すみません。あったまってもらえると思ったのにな……」

芽吹《めぶき》さんは残念そうな顔でシュンとしている。

結局、彼女も冷えたままのこたつに入り、本日の授業開始となった。

「今回は期末試験に備えた授業だ。だけど模擬《もぎ》試験の結果からして、十分に勉強できているから、仕上げの復習としよう」

僕はこたつの上に参考書を出し、授業のページを開こうとした。

ところがページをうまくめくれない。指先がしびれて、感覚が麻痺《まひ》している。

「先生、大丈夫《だいじょうぶ》ですか？」

「外が寒かったから、指がかじかんでるみたいだ」

僕は両手の指先をこすり合わせて温めようとするけれど、麻痺《まひ》して力が入らない。

「わたしに任せてください」

芽吹《めぶき》さんが手を伸《の》ばし、僕の両手を握《にぎ》りしめた。彼女のほっそりした指先が僕の指や手の甲《てこう》をさすり、じんわりと熱を加えていく。

さらに顔を寄せると、「はあ～」と大きく口を開けて、僕の両手に息を吹《ふ》きかけた。

その暖かい空気を染《し》み込ませるように、僕の両手の指を一本ずつ丁寧《ていねい》に揉《も》んでくれる。

「どうですか、先生？」

「う、うん。すごく温かい」

「でも、まだ冷えてるみたい……」

芽吹《めぶき》さんは左右の手で僕の手をそれぞれ握《にぎ》ると、そっと自分のほうに引き寄せる。

彼女に引かれるまま、僕の左右の手が芽吹《めぶき》さんのほっぺに押し当てられた。陶器《とうき》のようになめらかで、マシュマロのように柔《やわ》らかなぬくもりに、手のひらが吸い付けられる。

僕の両手に顔を挟《はさ》まれながら、彼女は目を閉じて静かに温め続けてくれた。

「……先生、手、あったかくなりました？」

「熱いくらいだけど、芽吹《めぶき》さんのほっぺに触《ふ》れていたら、もっと温まりそうだなあ」

「もう、欲張っちゃダメですよ。これでおしまいです！」

芽吹《めぶき》さんはほっぺから僕の両手を引《ひ》き離《はな》した。心地《ここち》いい肌触《はだざわ》りが失われて残念だけど、手のひらにはまだ熱がくすぶっている。

かじかんでいた指先には体温の熱さが宿り、血のめぐりすら感じられるようだ。

「じゃあ、授業を始めよう。参考書の一五六ページを開いて……」

今度はスムーズにページをめくれた。

これで勉強ができそうだ。姿勢も正して座り直そう。僕は崩《くず》れた足を組《く》み替《か》えようと、こたつに入っている両足を伸《の》ばした。

「んっ！」

足先に柔《やわ》らかい感触《かんしょく》があり、同時に芽吹《めぶき》さんが背筋をびくっと伸《の》ばして息を詰《つ》まらせたような声をあげる。

「ごめん！　足、当たったかな」

「だ、大丈夫《だいじょうぶ》です。今、足をよけますから」

こたつの中で、彼女はお互《たが》いの足がぶつからないようにポーズを変えようとした。

すると今度は芽吹《めぶき》さんの足の裏が、僕の足をぐいっと押してしまう。

「芽吹《めぶき》さん、そっちに動くより中のほうに」

「先生こそ、もっと反対側に寄せてくださ……ひゃっ⁉」

「だから芽吹《めぶき》さん、足、挟《はさ》まってるって。今動かすから、じっとしていて」

「せ、せせ、先生、く、くすぐったいですってば……ひゃあんっ‼」

狭《せま》いこたつの中で足の位置を変えようと二人で四苦八苦した結果——僕の足と芽吹《めぶき》さんの足が、こたつの中でよじれたロープみたいに絡《から》まり合ってしまった。

僕の右足の先が芽吹《めぶき》さんの太ももに挟《はさ》まれ、左足の先は彼女の膝《ひざ》の裏に挟《はさ》まれている。

やっかいな状況《じょうきょう》だ。どちらも神経の繊細《せんさい》な場所で、足を引《ひ》き離《はな》そうと少しでも動かすたび、彼女はくすぐったそうな悲鳴をあげ、背がビクンビクンと跳《は》ねている。

「ひゃ、あ、あんっ、そ、そこはっ‼」

「芽吹《めぶき》さん、そんなに声を出さないで……。どうしよう……。動けない……」

「あ……んっ……、せ、先生、足の指でコチョコチョしちゃ、ダメですってば……あんっ‼」

「コチョコチョしたいんじゃなくて、足を引《ひ》き抜《ぬ》かないと……こ、こっちのほうか⁉」

「ひゃううっ⁉」

たまらなそうな声とともに、芽吹《めぶき》さんの太ももがキュッと閉じて僕のはだしを締《し》め付《つ》ける。

困った。これでは二人とも身動きが取れないばかりか、お互《たが》いの足が絡《から》まったまま、こたつから出ることすら不可能になってしまう！

「芽吹《めぶき》さん、少しだけ我慢《がまん》してくれ‼」

やむを得ない。僕は彼女の太ももに挟《はさ》まれた足を、ためらわずに一気に引《ひ》き抜《ぬ》いた。

「ひゃあああんんっっ‼」

つやの混じった甲高《かんだか》い悲鳴とともに、芽吹《めぶき》さんは背筋をピンと張《は》り詰《つ》めて全身を震《ふる》わせる。

僕の足は勢いあまって、膝《ひざ》をガゴンとヒーターに打ち付けた。

すると日光で照らされたように、こたつの中に暖かい空気が降りそそぐ。布団《ふとん》を開けて中を見ると、ヒーターがついて煌々《こうこう》と暖色の光を放っていた。

「こ、故障じゃなかったんですね……。よ、よかった……です……」

芽吹《めぶき》さんは、こたつどころかサウナに入ったように真っ赤な顔をして、額に汗《あせ》をかきながら、はあはあと荒《あら》い息を繰《く》り返《かえ》していた。

#

本日の授業も無事に終わり、僕は帰宅の準備をした。

「芽吹《めぶき》さん、今日はこれで失礼するよ」

「先生、おつかれさまでした。玄関《げんかん》まで見送りに行きますね」

こたつのヒーターが無事についたおかげで、すっかり体が温まった。

二人で部屋を出て階段を下り、一階に着くと、夕刻なのに照明も消えていて薄暗《うすぐら》い。

「……誰《だれ》もいないのかな。帰りに、お母さんに一言、挨拶《あいさつ》できたらと思ったんだけど」

「お母さんに、ですか？」

「家庭教師を続けることになって、お母さんとも、また顔を合わせるからね」

「ちょっと待っててくださいね。家にいるか、探してみます」

芽吹《めぶき》さんは廊下《ろうか》を駆《か》けてキッチンやリビングを見て回り、戻《もど》ってきた。

「近所のストアに買い物に行ってるみたいです。すぐに戻《もど》ると思いますけど……」

「それなら、バスの時間まで余裕《よゆう》があるし、少し待たせてもらおうかな」

僕は芽吹《めぶき》さんと玄関《げんかん》のところに立って、母親の帰りを待った。

けれどなかなか戻《もど》らず、バスの時間が迫《せま》ってしまう。

「……さすがにそろそろ出ないとまずいなあ。乗《の》り遅《おく》れそうだ」

「先生、気をつかわず、帰って大丈夫《だいじょうぶ》です。お母さんにはわたしから伝えておきますから」

「お願いするよ。期末試験もがんばって。テストが続いて大変だけど、あと一息だ」

「はい！　帰りは寒いから、気をつけてくださいね」

玄関《げんかん》口で帰りの挨拶《あいさつ》をすると、僕は足早に歩き出した。

屋外に出ると、たちまち冷たい空気が肌《はだ》を冷やす。僕は門を出て、夕暮れの闇《やみ》に沈《しず》みかかる住宅地の道路を駆《か》け足《あし》で進んだ。

最初の曲がり角を曲がったところで、一人の女性と出くわした。

彼女は上品なロングコートを着て、手に食材の入った布製の買い物袋《ぶくろ》を抱《かか》えている。芽吹《めぶき》さんの母親だ。向こうも僕に気づいて足を止めた。

「こっ、こんばんは！　授業でおじゃましました！」

緊張《きんちょう》しながら頭を下げるものの、母親は素っ気ない態度で見返しただけだ。

何も言わず無視するように歩き出し、僕の横を通り過ぎようとする。

ふとその足が止まり、彼女はつぶやくように言った。

「……ひなたの勉強、お願いしますね」

「え……？　は、はい。あ、ありがとうございます！　その、なんて言ったらいいか……」

あまりに思いがけない言葉だったせいかもしれない。僕は胸《むね》の奥につかえていた何かが取れて、嬉《うれ》しさが一気にこみ上げた。

「どうしたのです、そんな顔をして」

「いえ……ひなたさんに二度と会わないように言われて、そんなに嫌《きら》われてたのかと思っていましたから……」

「ああ。あれは、そのように言うしかないでしょう？　だってあなた、家庭教師を辞《や》めたら、ひなたに手を出さないと言い切れますか？」

言われて、ようやく合点《がてん》がいった。

僕は家庭教師の規約として、教え子である芽吹《めぶき》さんと恋愛《れんあい》関係になることは禁止されている。

しかし家庭教師を辞《や》めるということは、その規約も無くなるわけで……。自由の身になった僕が芽吹《めぶき》さんと恋人《こいびと》になろうと言い寄る可能性は、保護者としては警戒《けいかい》するだろう。

「わたしは短期間とはいえ、芸能界で様々な人間を見てきたのです。あのような一見華《はな》やかな世界にいると、人を騙《だま》そうとする者も寄ってくるのですよ。ですからね――」

母親は僕をにらむように身を乗り出した。

「ひなたを騙《だま》そうとしたら、容赦《ようしゃ》しませんのでね」

「はは、はいっ！　決して、ひなたさんを騙《だま》すようなことなどしません!!」

「……いいでしょう。では、ごきげんよう」

芽吹《めぶき》さんの母親は再び歩き出し、自宅へ帰っていく。

やっぱり怖《こわ》い人だなあ……。

でも、芽吹《めぶき》さんが母親と進学先のことで対立していなければ、僕が家庭教師として雇《やと》われることもなかった。

そう考えると、何が正しい道かなんて、誰《だれ》にもわからないのかもしれない。

……などと見送っていて、ハッと気がついた。バスに遅《おく》れてしまう！

あわてて走り出すものの、遠くのほうで僕の乗るバスが走り去っていくのが見える。間に合わなかった。次のバスが来るのは十五分後。それまで寒空の下で待つしかない。

ため息をついていると、スマホに芽吹《めぶき》さんからのメッセージが届いた。

『先生、バスに乗れましたか？』

心配して送ってくれたらしい。僕はすぐにメッセージを返した。

『残念。乗れなかったよ。次のバスを待つね』

『わたしの家に戻《もど》って、暖かくして待ってください』

『大丈夫《だいじょうぶ》。夕食の準備のじゃまになるし』

しばらく間があって、再び芽吹《めぶき》さんのメッセージが届いた。

『そのまま、そこにいてくださいね！』

どういうことだ？　不思議に思いながら立ち続けていると、駆《か》ける足音が近づいた。

外出用のコートを着た芽吹《めぶき》さんが、夕闇《ゆうやみ》の中をまっすぐこちらに向かってくる。

「先生！」

彼女は僕の前に立ち、走って乱れた息を整える。それからじっと僕を見つめ——。

ガバッと両腕《りょううで》で思いっきり抱《だ》きついた。

「め、芽吹《めぶき》さん⁉　急にどうしたの⁉」

「温めてるんです」

「えっ？」

「バスを待つ間、先生が冷えて風邪《かぜ》を引かないように、温めているんです」

芽吹《めぶき》さんは僕の背中に両腕《りょううで》をまわし、上半身を僕の体に密着させている。隙間《すきま》もないほどに体を重ねると、厚いコートの布地を通して、彼女の息づかいや鼓動《こどう》まで感じられそうだ。

彼女は僕の襟元《えりもと》に顔を近づけて、服の隙間《すきま》に向かって口を開けた。

「はぁ〜〜っ」

芽吹《めぶき》さんの吐息《といき》が服の内側に入り込み、熱い空気が僕の胸元《むなもと》を覆《おお》っていく。

「……先生、温まりましたか？」

「うん……、芽吹《めぶき》さん、温かい……。芽吹《めぶき》さんも寒くならないようにね」

僕は両腕《りょううで》を彼女の背にまわし、そっと包むように抱《だ》きしめる。

「んっ……。先生も……温かいです……」

二人でお互《たが》いの背中を抱《だ》きしめながら温め合っていると、空気の冷たさも空の寒さも忘れてしまいそうだ。

遠くから、大型車の近づくエンジン音が響《ひび》いてきた。次のバスが来たようだ。

「バス、来ちゃいましたね……」

「もっと温かくなれそうなんだけどなあ……。芽吹《めぶき》さん、またバスに乗《の》り遅《おく》れてもいい？」

「もうっ、先生ってば欲張りすぎです！」

芽吹《めぶき》さんはちょっと怒《おこ》った様子で口をとがらせて、横顔を僕の胸に押しつけた。

「……あと一回だけ、ですからね」

冬の冷たい夕暮れの中でも、芽吹《めぶき》さんと一緒《いっしょ》の時間は、とても暖かだった。

4月〜7月・Side　ひなたの進路希望

春休みも最終日の夜、芽吹《めぶき》ひなたは自室で通学の準備を整えていた。

今は四月。明日からは中学三年生だ。

「中学校も最後の一年かあ……」

ふと宙を見上げながらつぶやく。

入学したときは三年生なんて手の届かない大人に見えたのに、気がつけば自分自身がその学年になっている。

あのとき感じたような大人に、なれたのかな……。

わからない。三年生の実感なんてちっとも湧《わ》かない。

けれど事実は事実。明日からは最上級生らしく、恥《は》ずかしくない振《ふ》る舞《ま》いをしないと。

後輩《こうはい》に親切に、新入生に学校のことを教えてあげて。

そして何よりも、卒業後の進路をしっかり決めること。

ひなたは机に立てかけていたファイルを手に取り、中を開いた。

時間割や学校行事などの書類に混じって、一冊のパンフレットが挟《はさ》まれている。

『私立時乃崎《ときのさき》学園高等学校』

この近辺にある高校の、入学案内のパンフレットだ。

青空の下にたたずむ真新しいモダンな校舎の写真を見つめながら、最初のページを開いた。

そこには学校の創設者による言葉で、学校の理念が書かれている。

『それぞれの生徒が持つ力と個性を尊重しつつ、自己を見つめ、将来へ羽ばたくための手助けとなる教育をする』

そのような内容の文章を、ひなたは一語ずつ噛《か》みしめるように読み返した。

中学一年生だったころ、たまたま見た学校の公式サイトでこの文章を目にしたとき、ひなたは直感した。

（わたしに必要なのは、これなんだ）

ひなたは自分がどんな人間なのか、はっきりとわからない。どんな力が、どんな能力があるのか。何ができて、将来、どんな大人になるのか。

考えてもよくわからず、自分は何もできない子どもに感じられる。

でも、このままじゃいけない。

そんな彼女に大切なことを教えてくれる場所が、この学校なのだと確信した。

それ以来、高校はこの時乃崎《ときのさき》学園に通いたいと考えたのだけど……。

調べれば調べるほど、世の中はそう甘くないことを痛感させられた。

教育設備やカリキュラムの充実《じゅうじつ》した新設校でありながら、授業料は比較的《ひかくてき》リーズナブルだ。

となれば人気が出ないはずがない。

この学校の入学試験の難易度はそれなりに高い。さすがに有名な難関校ほどではないものの、しっかりと受験勉強をする必要がありそうだ。

そうして中学二年生に上がったころ、ひなたは母に頼《たの》んで塾《じゅく》に通わせてもらうことになった。

選んだのは、この地域が発祥《はっしょう》の地だという大手学習塾《じゅく》『一番合格ゼミナール』。

当時は世界的なパンデミックの爪痕《つめあと》が大きな時期で、塾《じゅく》に直接通うことはかなわなかった。

そのためオンラインでの講座がメインで、勉強内容について質問できる機会も限られ、ひなたは授業についていくのが精一杯《せいいっぱい》だった。

状況《じょうきょう》が変わったのは、夏になり、やっと塾舎《じゅくしゃ》に通えるようになったころだ。

そのころ、ひなたは出会ったのだ。

『先生』に——。

効率のいいノートの取り方や学習の理解の方法について教えてくれる先輩《せんぱい》。

試験前の悩《なや》みや大変さを聞いてアドバイスをしてくれる相談相手。

そして何よりも……。

一緒《いっしょ》に日々の勉強ができる、仲間。

そんな相手に出会えて、ひなたの学習は一変した。成績は上昇《じょうしょう》し、勉強に向かうことが楽しくなるほどだった。

一学年上なだけの相手を『先生』と呼んだのは、決して大げさじゃない。

偶然《ぐうぜん》にも『先生』もまた、ひなたと同じ時乃崎《ときのさき》学園への進学を目指していた。

まさにひなたが目指す一歩先を歩き、先導してくれる人だった。

……あの日までは。

あのとき彼が時乃崎《ときのさき》学園に合格したという報告をしてくれて、ひなたも自分のことのように喜んだ直後。

彼はひなたに告白した。愛の告白を。

その瞬間《しゅんかん》、ひなたはどう答えていいかわからなかった。

彼のことを嫌《きら》ったことなどない。同時に、恋愛《れんあい》の相手だと考えたこともなかった。

彼は先生であり勉強の仲間だった。その関係が心地《ここち》よかった。

そんな大事なものが一瞬《いっしゅん》にして消え去り、まったく別の関係に変わってしまう気がした。

どこか未知の場所に連れて行かれてしまうようだった。

何よりも彼が、今年はひなたが受験生であり、恋愛《れんあい》どころではないという事実を忘れていることが、寂《さび》しく感じられてならなかった。

だからつい、辛辣《しんらつ》な態度で振《ふ》ってしまったのだ……。

今でも彼のことを嫌《きら》っているわけじゃない。勉強を教えてくれたことは感謝している。

だけどもう、以前のような二人には戻《もど》れない。

彼は高校生になって塾《じゅく》も辞《や》め、ひなたの前から姿を消した。

中学三年生になったひなたは、いよいよ本格的に受験勉強に挑《いど》まなければならない。

これは試練だと思った。

受験勉強をして希望する高校へ進学することが、自分の力を示す最初の試験なんだ。

そう考えると、ひなたの気持ちは熱く燃え上がった。

#

ひなたの父は風景写真家として海外を飛び回り、今日も家を留守にしている。姉のあかりはすでに結婚《けっこん》して家を出ている。

そのため毎日の食卓《しょくたく》は、ひなたと母の二人だけだ。

五月のある日の夜、夕食のとき、テーブルの向かいに座っている母が言った。

「ひなた、龍式《りゅうしき》学院のパンフレットが届いたから、あとで見ておきなさいね」

あまりにも当然のような口調で言われ、ひなたは少し驚《おどろ》いた。

「届いたって、急にどうして？」

「ひなたも三年生なのだから、そろそろ進学先を考えないと」

「わたしが進みたい高校、別にあるの」

「……なんという高校？」

「時乃崎《ときのさき》学園っていうの。わたしもパンフレットをもらったから、お母さんも見て！」

母は「聞いたことないわね」と言いたそうに首をかしげた。

夕食が終わると、ひなたは自室から時乃崎《ときのさき》学園のパンフレットを持ち出して母に見せた。

母は関心もなさそうにページをめくり、ひなたが希望する理由を話しても聞き流している。

読み終えても、母は学校に関して何も言わなかった。代わりに、龍式《りゅうしき》学院のパンフレットをひなたの前に差し出した。

「話したことがあるかしらね。ここはわたしの母校なのよ。自分の目で見て、育ってきたのだから、自信を持って推薦《すいせん》に協力できるわ」

ひなたは龍式《りゅうしき》学院のパンフレットを読んだ。

確かにそこは由緒《ゆいしょ》正しい学校で、規律も正しく、きちんとした教育のされている学校のようだ。母の話では家柄《いえがら》のよい生徒が多く在籍《ざいせき》しているらしく、校内の環境《かんきょう》も申し分なさそうだ。

しかしひなたは、自分の進学先として、何かしっくりこないものを感じた。

（守られてる……）

と、ひなたは直感的に思った。

古くから続く間違《まちが》いのない教育、礼儀《れいぎ》と規律を身に付けて人脈を築き、将来は立派な大学に入り、一流の社会人として世の中へ出て行く。

まるで、そんなレールが敷《し》かれているようだ。

自己を持っている人なら、そんな学校での教育を自分のものにできるだろう。

しかしひなたの場合、母の言われるまま進学先を決め、推薦《すいせん》まで母に頼《たよ》ることになる。

そんな形で進学したら、自分がどんな人間なのかもわからず、深く考える機会もないまま、大人になってしまう気がしてならない。

「わたし、やっぱり時乃崎《ときのさき》学園に進みたい」

「学力の高そうな学校だけど、ひなた、入れるの？」

「入れるように勉強してる！　今度の中間試験の結果、見て。わたし本気だから！」

母は一言「そう」とだけ返事をした。


五月下旬《げじゅん》に中間試験がおこなわれ、結果が出た。

各教科の点数は七〇点前後。大台を割り込んで六〇点台に落ちた教科もある。

二年生の学年末試験からかなりの下落。

母を説得するには頼《たよ》りない点数だ。

「ひなた。進学先は憧《あこが》れで決めてはいけないのよ。そのような進学には一切《いっさい》協力できません」

中間試験の結果を見た母は、そんなふうに言った。

単なる憧《あこが》れで進学先を希望しているように言われたことが悔《くや》しかった。

「わたし、絶対に諦《あきら》めない」

つい口から出た言葉はそれだった。

「自分の力で勉強して、自分の力で受験して、自分の希望する高校に進んでみせる！」

「自分の力って、塾代《じゅくだい》だって誰《だれ》が払《はら》っていると思ってるの」

「もう塾代《じゅくだい》なんて払《はら》ってくれなくていい。全部自分でやるから」

「……なら好きにしなさい」

母はさじを投げたように言う。

しかしさすがに冷たすぎると思い直したのか、付け加えた。

「推薦《すいせん》の締《し》め切《き》りまで時間があるのだから、ゆっくり考えなさいね」

口調こそ優《やさ》しくなったけど、少しもひなたの希望を認めてくれないことが悲しかった。

＃

六月に入ったとき、ひなたは通っていた『一番合格ゼミナール』を辞《や》めていた。

売り言葉に買い言葉で辞《や》めたようなものだけど、母にあそこまで言われて平然と塾《じゅく》に通う気持ちにもなれない。

塾通《じゅくがよ》いがなくなったため、学校から帰っては一人で勉強机に向かう毎日だ。

クラスメイトで受験勉強を始めている人もいるけれど、ひなたが通っているのは進学校ではない普通《ふつう》の中学校。だから受験生といってもどこかのんびりしていて、なかなか勉強の悩《なや》みを共有できない。

姉に相談しようかとも考えたけど、結婚《けっこん》し、子育てで忙《いそが》しい彼女に心配をかけたくない。

一人で勉強を続けるうち、ひなたは自分の気持ちに異変が起きているのに気がついた。

——勉強が、楽しくない。

まるで受験勉強を強制的にやらされている気分だ。

どうして？　希望する学校へ進学するためなのに。

もちろん勉強は面倒《めんどう》なものだけど、今までは目標へ向かうんだという充実《じゅうじつ》感があった。それが今は、ちっとも感じられない。

（わたしがしてることって、誰《だれ》も望んでいないことなの？）

鉛筆《えんぴつ》を握《にぎ》ってノートに向かっても、なんでこんなことを長時間続けなきゃならないのか、わからなくなる。

六月の梅雨《つゆ》空のように、ひなたの心は来る日も来る日も雨模様だった。

あのころ——『先生』と勉強をしていた楽しく充実《じゅうじつ》した日々は、もう遠い昔の思い出だ。

それでもひなたは諦《あきら》めず勉強を続け、六月下旬《げじゅん》の期末試験にそなえた。

今度こそ挽回《ばんかい》しなくちゃ。期末試験でいい成績を残せたら、時乃崎《ときのさき》学園への合格の希望が見える。母もひなたの熱意を認めてくれるに違《ちが》いない。

次の試験こそが正念場。このチャンスを逃《のが》してはいけない。

ひなたは指先が痛くなるほど強く鉛筆《えんぴつ》を握《にぎ》りしめた。


そうして期末試験が過ぎ、結果が出た。

返ってきた答案用紙を見て、ひなたは、ため息をつくことしかできなかった。

六〇点台。それが主要教科の平均点数だ。

チャンスをものにするどころか中間試験よりもさらに成績を落としている。答案用紙を返されるとき、担任教師から「がんばって」と、わざわざ言われたほどだ。

ひなたは何もかも投げ出したくなった。教科書も参考書もノートも、もう見たくなかった。

二年生の後半で成績を伸《の》ばせたのは、一時的な奇跡《きせき》だったのかもしれない。今が本当の実力なのかもしれない。

自分は無駄《むだ》な努力をしているのかもしれない。

母の協力を得て龍式《りゅうしき》学院に推薦《すいせん》入学すると決めれば、きっと楽になれる。

いつの間にかひなたは、龍式《りゅうしき》学院のパンフレットを見ることが多くなった。老舗《しにせ》の学校だけあって、魅力《みりょく》的な点はたくさんある。

(わたしなんて一人じゃ何もできない。やっぱりこの道が正しいのかな……)

ひなたはそんなふうに考え始めていた。

#

自分の進路に決断ができないまま月日は経《た》ち、七月。

中学校が短縮授業に入ったある日、ひなたは『一番合格ゼミナール』の高校受験コースがある塾舎《じゆくしや》の前をおとずれた。春先までひなたが通っていた場所だ。

初夏の日差しに照らされた塾舎《じゆくしや》は窓ガラスをきらめかせ、煌々《こうこう》と輝《かがや》いて見える。早くも夏期講習に入っているのか、まだ日が高い時間なのに玄関《げんかん》ロビーには大勢の塾生《じゆくせい》がいた。

ひなたはロビーに入ると、受付のそばにあるパンフレット置き場に歩いた。

（塾代《じゆくだい》、お小遣《こづか》いで払《はら》えるかな……）

今からでも塾通《じゆくがよ》いを再開すれば、成績を向上させられるだろう。

しかし期末試験の結果があれでは、母に無条件で塾《じゆく》の費用を出してもらうことなど頼《たの》めない。再開するなら、龍式《りゆうしき》学院への進学が条件になるはずだ。

けれど自分のお金で払《はら》うのなら、文句は言わせない。だって母は「好きにしなさい」と言ったのだから。

入塾《にゆうじゆく》案内のパンフレットを開き、費用が書かれたページを見て、ひなたは肩《かた》を落とした。

貯金を費《つい》やしても、入学試験までの期間の塾代《じゅくだい》を支払《しはら》うのは無理がある。

中学生ではアルバイトも限られるし、忙《いそが》しくなって受験勉強ができなかったら本末転倒《ほんまつてんとう》だ。

（わたし、何をしてるんだろ……）

ひなたは自分の未練がましさが嫌《いや》になった。

毎日迷っていても、ただ時間を浪費《ろうひ》させるだけだ。

（お母さんに頼《たの》んで、龍式《りゅうしき》学院への推薦《すいせん》入学を目指そう）

今のままでは推薦《すいせん》入学も危《あや》うくなる。気持ちを切り替《か》えて勉強しよう。

そう考えてパンフレットを棚《たな》に戻《もど》したとき、視界の端《はし》に見慣れない文字が飛び込んだ。

それは棚《たな》の下のほうに置かれた、小さなチラシだ。

『家庭教師も一番合格ゼミナール。登録会員募《ぼ》集中《しゅうちゅう》！』

と、そのチラシには書かれている。

（家庭教師……？）

チラシを手に取って読むと、この塾《じゅく》ではアプリを使った家庭教師の紹介《しょうかい》サービスを運営しているらしい。塾生《じゅくせい》のOBが家庭教師となって、契約《けいやく》した生徒の個別指導をしてくれるそうだ。

家庭教師。一人の教師に教えてもらうこと。

もしかしたら自分のお金で依頼《いらい》できるかもしれない……！

チラシをもらって急いで帰宅すると、さっそくスマホに専用のアプリをインストールして会員登録を済ませた。ユーザーネームを決める必要があったので、自分の名前から連想した『ひまわり』にした。

アプリでは、登録されている家庭教師を検索《けんさく》して見られる。

在籍《ざいせき》中の学校や学年、得意教科、異性の生徒でもOKかどうか、などなど……。

とりあえず思いつく条件を設定して検索《けんさく》した。この地域に住んでいて、名の知れた大学に在《ざい》籍《せき》する学生で、学校の成績が良好で、中学校の主要五教科を教えられて、できれば女性の家庭教師を希望したい。

すると何人もの家庭教師の一覧が表示されて、ひなたは喜んだ。こんなにも勉強を見てくれそうな先生がいるなんて！

けれど、そんな喜びはすぐに打《う》ち砕《くだ》かれる。

一人ずつプロフィールを見ていくと、提示された契約《けいやく》金額が思った以上に高額だ。これでは塾《じゅく》の費用を払《はら》うのと大差ない。大学名を不問にするなど条件をゆるめれば金額は抑《おさ》えられるけど、お金のないひなたにとっては、まだ苦しい。

実績が少ないせいか、かなり低額の契約《けいやく》料を提示している教師もいた。しかしステータス欄《らん》には『予定が埋《う》まっています』と表示されている。お得な金額で契約《けいやく》できる家庭教師は、依頼《いらい》が殺到《さっとう》するのだろう。

ひなたは意気消沈《しょうちん》した。もっと条件を減らせば契約《けいやく》できそうな人もいるけど、特定の教科しか教えられなかったり、月に一度しか授業してくれなかったりと、希望からかけ離《はな》れてしまう。

最後は全ての条件を解除して検索《けんさく》し、何人もの家庭教師の一覧を次から次へと眺《なが》めていった。

もちろん希望にかないそうな家庭教師は見つからない。

無意味な行動にむなしくなりながら画面をタップし続けた。

そのとき現れた名前を見て、ひなたの指が止まった。

彼女の知っている名前、そして顔。間違《まちが》いない。

「先生……？」

彼が家庭教師として登録されていたのだ。

プロフィールを見ると、小学生の中学受験を教えられると書かれている。彼はまだ高校生だからだろう。そして実績はゼロ。いまだ誰《だれ》とも契約《けいやく》していないらしく、提示されている契約《けいやく》金額も最低ランクだ。

「先生が……家庭教師……」

その二つが頭の中で結びつくのに時間はかからない。彼に勉強を教えてもらうイメージを、ひなたは明瞭《めいりょう》に思《おも》い描《えが》ける。それは半年前まで、現実の光景だった。

しかし、ひなたの頭にブレーキがかかる。

忘れもしない、あの、冬の終わりかけの日……。

彼はひなたに告白をして、ひなたはそれを断って、二人の関係は終わったのだ。

とても家庭教師を頼《たの》める相手じゃない。

ひなたはスマホをタップしてアプリを閉じた。


夏休みに入り、八月になった。

猛暑《もうしょ》が続く日々の中、ひなたは今も部屋の机に向かい、一人で受験勉強をしている。

龍式《りゅうしき》学院への推薦《すいせん》入学を目指す決断は、まだついていない。

新たな可能性が、ひなたに新たな迷いを与《あた》えていた。

彼への家庭教師代なら、ひなたでもなんとか払《はら》えそう。実績ゼロの彼でも、ひなたの勉強に対する実績は保証済みだ。二年生のころ、ひなたの成績を上昇《じょうしょう》させたのだから。

でも……今の彼は何を考えているんだろう。彼を振《ふ》ったひなたに対して、どんな感情を抱《いだ》いているか、まったくわからない。

嫌《きら》われているかもしれない。振《ふ》った以上、しょうがないけど。

つまらない悩《なや》みを振《ふ》り払《はら》って、ひなたは勉強に集中しようと棚《たな》のノートを手に取った。

考えごとをしていたせいか、いつもと違《ちが》うノートを持ってしまった。棚《たな》の端《はし》に置かれていた一年前のノートだ。

ちょっと懐《なつ》かしい気持ちになってページを開くと、そこには、おもちゃ箱のように雑多な学習内容が書かれていた。ページをめくるたびに、今にも踊《おど》り出しそうなほど元気のいい文字で数式や英文、歴史の年表などが広がっている。

最初に彼に教えてもらった、自習用ノートの取り方。

彼に出会った日のことが頭によみがえる。塾《じゅく》のロビーで、ひなたがノートを忘れて困っていたとき、彼が代わりのノートを貸してくれたのだ。

あのときロビーの壁《かべ》に、こんなキャッチコピーのポスターが貼《は》られていた。

『未知の可能性をその手につかめ！』

その瞬間《しゅんかん》、ひなたの心が一気に動き出した。

ノートを閉じてスマホを取り出し、アプリにログインする。

彼のプロフィールページを表示させ、『依頼《いらい》を送る』ボタンを押した。

一気に依頼《いらい》のメッセージを書き上げると、そこで一度深呼吸をした。

この選択《せんたく》がどうなるか、わからない。だけど小さな可能性であっても、かけてみよう。

ひなたは実績ゼロの家庭教師――若葉野《わかばの》瑛登《えいと》へのメッセージを送信した。

『ひまわり：受験のため家庭教師をお願いしたいのです。お金がなくて高い謝礼を払《はら》えないのですが、引き受けていただけますか？』

あとがき

こんにちは、田口一《たぐちはじめ》です。今回、電撃《でんげき》文庫より本を上梓《じょうし》する機会をいただき、こうして皆《みな》様《さま》にご挨拶《あいさつ》できることとなりました。

今作は電撃《でんげき》ノベコミ＋にてＷｅｂ連載《れんさい》中の小説です。そこでネットでの連載《れんさい》作品に合わせて、少し趣向《しゅこう》を凝《こ》らした内容となりました。

連載《れんさい》は一週間ごとに一エピソードのペースで掲載《けいさい》されるのですが、連載《れんさい》の時期と連動してストーリーが描写《びょうしゃ》されていきます。つまり現実世界で二〇二三年の八月なら、作中の時期も二〇二三年の八月なのです！

今回は高校受験を目指す少女と、彼女の家庭教師となった少年のお話。受験までの約半年間を、現実の時間とともに体験する物語が、今作のコンセプトです。書籍《しょせき》で初めてこの作品に触《ふ》れた皆様《みなさま》も、今年の出来事を思い返しながら、ぜひ瑛登《えいと》とひなたの受験への奮闘《ふんとう》を追体験してみてください。

ここまで読んで「受験のことなんて考えたくないし、わざわざ小説で読みたくないよ」と思われたかもしれませんが、お待ちください。確かにこれは勉強をする話ですが、ただ黙々《もくもく》と勉強するだけではありません。

毎週、教え子の美少女と二人っきりの部屋で勉強するのです。はたして何も起こらずに済むのでしょうか？　そんな状況《じょうきょう》で勉強に集中できるのでしょうか？　気になりますよね？

いったい何が起きてしまうのか、無事に受験できるのか、それは来年の受験日になるまで、まだ誰《だれ》にもわからないのです。


イラストレーターのゆがー先生には、一緒《いっしょ》に勉強をしたらとても集中できないような可愛《かわい》い受験生ヒロインを描《えが》いていただきました！

書籍《しょせき》化にあたり、ゆがー先生によるイラストも新たに収録されていますので、Ｗｅｂ連載《れんさい》で本作をお読みいただいた皆様《みなさま》にも、もう一度ひなたたちの姿を新鮮《しんせん》な気持ちで見てもらえると嬉《うれ》しいです。

本書の執筆《しっぴつ》にあたって、企画《きかく》段階からご協力くださいました担当編集様、電撃《でんげき》文庫編集部および電撃《でんげき》ノベコミ＋運営の皆様《みなさま》、書籍《しょせき》の製作と販売《はんばい》にお力添《ちからぞ》えをいただいた皆様《みなさま》に、この場を借りて謝辞を述べさせていただきます。

そして本書を手に取ってくださいました読者の皆様《みなさま》へ、何よりの感謝をささげます。本作を楽しんでいただけることが、著者として何よりの喜びです。

ぜひ瑛登《えいと》とひなた、二人の受験と恋心《こいごころ》のゆくえを見守っていただけると幸いです！

二〇二三年の某日　田口一《たぐちはじめ》

◉田口　一著作リスト

「僕を振った教え子が、1週間ごとにデレてくるラブコメ」（電撃文庫）

本書に対するご意見、ご感想をお寄せください。

ファンレターあて先
〒102-8177　東京都千代田区富士見2-13-3
電撃文庫編集部
「田口 一先生」係
「ゆがー先生」係

本書は、「電撃ノベコミ+」に掲載された『僕を振った教え子が、1週間ごとにデレてくるラブコメ』を加筆・修正したものです。

電撃文庫

僕《ぼく》を振《ふ》った教《おし》え子《ご》が、1週間《いっしゅうかん》ごとにデレてくるラブコメ

田口《たぐち》 一《はじめ》

2023年12月10日　初版発行

発行者　山下直久
発行　株式会社KADOKAWA
〒102-8177　東京都千代田区富士見2-13-3
0570-002-301（ナビダイヤル）
装丁者　荻窪裕司（META＋MANIERA）
印刷　株式会社暁印刷
製本　株式会社暁印刷

ISBN978-4-04-915340-8　C0193　Printed in Japan

電撃文庫　https://dengekibunko.jp/